Steffi Kugler
Ein Bulle auf Sylt
Ihr Kinderlein kommet

Mehr Informationen über Steffi Kugler:
https://www.steffikugler.de

Bisher veröffentlichte Romane mit Heinrich Nissen und Kriminalhauptkommissar Brunner:

>Der Rinderbaron von Sylt
>Ein Bulle auf Sylt

Wer mehr zusammen mit den beiden Protagonisten erleben
möchte, kann sich bereits auf den nächsten Roman der Reihe
freuen. Er soll im Jahr 2025 erscheinen.

Darüber hinaus gibt es eine weitere Kriminalromanreihe von
Steffi Kugler mit sieben Fällen des Redaktionsteams der Rhei-
nischen Allgemeinen:

>Ent-Täuschung
>Es war nicht die Sylter Royal
>Falsche Sylter Freunde
>Der Herzschlag des ganzen Universums
>Mord, Mörder, Sylt
>Ein kunstvoller Mord auf Sylt
>Mord macht sychtig

Alle Romane sind erhältlich als E-Book und als Taschenbuch.

Steffi Kugler

Ein Bulle auf Sylt

Ihr Kinderlein kommet

Untertitel nach der ersten Zeile eines Weihnachtsliedes, Text: Christoph von Schmid

„Ihr Kinderlein, kommet, o kommet doch all!"

Bibliografische Information der Deutschen Nationalbibliothek: Die Deutsche Nationalbibliothek verzeichnet diese Publikation in der Deutschen Nationalbibliografie; detaillierte bibliografische Daten sind im Internet über http://dnb.dnb.de abrufbar.

Verlag: BoD · Books on Demand GmbH, In de Tarpen 42, 22848 Norderstedt
Druck: Libri Plureos GmbH, Friedensallee 273, 22763 Hamburg

ISBN: 978-3-7597-7975-5

Wie immer danke ich von Herzen allen,
die mich unterstützen und so dafür sorgen,
dass meine Bücher das Licht der Welt erblicken dürfen.

25. Dezember 1997

Universitätsklinikum Hamburg

Enttäuscht blickte der attraktive Mittdreißiger auf den Säugling, den ihm die Hebamme mit einem breiten Lächeln auf ihrem Gesicht reichte. Genau fünfzig Zentimeter Körperlänge und etwas mehr als drei Kilogramm Geburtsgewicht hatte sie zuvor freudig ausgerufen und in ihren Unterlagen vermerkt.

‚Durchschnitt', dachte er enttäuscht. ‚Unterer Durchschnitt sogar nur.'

Mit beiden Händen nahm er sein in eine weiße Decke eingewickeltes Baby entgegen. Die Arme hielt er waagerecht ausgestreckt, so dass zwischen seiner Brust und dem Neugeborenen mehr als vierzig Zentimeter Abstand verblieben.

Das war er jetzt also, sein einziger legitimer Nachkomme. Das Baby, auf das er so stolz gewesen war. Der Junge, für den er selbst den Bauplan darstellte.

Sein Sprössling hatte das Licht der Welt erblickt. Er war ein Mensch nach seinem Bilde. Und nun lag dieses bedeutende Wesen runzelig und hässlich in seinen Händen und schaffte es noch nicht einmal, ihn anzusehen.

War er selbst als Säugling auch so unansehnlich gewesen?

Wie lange würde es dauern, bis er sich in dem Gesicht des kleinen Jungen wiedererkannte? Bis er anfangen konnte, dessen Wesen zu formen? Seinen Leib zu stählen? Seine Neugier und seinen Sinn für alles Schöne und Wissenswerte zu wecken?

Der Mann mit dem Neugeborenen war sich sicher, dass der kleine Junge eine bessere Version von ihm selbst werden konnte, wenn er nur alles richtig machte. Die Fehler, die bei ihm begangen worden waren, hatte er nie vergessen. Sie zu vermeiden, würde ihm keine Schwierigkeiten bereiten.

Die Frau, die den Säugling geboren hatte, würde keine Rolle in seinem Leben spielen. Über ihr Schicksal war schon vor ihrer Schwangerschaft entschieden worden.

Noch einmal musterte der Mittdreißiger kritisch das noch keine Stunde alte Baby. Dann lächelte er es zum ersten Mal an.

Das kleine Wesen bildete den Anfang der Unendlichkeit. Es war dafür bestimmt, ein Segen für die Welt zu sein. Ihm oblag es, das Schicksal der Menschheit zu verändern.

Und er allein hatte dieses Wunder geschaffen.

Vorweihnachtszeit 2022

Eine Zweizimmerwohnung in Hamburg-Schnelsen

Das Erpresserschreiben steckte in einem Umschlag mit aufgedruckten Weihnachtsmotiven. Tannenranken voller Glöckchen, Kugeln und Kerzen waren über seine gesamte Vorderseite verteilt. Die Briefmarke und ein ungelenk beschrifteter Adressaufkleber hatten zwischen dem dekorativen Festtagschaos gerade ausreichend Platz gefunden.

Fast hätte Maike Friedrichs den Brief nicht geöffnet, so wenig fühlte sie sich danach, das bevorstehende Weihnachtsfest auch nur wahrzunehmen. Ihr Baby war verschwunden. Jason war weg und weder die Polizei noch der Vater des Säuglings schienen ernsthaft darum bemüht zu sein, das Kind zu ihr zurückzubringen.

Mechanisch und desinteressiert schlitzte Maike alle Briefe der Weihnachtspost mit einem Küchenmesser auf. Im letzten Umschlag wurde das sonderbare Schreiben sichtbar. Groß- und Kleinbuchstaben unterschiedlichster Schriftart und Farbe setzten sich zusammen zu einem Text, den Maike im ersten Moment für einen schlechten Werbegag hielt.

IHR KindErLEIN, kommeT

Weihnachten steht VOR der TÜR
WIR habeN das KIND, NACH DEM alle sucheN

FOLGE deM Stern
BRING 100.000 € mit
dann WIRST DU es finden
HEUTE UM Mitternacht
AUF deN STUFEN deS MICHEL

Nur Sekunden nachdem sie den Text gelesen und verstanden hatte, brach Maike weinend über dem Küchentisch zusammen. Ihr verschwundenes Baby war das Opfer einer Entführung. Nicht eine verwirrte Mutter hatte Jason mitgenommen, sondern Verbrecher, die mit ihm Geld erpressen wollten. Damit würde ihre eigene Reaktion auf die Nachricht der zusammengeklebten Sätze kaum noch über das Leben ihres Neugeborenen entscheiden.

Während der letzten drei Tage hatte sie jede im Internet verfügbare Information über Kindesentführung gelesen und verinnerlicht. ,Ungefähr 60% der kindlichen Entführungsopfer werden sexuell missbraucht und über 70% der Kinder, die von Gewaltverbrechern entführt werden, sind innerhalb von drei Stunden tot', rief sie sich ins Gedächtnis zurück. ,Ob Erpresserbriefe übersandt werden oder nicht, spielt dabei keinerlei Rolle.'

Ihr heute genau sechs Wochen altes Baby war seit drei Tagen verschwunden. Unbekannte hatten es vor fast zweiundsiebzig Stunden aus seinem Kinderwagen gestohlen. Unbemerkt waren die Täter und das Kind in der Menge der vorweihnachtlich gestimmten Einkaufsbummler abgetaucht, während Maike und Roland von etwas Unwichtigem abgelenkt wurden. Und niemandem war auch nur das Geringste aufgefallen. Die Polizei hatte sofort die Suche nach dem Baby aufgenommen, bisher ohne Erfolg. Jason konnte sich nicht allein aus dem Kinderwagen entfernt haben, also mussten Fremde ihn mitgenommen haben.

Eine unglückliche Frau wahrscheinlich, die ihr eigenes Kind kurz vor Weihnachten verloren habe, war die naive Vermutung eines der ermittelnden Beamten gewesen, der sie trösten und beruhigen wollte. Eine solche Täterin sorge in jedem Fall dafür, dass es dem angenommenen Kind gutginge. Und meistens gäbe sie das Baby nach kurzer Zeit wieder zurück. Maike wusste es nun besser.

Mit zitternden Fingern wählte sie die Telefonnummer, die der Ermittlungsleiter ihr gegeben hatte. Immer noch schluchzend erzählte sie ihm von dem Erpresserbrief und der damit verbundenen Gewissheit, dass Jason nicht einfach so und absolut wohlbehalten wieder auftauchen würde. Jemand hatte ihn entführt und forderte nun Geld von den Eltern des gestohlenen Babys. Von ihr also. Aber sie hatte kein Geld. Einhunderttausend Euro waren eine Summe, die sie in Jahrzehnten nicht zusammensparen konnte.

‚Ungefähr 60% der kindlichen Entführungsopfer werden sexuell missbraucht und über 70% der Kinder, die von Gewaltverbrechern entführt werden, sind innerhalb von drei Stunden tot', dröhnte es immer wieder durch ihren Kopf.

Der Ermittlungsleiter kündigte an, sich sofort auf den Weg zu machen und innerhalb der nächsten Viertelstunde bei ihr zu sein. In der Zwischenzeit solle sie das Erpresserschreiben nicht mehr anfassen.

Als nächstes rief Maike Roland an, ihren Freund und Jasons Vater. Auch ihn informierte sie über die erhaltene Post; auch er versprach, so schnell es ihm möglich war, zu ihr zu kommen.

Während sie auf das Eintreffen der herbeigerufenen Männer wartete, überlegte Maike fieberhaft, wie jemand auf die Idee kommen konnte, sie zu erpressen. Jeder, der sie kannte, wusste, dass sie nichts besaß. Nur Roland ging immer großzügig mit seinem Geld um. Er war wohlhabend genug, um nicht arbeiten zu müssen. Er und sein Vater besaßen genug Geld, um das Lösegeld zu bezahlen.

Roland musste der Grund dafür sein, dass Jason entführt worden war. Er war schuld am Verschwinden ihres Babys.

„70% der Kinder, die von Gewaltverbrechern entführt werden, sind innerhalb von drei Stunden tot", wimmerte Maike leise vor sich hin. Ihren Oberkörper immer wieder von vorn nach hinten schaukelnd, wartete sie. „Ob Erpresserbriefe übersandt werden oder nicht, spielt für das Überleben der Entführungsopfer keinerlei Rolle", zitierte sie weinend einen der Texte aus dem Internet.

Roland war für alles verantwortlich. Sein Geld war die Motivation der Entführer. Er musste die 100.000 Euro bezahlen. Im Erpresserschreiben stand genau, was er zu tun hatte.

Jasons Vater würde dafür sorgen, dass ihrem Baby nichts passierte. Es war seine Verantwortung, ihr den gemeinsamen Sohn wohlbehalten zurückzubringen.

Eine Villa in Hamburg-Blankenese

Ohne Erfahrung mit Säuglingen zu besitzen, blieb es Richard Bachmann nicht verborgen, dass es dem Baby schlecht ging. Das Schreien des Kleinen war während der letzten Stunde immer leiser geworden. War der Kopf des Kindes zu Anfang noch warm und rot gewesen, zeigte sein Gesicht nun nur noch wenig Farbe. Schweißnass lag das Baby in seinem Bettchen und hielt die Augen geschlossen.

Kritisch musterte er das Kind. Es lebte noch. Sein Herz schlug und sein Brustkorb hob und senkte sich; in viel zu schnellem Rhythmus, aber standhaft. Das Kind atmete, sich mühsam an sein junges Leben klammernd.

Die Zugänge, die er dem Säugling gelegt und noch nicht wieder entfernt hatte, ragten wie monströse Insekten aus den Unterarmen des winzigen Körpers heraus. Die Haut neben den weißen Pflasterstreifen unterschied sich in der Farbe kaum von dem Verbandsmaterial.

Sollte oder konnte er etwas tun, um dem kleinen Wesen die nächsten Minuten, vielleicht sogar Stunden zu erleichtern? Trugen er und Roland nicht die Verantwortung für sein Wohlergehen?

Unschlüssig darüber, was er überhaupt zu tun in der Lage war, verließ Richard den Raum und zog die Tür leise hinter sich ins Schloss. Draußen wartete Roland und blickte ihm fragend entgegen.

„Ich glaube nicht, dass ...", fing Richard eine Erklärung an, brach sie aber schnell ab. „Wir hätten vorsichtiger sein müssen."

„Nein, widersprach Roland. „Wir haben nur getan, was wir tun mussten."

„Der Kleine leidet."

Gleichgültig sah ihn Roland an.

„Nicht wir, sondern du hättest vorsichtiger sein müssen", verbesserte Richard seinen Vorwurf. „Er ist dein Kind. – Das hätte nie passieren dürfen. Wahrscheinlich war damit alles sinnlos, was wir ihm angetan haben."

Etwa ein Jahr später

Sonntag, 10. Dezember 2023

2. Advent auf Sylt

Ein Haus unter Reet im Hoboken-Weg in Kampen

Obwohl sie geahnt hatte, dass es passieren würde, erschreckte Theresa Blum der Anblick des toten Säuglings zutiefst. Ganz offensichtlich war der kleine Wurm nicht friedlich eingeschlafen, so wie sie es gehofft hatte. Dem leblosen Körper war anzusehen, dass er sich gequält hatte, bis das Herz schließlich aufgehört hatte, zu schlagen.

Ein letztes Mal legte Theresa eine Hand auf die nackte Brust des Babys, um sicherzugehen, dass es wirklich tot war. Dünne Latexhandschuhe bewahrten sie davor, ihre eigene DNA auf dem Körper des kleinen Jungen zu hinterlassen. Ganz so, als könne der Säugling noch Schmerzen spüren, löste sie mit großer Vorsicht die Pflasterstreifen von seinen Armen und zog die Zugänge aus seinen Venen. Das Baby immer nur mit Handschuhen anzufassen und ihm jedes Mal, wenn sie es besuchte, eine saubere Windel anzulegen und einen frischen Strampler anzuziehen, war ihr in den letzten Tagen so zur Gewohnheit geworden, dass sie es auch jetzt tat, ohne darüber nachzudenken.

So rücksichtslos sie mit dem kleinen Wesen umgegangen waren, so grausam wollte Theresa sich nicht auch seiner Mutter gegenüber verhalten. Sie sollte ihr Kind zurückerhalten, tot zwar, aber weitestgehend unversehrt, sauber und gepflegt. Auch wenn sie ihren Sohn nicht lebend wiedersah, bekam sie wenigstens die Gewissheit, dass er bis zu seinem Tod nicht vernachlässigt worden war. Und ihr Warten und Hoffen fand ein Ende.

Mit der Rückgabe des Kindes ignorierte Theresa Rolands Anweisungen. Sie riskierte, ihn und seinen Vater damit zu verärgern. Aber für sie war es der einzige Weg, mit ihrer Schuld am Tod des Babys fertigzuwerden.

Der Kleine war der erste Treffer gewesen. Bei ihm hatte alles so funktioniert, wie sie es gehofft hatten. Die Chance war gering gewesen, aber besser hätte die Übereinstimmung kaum sein können.

„Nun wird bald alles besser", sagte sie zu dem kleinen, toten Wesen. „So wenig du auch dazu beitragen konntest, ist es doch alles, auf das wir noch unsere Hoffnung setzen können. Die nächsten Tage werden beweisen, dass du nicht umsonst auf die Welt gekommen und noch weniger sinnlos gestorben bist."

Sie wickelte den leblosen Körper in eine weiße Decke und legte ihn in einen Pappkarton. Wo sie die Kiste am nächsten Tag deponieren wollte, hatte sie noch nicht entschieden, aber es musste ein Ort sein, an dem sie mit diesem Sarg aus Pappe nicht auffiel. Am besten ein Platz im Freien, der von vielen Menschen besucht wurde und an dem der Leichnam gekühlt auf seine baldige Entdeckung warten konnte.

Den Deckel des Kartons schließend, wusste sie plötzlich, wo sie das Paket abstellen musste. Der Kleine würde gefunden werden, da war sie sich sicher. Schon bald würde seine Mutter Gewissheit haben.

Eine Woche später

Sonntag, 17. Dezember 2023

3. Advent auf Sylt

Eine Souterrainwohnung am Südwäldchen in Westerland

„Wer behauptet, Männer schliefen nach dem Sex und Frauen hätten Hunger, ist ein echter Idiot", fluchte Theresa Blum leise vor sich hin, während sie unter der Dusche in dem fremden Badezimmer stand. Sich sorgfältig von oben bis unten einseifend, versuchte sie sowohl ihren Ärger als auch alle Spuren des toten, fremden Mannes abzuwaschen.

Seinem Vater würden sie niemals verraten, wie sie dieses Mal den Säugling in ihre Gewalt bekommen hatten. Darauf hatten sie sich verständigt, bevor Roland, immer noch wütend, gegangen war. Eine glaubhafte Lüge musste her. Eine Geschichte, die sie sich ausdenken musste und die kein sexuelles Erlebnis mit einem Unbekannten enthielt.

Natürlich hatte sie es nie so weit kommen lassen wollen, aber plötzlich hatte sie den richtigen Zeitpunkt für ein Zurück verpasst. Vielleicht hatte sie ihn verpassen wollen, aber das würde sie noch nicht einmal sich selbst gegenüber zugeben. Unter anderen Umständen wäre sie dem Charme dieses gesunden, kraftvollen Mannes sicher dauerhaft verfallen. Er war nicht nur ihr Typ gewesen, gutaussehend und nett, muskulös und trotzdem eigentümlich zart besaitet; er hatte vor allem eine unglaubliche Vitalität ausgestrahlt. Sein Lächeln hatte sie vom ersten Moment an für ihn eingenommen. Und die Art, wie er das Baby auf seinem Arm angestrahlt hatte, war unwiderstehlich gewesen.

Er war nicht müde geworden nach dem Sex. Stattdessen hatte er ein schlechtes Gewissen dem Baby gegenüber bekommen. Nackt war er aufgestanden, hatte den Säugling mit ins Bett gebracht und angefangen von einem eigenen Kind zu fantasieren, einem Baby mit ihr zusammen. Was für ein Spinner!

Als es klingelte, ahnte sie, dass er es nicht überleben würde. Sie hätte nicht mit ihm schlafen dürfen; ihm so nahe zu kommen, war nie Teil des Plans gewesen. Sie sah keinen Weg aus dieser Situation heraus, der ihm das Überleben sicherte.

Nie wieder würde der arme Kerl ein schlechtes Gewissen bekommen. Nie wieder würde sein wunderbares Lächeln zu sehen sein. Nie wieder konnte er ein Baby auf dem Arm halten. Und keine fremde Frau würde jemals wieder seinem Charme erliegen. Sein Leben war genauso vorbei, wie auch das des Babys, falls es die richtigen Merkmale besaß.

Allmählich wurden die Opfer zu zahlreich. Sie waren der Preis, den andere dafür bezahlen mussten, dass sie ein Leben rettete.

Mit schnellen Bewegungen trocknete sich Theresa ab und zog sich an. Dann steckte sie alle Textilien, mit denen sie in Berührung gekommen war, in einen Müllsack und knotete ihn fest zu.

So hatte sie es nie gewollt. Sie war dumm gewesen. Hätte sie sich vorher bewusst gemacht, dass auch Unbeteiligte, Babys und Erwachsene, nicht überleben könnten, hätte sie dem Plan niemals zugestimmt. Aber wie hätte eine Alternative ausgesehen? Ein Zurück gab es jetzt auf jeden Fall nicht mehr.

Wesen, die nur geschaffen wurden, um ein bereits existierendes Leben zu erhalten, durften geopfert werden. Das wiederholte Richard immer wieder. Bislang hatte sie ihm zugestimmt. Mittlerweile allerdings wurden auch Menschen, die nur zufällig mit den künstlich geschaffenen Wesen in Berührung kamen, Opfer seines Plans. Menschen, die unabhängig von Roland und ihm auf die Welt gekommen waren, starben. Diese zufälligen Kontakte als Kollateralschäden zu töten, empfand Theresa als Sünde. Ihnen etwas Böses anzutun, war nie Teil des Plans gewesen, dem sie zugestimmt hatte. Sie besaßen das gleiche Recht, zu leben, wie Roland und sein Vater. Und dennoch hatte sie gerade dabei zugesehen, wie einem von ihnen sein Leben genommen worden war.

Eine glaubhafte Lüge musste her. Eine Geschichte, die sie sich ausdenken musste und die keinen brutalen Mord aus Eifersucht an einem Unbeteiligten enthielt.

Was darüber hinaus geschah
in der Vorweihnachtszeit 2023

,Julebasar' in Keitum

Glühweinduft!

Tief einatmend genoss Paula Lornsen den Duft des heißen Jule Gløgg und blickte dabei sehnsüchtig auf die Æbleskiver, die direkt gegenüber vom Getränkestand frisch zubereitet wurden. Ihren Oberkörper leicht von rechts nach links wiegend, beobachtete sie, wie das traditionelle Weihnachtsgebäck in einer speziellen Pfanne mit halbkugelförmigen Vertiefungen in flüssigem Fett ausgebacken wurde. Ihre Schwiegermutter war Dänin; während der letzten Jahre hatte sie einige dieser leckeren Küchlein genießen dürfen. Aber dieses Jahr musste und würde sie sich damit zurückhalten.

Paula liebte Weihnachten und die feierlichen Adventswochen davor. Seit sie mit ihrem Ehemann Henrik zusammenlebte, begann diese wunderbare Zeit jedes Jahr mit dem dänischen Weihnachtsmarkt in Keitum. Dort trafen sich alle Sylter, die mit Dänemark verbunden waren, und Henriks Familie gehörte dazu.

Dieses Jahr war Weihnachten ein besonderes Ereignis. Zwar musste sie auf Glühwein und die vorweihnachtlichen Süßigkeiten verzichten, aber der Anlass dafür hing in einer Babytrage vor ihrer Brust. Und dieser Grund war jede Entbehrung wert.

Paula lächelte, während sie auf den Kopf ihres schlafenden Babys hinabsah. Erst vor fünf Wochen war sie zusammen mit ihm von der Geburtsstation auf dem Festland nach Sylt zurückgekehrt. Henrik und seine Eltern hatten das ganze Haus geschmückt und alle Nachbarn zu Hochprozentigem eingeladen. Fast die gesamte dänische Gemeinde war vorbeigekommen, um auf den Neuankömmling anzustoßen.

Aufgeregt sah sie sich nach ihrem Ehemann um, der noch auf dem Parkplatz damit gekämpft hatte, den Kinderwagen aus ihrem Kleinwagen zu befreien, während sie bereits mit dem Baby ins Warme gegangen war. Breit lächelnd kam Henrik auf sie zu. Die leere Babyschale schaukelte an seinem Arm, den Kinderwagen musste er im Wagen zurückgelassen haben. Was sollten sie in diesem Gedränge auch mit dem sperrigen Gefährt anfangen?

„Leg ihn rein", bat er. „Gib mir unseren Sohn, dann kann ich ihn herumzeigen."

So ungern sie sich von ihrem Neugeborenen vor der Brust trennte, so froh war Paula über Henriks Begeisterung und Stolz auf seinen Nachwuchs. Seiner Aufforderung nachkommend, öffnete sie die Druckknöpfe der Trage und bettete den Kleinen in die weichen Kissen der Babywanne. Wie winzig er darin aussah, kam ihr sofort in den Sinn.

„Pass gut auf Klein-Ole auf", flüsterte sie Henrik ins Ohr.

Während ihr Mann mit dem Baby in der Menge untertauchte, stellte Paula sich in die Schlange vor dem Æbleskiver-Stand. Eine Portion konnte doch nicht so viel Zucker enthalten, dass es für eine stillende Mutter zu viel war, beruhigte sie sich selbst. Und immerhin begannen heute die schönsten Wochen des ganzen Jahres.

Genüsslich biss sie in das erste Küchlein, nicht ohne zuvor sorgfältig einen Großteil des Puderzuckers abgeschüttelt zu haben. Der volle, blonde Haarschopf ihres Mannes blitzte am Rand der Menschenmenge auf, eine winkende Hand folgte. Bestimmt stand Henrik vor dem Handarbeitsstand seiner Mutter und genoss die Aufmerksamkeit, die er und das süße Baby bei ihr erregten.

Zufrieden sah Paula auf ihre Æbleskiver hinab. Ob Klein-Ole diese Köstlichkeit genauso gern mögen würde, wie sie selbst? Falls sie ihm den Hang zu süßem Gebäck mitgegeben hatte, dann war es Henrik hoffentlich gelungen, ihm seine wundervollen Haare zu vererben. Ihr eigener Vater war bereits kurz nach der Pubertät fast vollständig kahl geworden; dieses Schicksal wünschte sie ihrem Sohn nicht.

Ein letzter kleiner Kuchen wartete darauf, verspeist zu werden. Paula entschied sich, ihn für ihren Schwiegervater, der immerhin der Namenspatron ihres Babys war, aufzuheben. Vorsichtig wickelte sie das Gebäck in eine Serviette. Dann machte sie sich auf den Weg dorthin, wo gerade noch die Hand ihres Mannes aus der Menschenmenge heraus gewunken hatte. Bestimmt vermisste Klein-Ole sie bereits; sie oder auch nur ihre warme, nahrhafte Brust.

Nur einen Moment hatte Henrik Lornsen die Babywanne mit seinem Kind aus den Augen gelassen. Direkt neben dem Stand seiner Mutter voller handgearbeiteter Kleinigkeiten hatte er Klein-Ole abgestellt. Als er nun wieder danach sah, lag sein Sohn nicht mehr in seinem weichen Bett. Angsterfüllt durchsuchte Henrik die Babywanne. Sie war leer und blieb leer.

Panisch sah er zu seiner Mutter. Auch bei ihr war Klein-Ole nicht. Seine Mutter hatte kein Baby auf dem Arm.

Verdammt, wo war sein Vater abgeblieben? Wenn auch er seinen Enkel nicht bei sich hatte, wusste Henrik nicht mehr weiter.

Doch, Paula. Paula musste ihm nachgegangen sein und Ole aus der Babywanne genommen haben. Natürlich war es Paula gewesen. Wer sonst hätte seinen Sohn mitnehmen sollen, ohne ihn vorher zu fragen?

Verzweifelt suchte Henrik die Menschentraube rund um den Verkaufsstand ab. Irgendwo musste Paula stehen, Klein-Ole auf dem Arm. Oder sie hatte sich mit dem Baby zurückgezogen, um ihm die Brust zu geben. Da er seine Frau nicht entdecken konnte, versuchte er, sich mit dieser Erklärung zu beruhigen. Gleich würde Paula lächelnd vor dem Stand stehen, ein sattes und zufriedenes Baby an ihre Brust gedrückt. Sie hatte

Klein-Ole aus der Babywanne genommen. So musste es sein. Bei ihr war er in Sicherheit.

Breit lächelnd ging Paula Lornsen auf ihren Mann zu. Die Babyschale schaukelte immer noch an seinem Arm. In wenigen Sekunden würde sie Klein-Ole wieder ganz dicht bei sich haben, seinen Duft riechen, seine Wärme spüren.

Ihr Lächeln erstarb abrupt, als sie erkannte, dass die Babywanne leer war. Deshalb sah Henrik sie so merkwürdig an. Klein-Ole war nicht bei ihm. Stattdessen hatte ihr Mann erwartet, dass sie das Baby trug.

„Wo ist Ole?", schrie Henrik sie an. „Bitte sag mir, dass du es warst, die ihn aus der Babywanne genommen hat."

„Du hast ihn doch mitgenommen", schrie sie zurück. „Ich habe ihn dir gegeben. Du musst Klein-Ole haben."

Noch während sie sich anbrüllten, standen Henriks Eltern plötzlich neben ihnen.

„Was ist los?", kam es fassungslos von seiner Mutter. „Ist das Baby weg?"

Paula fing an zu weinen und schlug die Hände vor ihr Gesicht.

„Es kann nicht weg sein", kam es beruhigend von Henriks Vater. „Ein Säugling läuft nicht einfach davon."

„Doch", schrie Paula. „Klein-Ole ist weg. Und wenn wir alle nicht wissen, wo er ist, dann muss jemand mein Baby gestohlen haben."

„Moment, das haben wir gleich", kam es bedächtig von Groß-Ole.

Mit einer energischen Bewegung schob er die Menschentraube, die mittlerweile einen dichten Ring um sie gebildet hatte, auseinander und drängte sich durch die Besucher des Weihnachtsmarkts. Nur wenige Sekunden später knackte es in den Lautsprechern, die in allen vier Ecken der Sporthalle angebracht waren.

„Liebe Gäste, hier spricht Ole, Ole Lornsen. Die meisten von euch werden mich kennen. – Es tut mir leid, dass ich eure Unterhaltungen kurz unterbrechen muss, aber ich habe eine dringende Bitte an euch. Mein Enkel wird vermisst. Möglicherweise hat jemand von euch den süßen Bengel aus seiner Babywanne genommen, um ihn sich besser ansehen zu können. Nun sucht eine verzweifelte Mutter, meine Schwiegertochter Paula, ihr Kind. Bitte bringt den Säugling schnell an unseren Stand zurück, damit sie sich wieder beruhigen kann. – Ich danke euch."

Lautes Raunen war die einzige Reaktion.

Die Weihnachtsmarktbesucher, die gerade noch Paula und Henrik bedrängt hatten, zogen sich zurück. Niemand schien der Bitte nachkommen zu können oder zu wollen.

„Es muss jemand etwas gesehen haben", erklang Oles Stimme eindringlich aus den Lautsprechern. „Leute, wir sind doch eine Familie. Es geht um meinen Enkel."

„Hast du am Glühweinstand geschaut?", erlaubte sich jemand einen Scherz.

„Das ist ein ernstgemeinter Hilferuf. Falls jemand von euch etwas bemerkt hat, dann bitte ich ihn, zu mir zu kommen. Der Kleine ist erst wenige Wochen alt. Er braucht dringend seine Mutter. Und sie braucht ihn. – Bitte meldet euch."

Paula hörte die letzten Worte schon nicht mehr. Verzweifelt lief sie draußen vor der Halle zwischen den Besuchern hin und her und suchte nach ihrem Kind. Dass Klein-Ole verschwunden war, konnte nicht wahr sein.

‚Bestimmt finde ich ihn gleich auf dem Arm einer netten älteren Dame wieder', sprach sie sich selbst innerlich Mut zu. ‚Mein Baby taucht jeden Moment völlig unbeschadet wieder auf. Ich muss es nur finden. Es ist hier, immer noch hier.'

„Ole", rief sie panisch und ignorierte sowohl die Unfähigkeit ihres Babys, ihr zu antworten, als auch die irritierten Blicke der Menschen um sich herum. „Klein-Ole, wo bist du?"

Jubiläumsfeier in der Polizeidirektion Flensburg

Zusammen mit sechs weiteren Jubilaren saß Kriminalhauptkommissar Michael Brunner in der ersten Reihe des Festsaals des ‚Flensburger Hofs', nur wenige Meter vom Rednerpult entfernt. Jeder der Ehrengäste der Veranstaltung war gebeten worden, eine Begleitung aus seinem privaten Umfeld mitzubringen. Unverheiratet, momentan nicht liiert und ohne eigene Kinder hatte Brunner sich für seine Schwester Ella entschieden, die nun aufrecht neben ihm saß und konzentriert den ersten Worten der Lobrede auf ihn lauschte.

Den ganzen Tag lang hatte er gehofft, durch ein unerwartetes Ereignis um den Termin herumzukommen. Aber nichts war passiert; weder ein Verbrechen noch ein medizinischer Notfall hatten seine Anwesenheit auf Sylt erforderlich gemacht. Am frühen Nachmittag hatte er sich schließlich in den Zug gesetzt und war gut zwei Stunden später von Ella am Flensburger Bahnhof abgeholt worden. Und jetzt saßen sie nebeneinander hier.

Angespannt strich Brunner immer wieder mit den Händen über seine Oberschenkel. Das Gefühl des rauen Anzugstoffs unter den Handinnenflächen beruhigte ihn ein wenig. Bereits bevor der für ihn ausgewählte Gratulant das Wort ergriffen hatte, war Brunner die Aussicht unangenehm gewesen, für kurze Zeit im Mittelpunkt der Aufmerksamkeit zu stehen.

Nur etwa 1,70 m groß und deutlich übergewichtig, mit störrischem braunem Haar und Dreitagebart wirkte der Kriminalhauptkommissar auf viele Menschen, denen er das erste Mal begegnete, wie ein gemütlicher, in sich ruhender Teddybär. Aber sein Äußeres täuschte; wer ihn für körperlich behäbig und deshalb geistig harmlos hielt, unterschätzte ihn erheblich.

Brunners Verstand war schnell und scharf. In der Einschätzung seines Gegenübers irrte er sich selten. Ihn nicht ernst zu nehmen, war der größte Fehler, den Verbrecher begehen konnten.

Genau diesen Fehler machte der Erste Polizeihauptkommissar Peter Streeb regelmäßig. Streeb war Brunners direkter Vorgesetzter und der Mann, mit dem er während des letzten Jahres die meisten Kämpfe auszufechten hatte.

Als genau dieser sich erhoben hatte, um freundliche Worte über seinen Mitarbeiter zu finden, war es um Brunners Selbstbeherrschung geschehen gewesen. Hätte ihm in genau diesem Moment nicht seine Schwester zur Beruhigung ihre linke Hand auf seine Rechte gelegt, wäre er aufgesprungen und aus dem Saal gelaufen. So aber war er sitzengeblieben. Streebs Auftritt hatte ohne Störung begonnen:

„Lieber Kollege Brunner,
es ist mir eine außerordentliche Ehre und Freude, dir heute zu deinem fünfundzwanzigjährigen Dienstjubiläum zu gratulieren. Du bist nicht nur ein bemerkenswerter Kriminalist mit einer Aufklärungsquote, die ihresgleichen sucht, du hast dich auch als ein stets hilfsbereiter Kollege bewiesen, dessen fünfundzwanzigjährige Hingabe und Einsatzbereitschaft nichts anderes als ein Vorbild für uns alle sein kann.

Liebe Anwesende,
was soll ich euch noch über unseren geschätzten Kollegen …"

Streebs Formulierung über die fünfundzwanzigjährige Hingabe und Einsatzbereitschaft schien nicht nur Brunner, sondern auch seine Schwester zu irritieren.

„Nichts anderes als ein Vorbild sein kann?", fragte Ella flüsternd und hielt seine Hand noch etwas fester. „Will dein Chef sich tatsächlich mit dieser lauwarmen Formulierung bei dir bedanken? Sind ihm keine passenderen Worte eingefallen, um deutlich zu machen, dass für dich die Arbeit bei der Kriminalpolizei kein Beruf, sondern eine Berufung ist?"

Brunner blieb stumm. Auch wenn es ihm schwerfiel, er musste die Rede irgendwie aussitzen. Am besten hörte er gar nicht richtig zu, was Streeb über ihn sagte.

> „…
> *Seit zehn Jahren lebt und arbeitet unser geschätzter Kollege Brunner nun bereits auf Sylt. Dort, so habe ich es selbst recherchiert, ist er nicht irgendein ,Bulle', sondern das unbestechliche, aber gleichzeitig stets verständnisvolle Gesicht der Kriminalpolizei. Seine Leidenschaft für die Sicherheit auf der Insel und sein unermüdlicher Einsatz auf diesen knapp 100 Quadratkilometern Sand haben ihn dort zu einem wahren Helden gemacht. Auf einem Eiland, das nicht nur mit den Extremen der Natur konfrontiert wird, sondern auch mit den Extremen der Gesellschaft, verlässt man sich auf Brunners Integrität, seine Empathie und vor allem auf sein unerschütterliches Wirken für das Wohl aller Menschen. …"*

Direkt nach der hoffentlich bald endenden Rede seines Vorgesetzten würden Ella und er sich verabschieden, verabschieden müssen, zu seinem Bedauern. Während Brunner sich die Umsetzung dieses Vorhabens bildlich vorstellte, schaffte er es, die Worte Peter Streebs fast vollständig auszublenden. Die Wahl seiner Begleitung war nicht zufällig auf seine Schwester gefallen; ihr Zustand hatte dabei eine wichtige Rolle gespielt. Deutlich sichtbar war sie hochschwanger und bot ihm damit die perfekte Ausrede, die Veranstaltung in genau dem Moment zu verlassen, den er für den richtigen hielt.

„Seine Worte klingen, als hätte er dich auf einen bedeutungslosen Außenposten verklappt, an dem du nichts falsch machen kannst", flüsterte Ella empört weiter. „Fast wie: Er ist stets bemüht, agiert entsprechend seinen Möglichkeiten und verträgt sogar das raue Klima der Nordsee."

Brunner schwieg weiter. Wenn er nicht reagierte, würde Ella vielleicht die Lust daran verlieren, Streebs Rede zu analysieren.

In Gedanken versetzte sich Brunner in sein Büro in Westerland. Als Leiter der Kriminalpolizei war er der höchstrangige Polizeibeamte der Insel. Seiner Insel, wie er empfand. Jedes Verbrechen, das auf Sylt verübt wurde, ging ihn persönlich etwas an. Ganz besonders hatte das im allmählich endenden Jahr für die Verbrechen im Umfeld seines Freundes Heinrich Nissen gegolten. Im Umfeld von Heinrich und Ella, einer Verbindung, die Brunner nie hatte sehen wollen und immer noch missbilligte.

„...

Möge dieses Jubiläum nicht nur als eine Feier zu Ehren von Brunners Vergangenheit gesehen werden, sondern ebenso als eine Anerkennung für die Fortsetzung seiner beeindruckenden Arbeit in der Zukunft.

Wenn wir gleich unsere Gläser auf die anwesenden Jubilare erheben, dann lautet mein Trinkspruch für Brunner: ‚Auf die nächsten fünfundzwanzig Jahre und auf einen Mann, der nicht nur Verbrechen bekämpft, sondern die Flamme der Gerechtigkeit in unseren Herzen lodern lässt.'

Herzlichen Glückwunsch, lieber Michael.
Herzlichen Glückwunsch zu diesem bemerkenswerten Meilenstein!"

Brunner atmete auf. Endlich war sein Vorgesetzter mit seiner lieblosen Rede zu einem Ende gekommen.

Das Publikum klatschte.

Peter Streeb faltete seine Notizen sorgfältig zusammen und schob sie in die Innentasche seines Jacketts. Dann griff er zu der an das Rednerpult gelehnten Urkunde, die in einem einfachen Aluminiumrahmen steckte, hob den davor liegenden Blumenstrauß hoch und ging auf den Hauptkommissar zu. Die Hand, die er erst Ella, dann seinem gefeierten Mitarbeiter reichte, war warm und trocken. Im Gegensatz zu einem Großteil seiner Zuhörer schien Streeb seinen Auftritt genossen zu haben.

Undeutlich ein paar Dankesworte nuschelnd, nahm Brunner Urkunde und Blumen entgegen. Mit hochrotem Kopf setzte er sich wieder neben Ella, die leise stöhnte.

„Warte noch einen Moment", bat Brunner. „Das Schlimmste haben wir nun hinter uns. Der Nächste auf der Liste der Jubilare ist ein Kollege, den ich wirklich schätze. Gemeinsam haben wir unsere ersten Jahre bei der Polizei verbracht, deshalb möchte ich bei seiner Ehrung noch dabei sein."

„Ich kann nicht mehr warten", kam es leise, aber unmissverständlich von seiner Schwester. „Vielleicht hat mich die Rede deines Chefs doch zu sehr aufgeregt."

„Du meinst …?" Brunner sah sie alarmiert an. „Es geht los? Jetzt?"

„Nicht jetzt sofort. Aber ich glaube, mein Baby könnte es eiliger haben, hier wegzukommen, als du."

„Es geht los", rief Brunner laut aus und sprang auf. „Es geht los."

Der Sitznachbar auf Ellas anderer Seite, ein stattlicher Mann in Festtagsuniform, schien sofort verstanden zu haben, worum es ging. Noch während Brunner hilflos durch den Saal rief, sprang auch er auf und streckte Ella seinen Arm hin, um ihr hochzuhelfen.

„Wir brauchen ein Taxi", sagte sie kurzatmig zu ihm.

„Nicht besser einen Krankenwagen?" Ihr uniformierter Sitznachbar musterte sie kritisch.

Ella schüttelte den Kopf. „Ein Taxi reicht aus, da bin ich mir sicher. Nur mein eigenes Auto sollte ich im Moment wohl lieber stehenlassen."

Wieder einmal verfluchte Brunner seine Entscheidung, nie wieder selbst ein Auto zu lenken. Aber jetzt eine Ausnahme davon zu machen und Ella und das ungeborene Kind womöglich in Gefahr zu bringen, war keine Lösung.

„Wie schnell kann ein Krankenwagen hier sein?", fragte er den Uniformierten, dessen Name ihm nicht einfallen wollte, obwohl er ihn wahrscheinlich wissen sollte.

„Kein Krankenwagen, aber auch kein Taxi", erwiderte der Namenlose, an Ella gewandt. „Ein Beamter der Bereitschaftspolizei wird Sie mit dem Streifenwagen ins Krankenhaus bringen."

Ella lächelte ihn dankbar an.

„Und du, Brunner, kannst deine Urkunde und das Grünzeug bei mir lassen, falls du direkt mitfahren möchtest. Ich bewahre alles für dich auf. Du weißt ja, wo du es abholen kannst."

DIAKO Krankenhaus Flensburg

Fünf Stunden hatte Michael Brunner bereits zusammen mit seiner Schwester auf der Geburtsstation verbracht, bevor Ella endlich in den Operationssaal geschoben wurde. Mit jeder Minute, die er sich danach ohne sie in ihrem Zimmer aufhielt, wurde er unruhiger. Hatte seine Schwester die Situation zu lange nicht ernst genommen und damit sich und ihr Kind in Gefahr gebracht? Warum waren Frauen nur immer davon überzeugt, sie wüssten alles besser als Männer? Vor allem, wenn es um die Familienplanung ging? Sogar kluge Frauen wie seine Schwester?

Die Schmerzen, die Ella noch im Festsaal der Polizeidirektion verspürt hatte, waren bis zur Ankunft im Krankenhaus wieder verklungen. Nur seinen Überredungskünsten war es zu verdanken gewesen, dass seine Schwester dennoch die Notaufnahme betreten hatte. Das Ergebnis der Untersuchung durch die zuständige Ärztin hatte ausgereicht, ihn in Panik zu versetzen.

Das Baby werde möglicherweise nicht ausreichend versorgt, hatte die Aussage der Medizinerin gelautet. Die Plazenta habe sich bereits stark gelöst, zu stark nach ihrer Einschätzung. Gerade weil bis zum ausgerechneten Geburtstermin noch ein paar Wochen Zeit seien, sehe sie diese Entwicklung als Alarmsignal an. Angesichts des Alters der werdenden Mutter sei es nach ihrer Erfahrung sicherer, rechtzeitig einen Kaiserschnitt durchzuführen. Sie wolle die Schwangere direkt dabehalten und auf den Eingriff vorbereiten, während die für die OP notwendigen Kollegen aus ihrer Freizeit geholt würden.

Als Ella zögerte, der Ärztin zuzustimmen, waren deren Worte drastischer geworden: „Sie können natürlich auch wieder gehen, weiter auf eine normale Geburt hoffen und sich erst einliefern lassen, wenn es möglicherweise zu spät ist für ihr Kind. Die Entscheidung liegt ganz bei Ihnen."

Sofort hatte Brunner bei der zuständigen Stationsleiterin darauf bestanden, seine Schwester aufzunehmen und ihr ein Einzelzimmer zuzuweisen. Danach hatte er Heinrich Nissen angerufen, obwohl Ella es ihm ausdrücklich verboten hatte.

Auf keinen Fall wolle sie mit dem werdenden Vater diskutieren müssen, wie und wann sie sein Kind bekomme. Bei der Geburt wolle sie ihn ebenfalls nicht in ihrer Nähe haben, hatte sie betont. Sie sei keine Kuh, bei der er sicher wisse, wie er dem Nachwuchs auf die Welt und seine vier Beine helfen könne. Und auf die Anwesenheit ihres Bruders könne sie auch verzichten, falls er ihre Wünsche nicht akzeptiere.

Wie Heinrich als werdender Vater zu ihrer Bitte stand, wusste Brunner nicht. Er persönlich war erleichtert, nicht Zeuge des blutigen Prozesses werden zu müssen. Ihm reichte es völlig aus, für Ella und das Neugeborene da zu sein, sobald sie nach der Entbindung das Krankenzimmer wieder erreicht hatten.

Bis in die frühen Morgenstunden hatte es gedauert, bis das notwendige Personal eingetroffen und die Vorbereitungen für den Kaiserschnitt beendet waren. Danach war Ella sofort in den Operationssaal geschoben worden, eine halbe Stunde bevor Heinrich im Krankenhaus eintraf. Nun tigerten Brunner und sein Freund gemeinsam durch Ellas Zimmer und warteten besorgt und ungeduldig darauf, sie und das Neugeborene wohlbehalten zurückgebracht zu bekommen.

Unmut machte sich in Brunner breit. Nichts als Ärger und Aufregung hatte die Affäre zwischen seinem Freund und seiner Schwester ihm bisher eingebracht, dachte er, ohne es laut auszusprechen. Wüsste er nicht, wie sehr Heinrich sich auf seine Tochter freute, er hätte ihm die späte Schwangerschaft seiner Schwester nie verziehen. Zumal die beiden noch nicht einmal vorhatten, zu heiraten und ein gemeinsames Leben zu führen. Sie bekamen ein Kind. Wie wollten sie es gemeinsam erziehen, ohne zusammenzuleben? Ella wohnte und arbeitete in Hamburg, Heinrich auf Sylt. Ella war fast schon fünfundvierzig Jahre alt und Heinrich sogar schon sechzig. Und beide waren viel zu beschäftigt für ein Kleinkind. Nichts als Sorgen hatten sie ihm mit ihrem noch ungeborenen Nachwuchs während der letzten Monate beschert und genauso würde es bestimmt auch die nächsten Jahre weitergehen.

Noch während Brunner innerlich vor sich hin fluchte, öffnete sich die Tür und ein Krankenbett wurde ins Zimmer geschoben. Seine Schwester lag darauf, erschöpft, aber wach, einen rosigen schlafenden Säugling im Arm haltend.

Mit einem Mal war alles in Ordnung. Alles war gut.

Erleichtert sank Brunner auf einen der Besucherstühle und war glücklich.

‚Adventszauber' in Westerland

Ursprünglich hatte sich Charlotte Lehmann mit ihrem Baby noch nicht dem Trubel eines Weihnachtsmarktes aussetzen wollen, aber Frank, ihr Ehemann, freute sich so sehr darauf, dass sie nicht Neinsagen konnte. Zum ersten Mal seit ihrer Hochzeit war sie nicht allein nach Sylt gefahren. Sonst hatte Frank immer zu viel zu tun gehabt, um sie zu begleiten, aber dieses Mal war er mit ihr zusammen auf die Insel gekommen. Verständlicherweise bestand er nun darauf, jede Attraktion kennenzulernen. Und in den Wochen vor Weihnachten gehörte der ‚Adventszauber' in Westerland einfach dazu.

Charlotte selbst kannte Sylt sehr gut. Ihr Vater besaß ein Haus in Keitum, dessen Türen jederzeit für sie offenstanden. Vor der Scheidung ihrer Eltern hatte die ganze Familie jedes Jahr auf der Insel Weihnachten gefeiert; der Besuch aller verfügbaren Weihnachtsmärkte war dabei eine ihrer Traditionen gewesen.

Der Platz, auf dem der ‚Adventszauber' stattfand, war gut besucht. Rechts und links standen dicht aneinandergedrängt Buden, in der Mitte waren breite, überdachte Stehtische von fröhlichen Menschen umringt. Nur sehr langsam und vorsichtig konnte Charlotte den Kinderwagen durch die Menschenmenge schieben. Wenigstens bis zum Getränkestand wollte sie es aber schaffen. Wenn sie schon die Tradition ihrer Jugend mit ihrem Ehemann und ihrem Baby neu belebte, dann war ein Glas Eier-Grog für die Erwachsenen Pflicht.

Gerade als sie das ersehnte Ziel erreicht und ihre Getränke erhalten hatten, machte einer der Feiernden am mittleren Tisch einen großen Schritt zurück. Fast wäre er dabei über den Kinderwagen gestolpert; es fehlte nicht viel und er hätte seinen heißen Glühwein über dem kleinen Max ausgeschüttet. Charlotte reichte Frank ihren Grog und brachte eilig den Kinderwagen aus der Gefahrenzone. Die kleine Laube, die neben dem Restaurant den Gästen des Weihnachtsmarkts eine halbwegs ruhige und auch warme Sitzmöglichkeit bot, war ihr Ziel. Sie hatte Glück, direkt neben der Tür waren zwei Plätze auf einer Bank frei. Sogar der Kinderwagen fand einen Platz in ihrer Nähe. Zufrieden nahm sie Frank den warmen Glasbecher ab und sog genießerisch den Duft nach Vanillesahne und Eierlikör ein.

„Jetzt, da wir einen ruhigen Platz gefunden haben, können wir uns doch auch die berühmten Kalbsfrikadellen gönnen", schlug Frank vor und erhob sich wieder. Mit einem Blick in den Kinderwagen ergänzte er: „Max scheint keine Einwände gegen seinen ersten Weihnachtsmarktbesuch zu haben. Um den musst du dir keine Sorgen machen."

Charlotte folgte seinem Blick und betrachtete für wenige Sekunden ihr schlafendes Baby. Als sie den Kopf wieder hob, hatte Frank die Laube bereits verlassen. Ein heimeliges Gefühl durchströmte sie: Weihnachten auf Sylt; diese Tradition ihrer Kindheit ließ sie nun mit ihrer eigenen kleinen Familie wieder aufleben.

„Charlotte?", sprach eine dunkle Stimme sie von oben herab an und riss sie aus ihren Träumen. „Charlotte, bist du das wirklich?"

Sie erhob sich und stand einem Mann in ihrem Alter gegenüber, der nicht den geringsten Wiedererkennungswert für sie hatte. Sein dunkelblonder Dreitagebart umrahmte ein Gesicht, das sie möglicherweise das letzte Mal gesehen hatte, als noch nicht ein einziges Barthaar darauf gewachsen war. Eine dunkelbraune Wollmütze verdeckte den Großteil des restlichen Kopfes.

„Lars?", versuchte sie ihr Glück. „Du bist Lars, oder?"

Statt ihr zu antworten, umarmte ihr etwas größeres Gegenüber sie. Der Unbekannte ließ sie erst los, als Charlotte ihn leicht von sich wegstieß.

„Dich heute hier zu treffen, muss ein Weihnachtswunder sein", kam es überschwänglich von dem Mann. „Seit Jahren schon hoffe ich, dich endlich einmal wieder zu treffen."

Charlotte lachte verlegen. Eine passende Antwort auf die unerwartet herzliche Begrüßung war schwierig, zumal ihr absolut nicht einfallen wollte, ob der blonde Mann ein Nachbar ihres Vaters oder einfach nur eine Strandbekanntschaft aus ihrer Kindheit war.

„Ich sehe schon, du erinnerst dich nicht an mich", kam es nun von dem lächelnden Dreitagebartträger. „Dabei war ich jahrelang in dich verliebt. Ich habe mich nur nie getraut, es dir zu sagen." Seine schmollende Miene verwandelte sich in ein breites Grinsen. „Bist du allein hier?"

„Nicht ganz", antwortete Charlotte, nach wie vor verlegen grinsend. Mit einer erklärenden Geste drehte sie sich zu dem Kinderwagen um, der immer noch dicht neben dem Tisch stand.

Ihr Herz blieb kurz stehen, dann setzte es an, in doppelter Geschwindigkeit weiterzuschlagen. Bis auf die Kissen und Decken, die eben noch ihren kleinen Max warmgehalten hatten, war der Kinderwagen leer. Ihr Baby lag nicht mehr in seinem weichen Bett.

„Max", flüsterte sie entsetzt.

Um sie herum schien niemand ihre beginnende Panik zu bemerken. Überall wurde weiter fröhlich gelacht, geredet, getrunken und gegessen.

Hektisch sah Charlotte sich nach ihrem Ehemann um. Verzweifelt hielt sie sich an dem Gedanken fest, er müsse während der innigen Umarmung von Lars unbemerkt in die Laube zurückgekehrt und Max aus dem Wagen genommen haben.

„Frank", rief sie laut in die Menge. „Frank, wo bist du?"

Einige der Leute um sie herum verstummten. Fragende Blicke trafen sie.

Frank befand sich genauso wenig in ihrer Nähe wie Max. Wahrscheinlich wartete er immer noch außerhalb der Laube auf das bestellte Essen und ahnte nichts vom Verschwinden seines Sohnes.

Auch der bärtige Fremde war nicht mehr da.

Sie war allein.

DIAKO Krankenhaus Flensburg

Natürlich klingelte Kriminalhauptkommissar Brunners Diensthandy genau in dem Moment, in dem seine Schwester ihm zum ersten Mal das neue Familienmitglied reichte. Den ganzen Tag schon wartete er darauf, seine Nichte in den Armen zu wiegen, nun war der Moment dafür gekommen und sein Beruf zerstörte ihn.

Heinrich hatte längst die kurzen Phasen genutzt, in denen Ella schlief, und minutenlang das winzige Wesen in seinen großen Händen gehalten. Wortlos hatte er auf seine Tochter hinabgesehen und sie angelächelt. Und das Dütji, wie er es nannte, hatte außer einem zufriedenen Schnurpeln keinen Laut von sich gegeben.

Das schrille Klingeln des Telefons ließ das Baby erschrecken. Sein Gesicht verzog sich und sein Mund öffnete sich zu einem erschrockenen Schrei. Eilig schaltete Brunner den Ton seines Handys ab, aber der Schaden war angerichtet. Heinrich ergriff umgehend seine Chance und nahm Ella das kleine Bündel Mensch ab. Sofort entspannte sich das Gesicht seiner Tochter. Das Neugeborene schien seinen Vater vom ersten Moment an ins Herz geschlossen zu haben. Sein Mund schloss sich, die Augenlider fielen zu und Ruhe kehrte im Krankenzimmer ein. Der Säugling war bereits wieder eingeschlafen, bevor Brunner den Raum verlassen konnte, um das Telefongespräch anzunehmen.

„Wir haben ein Problem", meldete sich Kriminalkommissar Eike Hansen. „Ich glaube, es wäre gut, wenn du heute noch nach Westerland zurückkehren könntest."

„Ein Problem, das nicht über das Wochenende von dir gelöst werden oder bis Montag warten kann?", fragte Brunner verärgert.

„Ein weiterer Säugling ist verschwunden."

Eike musste nicht mehr sagen. Von dem bereits vor zwei Wochen verschwundenen Neugeborenen gab es immer noch nicht die geringste Spur. Zusammen mit der Polizei hatten die verzweifelten Eltern jeden Stein auf der Insel umgedreht und ihr Baby dennoch nicht zurückbekommen. Auch wenn es weder eine Lösegeldforderung noch eine andere Kontaktaufnahme gab, war ein Gewaltverbrechen mittlerweile mehr als wahrscheinlich. Wenn nun ein zweites Kind auf ähnliche Art verschwunden war, sprach viel dafür, dass es sich um denselben Täter handelte. Hatte er dieses Mal eine Spur hinterlassen, bestand zumindest eine minimale Chance, auch das erste

Verbrechen noch aufzuklären und beide Kinder lebend ihren Eltern zurückzubringen.

„Was genau ist passiert?", fragte Brunner.

Sein Mitarbeiter schilderte ihm knapp die bisherigen Erkenntnisse.

„Ich mache mich umgehend auf den Weg. Es ist gut, dass du mir Bescheid gegeben hast, Eike. Ich danke dir."

„Bis wann kannst du hier sein?"

„Ich fürchte, nicht vor Mitternacht. Ich werde den nächstmöglichen Zug nehmen. Nutzt die Stunden bis zu meiner Ankunft und sammelt alle Namen und Kontaktdaten der Zeugen ein. Vielleicht will sogar jemand direkt etwas zu Protokoll geben, sonst sprechen wir morgen gemeinsam mit jedem Einzelnen von ihnen. Und bitte sorgt dafür, dass alle Spuren gesichert werden."

Eike versprach, zu tun, was er konnte.

„Sobald ich auf der Insel bin, melde ich mich. – Sag alles ab, falls du für dieses Wochenende noch etwas geplant hast."

Brunner beendete das Telefonat.

Noch während er sein Handy in die Tasche steckte, wurde ihm klar, dass er der glücklichen Familie im Krankenzimmer den Grund für seine Rückkehr nach Sylt heute nicht erläutern würde. Ella hatte sich von Heinrich dazu überreden lassen, nach der Entlassung aus dem Krankenhaus nicht direkt mit der Kleinen nach Hamburg zurückzukehren. Stattdessen würde sie die restlichen Wochen des Jahres auf dem Hof in Morsum verbringen. Wenn es nun tatsächlich einen Verbrecher auf Sylt gab, der Babys entführte, war in wenigen Tagen möglicherweise auch die Tochter von Ella und Heinrich in Gefahr. Wollte Brunner seine Ermittlungen ohne Einmischung durch seinen Freund und seine Schwester durchführen, musste er schnell zu ersten Ergebnissen kommen.

Bahnhof Westerland

Es wurde sehr früher Sonntagmorgen, bis Brunner in ruckeliger Fahrt den Hindenburgdamm überwunden hatte. Die Stunden nach seinem Abschied von der frischgebackenen Kleinfamilie in Flensburg verbrachte er erst in einem zugigen Wartesaal im Bahnhof, dann in einem nahezu leeren Abteil eines um mehr als eine Stunde verspäteten Regionalexpress. Nun stand er neben den grünen Riesen vor dem Westerländer Bahnhof und wartete auf Eike Hansen.

Das stürmische, kalte Wetter der Nacht entsprach Brunners seelischer Verfassung. Er haderte mit der Wahl seines Berufs, der ihm immer häufiger die Brutalität und Rücksichtslosigkeit mancher Mitmenschen vor Augen führte. Wurden die Welt und ihre Bewohner allmählich extremer? Oder wurde nur er dünnhäutiger? Kleine Kinder und Babys aus den Armen ihrer Eltern zu stehlen, war absolut unentschuldbar. Allein die Vorstellung, die Seligkeit im Blick von Ella und Heinrich, mit dem sie vor wenigen Stunden im Krankenhaus ihren späten Nachwuchs angesehen hatten, könnte sich in Verzweiflung über das Verschwinden ihrer kleinen Tochter verwandeln, ließ Brunner eine derartige Wut und Ohnmacht verspüren, dass ihm schwindelig wurde.

Auf die Identität des Täters, der das erste Baby gestohlen hatte, gab es nicht den geringsten Hinweis. Zwei Wochen waren vergangen und Brunner hegte keine Hoffnung mehr, das Kind wohlbehalten seinen Eltern zurückbringen zu können. Wenn sie Glück hatten, gab es bei dem zweiten vermissten Kind Spuren, denen sie nachgehen konnten. Falls nicht, mussten die Befragungen der Besucher des Weihnachtsmarktes noch sorgfältiger geführt werden, als er und sein Team es sowieso immer taten. Nur so konnten sie sicherstellen, dass eine Beobachtung, die ein Zeuge selbst vielleicht nicht für relevant hielt, ihnen dennoch mitgeteilt wurde und den Täter ins polizeiliche Rampenlicht rückte. So oder so standen Brunner und seinen Mitarbeitern schwierige und nervenaufreibende Tage bevor. Fünf von sechs der Sylter Kriminalpolizisten waren Väter; Brunner, war der Einzige, der seine Vorstellungskraft bemühen musste, um die Angst der Eltern nachzuvollziehen.

Gab es etwas, das die beiden verschwundenen Babys verband? Wenn sie diese Frage mit ‚Ja' beantworten konnten, war die Richtung ihrer Ermittlungen maßgeblich vorgegeben. Fanden sie keinen Hinweis auf Gemeinsamkeiten, den Grund der Taten oder den Täter selbst, bis Heinrich zusammen mit Ella und dem Baby nach Sylt zurückkehrte, würde Brunner ein offenes Wort mit seinem Freund reden und ihn warnen müssen.

Während er gegen die unbestimmte Angst ankämpfte, seine kleine Nichte könnte das nächste Opfer des Entführers werden, sah er einen himmelblauen Kleinbus auf den Parkplatz des Bahnhofs einbiegen. Brunner hatte angeboten, ein Taxi zu nehmen, um nach Hause zu fahren, aber sein Mitarbeiter und Stellvertreter Eike Hansen hatte darauf bestanden, ihn in Empfang zu nehmen, sobald er auf die Insel zurückgekehrt war.

Müden Schrittes kam Eike auf ihn zu. „Sollen wir direkt weiterfahren?", begrüßte er seinen fröstelnden Chef. „Dann steig ein, Brunner."

Die einzigen Plätze des Wagens, die nicht durch Kindersitze unbrauchbar für Erwachsene gemacht wurden, waren die beiden Vordersitze. Brunner nahm eine dünne Mappe vom Beifahrersitz und setzte sich. „Drei Kinder?" fragte er. „Wie alt ist das Jüngste?"

„Drei Bälger", bestätigte Eike. „Zwei Mädchen und ein Junge. Sechs, dreieinhalb und knapp zwei Jahre alt."

Brunner wusste nicht, was er darauf antworten sollte.

Eike erlöste ihn aus seiner Verlegenheit. „Möchtest du ins Büro oder nach Hause?"

„Gibt es etwas, das wir heute Nacht noch tun können?"

„Nein. Deshalb habe ich die Kollegen auch nach Hause geschickt." Eike zeigte auf die dünne Mappe, die Brunner auf seinen Oberschenkeln balancierte. „Da drin findest du alles, was wir bisher wissen. Die ersten Ergebnisse der Spurensicherung sind uns für morgen Vormittag versprochen worden."

„Gut." Brunner überlegte. „Dann setz mich einfach zuhause ab und fahr danach zu deiner Frau und deinen Kindern. Ein wenig Schlaf wird uns allen guttun." Er warf einen Blick auf seine Uhr. „Gegen 9:00 Uhr bin ich wahrscheinlich im Büro. – Es tut mir leid, euch allen den Sonntag zu verderben, aber es muss sein: 10:00 Uhr Einsatzbesprechung. Kannst du das den Kollegen bitte noch mitteilen?"

Eike nickte. „Schon passiert, Brunner. Ich kenne dich bereits ein paar Tage. – Es werden alle pünktlich sein."

Polizeiwache Westerland

Außer frühen Brötchenkäufern und Hundeausführern begegnete Kriminalhauptkommissar Brunner kein Mensch, während er zu Fuß auf dem Weg von seiner Wohnung in der Marinesiedlung zum Büro in der Westerländer Innenstadt war. Der Wind hatte etwas nachgelassen und Brunner genoss einen Umweg über den Strand.

Die Unterlagen, die Eike ihm vor ein paar Stunden mitgegeben hatte, hatten ihm keine Hoffnung gemacht, das verschwundene Baby schnell wiederzufinden. Ein einziger Zeuge meinte, einen Mann beobachtet zu haben, der etwas mehr Interesse an dem in der Laube abgestellten Kinderwagen gezeigt hatte als die übrigen Gäste. Als die Polizei ihn um eine Beschreibung des Mannes gebeten hatte, gab der Zeuge an, dass es sich vielleicht auch um eine Frau gehandelt haben könne. Er erinnere sich vorwiegend an einen Daunenmantel und eine dicke Wollmütze. Er habe die Person nur von hinten gesehen. Brunner fragte sich, weshalb sich nicht einmal dieser eine Zeuge seiner Aussage sicher war. Immer wieder mussten er und seine Kollegen die Erfahrung machen, dass angebliche Beobachtungen von Tag zu Tag variierten. Und kaum ein Mensch schien die Begabung zu besitzen, das Gesicht oder die Statur eines Fremden sinnvoll zu beschreiben.

Die Zeit bis zu der von ihm einberufenen Einsatzbesprechung verbrachte er damit, zwei Kannen Kaffee zu kochen und ein paar Tassen zu spülen. Als er damit den Besprechungsraum betrat, warteten seine fünf Mitarbeiter bereits heftig diskutierend auf ihn.

„Natürlich haben die beiden Fälle etwas miteinander zu tun", hörte Brunner seinen Stellvertreter sagen.

„Nur weil zwei Dinge auf ähnliche Art passieren, müssen sie nicht zusammenhängen", widersprach ihm Nils Persson, der Jüngste im Team. „Es gibt einen Unterschied zwischen Korrelation und Kausalität. Schon mal etwas davon gehört?"

„Moin", unterbrach Brunner die hitzige Debatte. „Schön, dass ihr alle pünktlich seid."

Er stellte das Tablett mit dem Kaffee auf den Tisch. Zwei Plätze weiter setzte er sich vorsichtig auf einen der alten, unter seinem Gewicht ächzenden Stühle.

„Danke, dass ihr gestern bereits die wichtigen ersten Schritte unserer Ermittlung durchgeführt habt. Eike hat mir eine Zusammenfassung der Ergebnisse zum Lesen gegeben, aber ihr kennt mich, ich möchte alles noch einmal persönlich von euch hören."

Erwartungsvolle Stille trat ein, nachdem sich alle mit Kaffee versorgt und ebenfalls gesetzt hatten.

„Eike, kannst du für uns bitte zusammenfassen, was gestern passiert ist", forderte Brunner seinen Stellvertreter auf.

Kriminalkommissar Eike Hansen räusperte sich. „Korrelation hin, Kausalität her. Ich bin der Meinung, dass wir beide Fälle von Entziehung Minderjähriger gemeinsam betrachten müssen."

„Dazu kommen wir später." Brunner sah ihn ungeduldig an.

„Nun, dann also erst einmal zu gestern: Wir sprechen über Max, also wieder einen Jungen. Max war gestern fünf Wochen und drei Tage alt. – Gegen 18:30 Uhr kamen Charlotte und Frank Lehmann zusammen mit ihrem Baby auf dem ‚Adventszauber' in Westerland an. Der Markt war zu der Zeit bereits gut besucht. Max lag in einem Kinderwagen. Wegen der Enge auf dem Weihnachtsmarkt entschieden sich die Eltern, zusammen mit Max die kleine Laube aufzusuchen, die etwas mehr Schutz für ein Kleinkind bietet – ich denke, ihr kennt die Örtlichkeiten dort. In der Laube stellte die Mutter den Kinderwagen in der Nähe der Tür ab und setzte sich selbst, zusammen mit dem Kindsvater, nur etwa einen Meter davon entfernt an einen der Biertische. Das muss, nach Auskunft von Frank Lehmann, gegen 18:55 Uhr gewesen sein. Nach einem Blick auf seinen schlafenden Sohn hat er die Laube wieder verlassen, um etwas zu essen zu kaufen. Noch ehe er mit den Speisen zurückkehren konnte, hat seine Frau entdeckt, dass Max nicht mehr im Kinderwagen lag. Er selbst befand sich zu der Zeit, in der sein Baby entführt wurde, noch außerhalb der Laube, was von dem Verkäufer am Snackstand auch bestätigt wurde."

„Ist Frank Lehmann außerhalb der Laube etwas aufgefallen? Vielleicht eine Person, die sich eilig von der Laube wegbewegt hat?" Brunner kannte die Antwort zwar schon, wollte sie aber in das Bewusstsein aller Anwesenden zurückbringen.

„Nein. Der Kindsvater hat ausgesagt, die meiste Zeit zum Frikadellen-Stand geschaut zu haben. Zur Laube hat er sich erst umgedreht, als sein Kind bereits vermisst wurde."

„In Ordnung, kommen wir zu Charlotte Lehmann", forderte Brunner Eike auf.

„Die Mutter des Neugeborenen gab zu Protokoll, sie sei von einem Fremden angesprochen und umarmt worden, der sie damit für etwa drei Minuten abgelenkt habe. Dieser Unbekannte habe behauptet, sie von früher zu kennen, seinen Namen allerdings nicht genannt. Als Charlotte Lehmann sich endlich aus seiner Umarmung lösen konnte, war der Kinderwagen leer und ihr Baby war spurlos verschwunden."

„Und der Fremde?"

„Der hat es geschafft, sich während der Schrecksekunde der Mutter in Luft aufzulösen."

„Eigentümlich", kommentierte Brunner. „Aber glücklicherweise konnte sie den Fremden beschreiben."

„Ob uns das hilft? Er sei etwa so alt wie sie, nimmt Frau Lehmann an, also Mitte bis Ende Zwanzig. Sie glaubt, er sei schlank und etwas größer als sie, also etwa 1,80 Meter. Außerdem wirkte er äußerst sympathisch und trug bei ihrem Zusammentreffen einen dunkelblonden Dreitagebart, der zusammen mit einer dunkelbraunen Wollmütze den größten Teil seines Gesichts bedeckt hat. Dazu kommt noch dunkle, wahrscheinlich ebenfalls braune Kleidung. – Das ist die vollständige Beschreibung."

„Und den Zeugen um sie herum sind auch keine weiteren Details in Erinnerung geblieben?"

„Nein. Offenbar waren alle zu sehr mit sich und ihrer Vorfreude auf Weihnachten beschäftigt." Eike schüttelte verärgert den Kopf.

„Dann müssen wir heute mit allen ein zweites Mal sprechen", folgerte Brunner gereizt. „Manche Zeugen merken erst später, was sie alles gesehen haben, ohne es sich bewusst gemacht zu haben."

„Wir haben die Namen und Adressen aufgenommen", antwortete Eike in ruhigem Ton. „Ich weiß auch nicht, was wir anderes tun sollen, bis die Spurensicherung uns vielleicht neue Impulse liefert."

„Laut deinen Aufzeichnungen ist der Unbekannte, der Charlotte Lehmann angesprochen hat, niemandem wirklich aufgefallen. – Und die meisten Gäste in der Laube, haben noch nicht einmal mitbekommen, dass ein Kinderwagen neben der Tür stand."

„Erstaunlich, nicht wahr?" Eike schüttelte ein weiteres Mal seinen Kopf. „Die einzige Erklärung, die ich dafür habe, ist die Tatsache, dass alles ziemlich schnell ging. Charlotte Lehmann und ihr Kind waren nur etwa zehn Minuten in der Laube, bevor das Baby verschwand."

„Die Umarmung durch den Unbekannten war doch definitiv ein Ablenkungsmanöver", warf Nils Persson ein. „Soweit ich mich erinnere, gab es ein solches Manöver beim ersten Babydiebstahl in Keitum nicht."

„Vielleicht war es dort nicht notwendig", antwortete Eike. „Der Trubel in der Sporthalle war möglicherweise groß genug. Das Baby konnte mitgenommen werden, ohne dass jemand etwas bemerkt hat."

„Eike hat recht", mischte sich Brunner ein. „Mehr noch: Nur weil niemandem ein Ablenkungsmanöver aufgefallen ist, kann es trotzdem stattgefunden haben. Nur etwas eleganter vielleicht als in Westerland. – Wir müssen noch einmal mit den Eltern und Großeltern des ersten Babys sprechen."

„Dann suchen wir also nicht nur einen Täter, sondern mindestens zwei Täter oder Täterinnen."

„So sieht es aus", bestätigte Brunner. „Einer hat die Eltern abgelenkt, der oder die zweite hat sich währenddessen des Kindes bemächtigt. – Auch für mich hängen im Moment erst einmal beide Fälle zusammen."

„Aber warum zwei Babys?", wollte Nils Persson wissen. „Warum nimmt jemand zwei Neugeborene mit? Eines kann ich mir noch vorstellen. Eine Frau ohne eigenes Kind, die aus Trauer oder Sehnsucht den Verstand verloren hat, kann so etwas vielleicht tun. Aber warum zwei?"

Niemand schien es zu wagen, eine Vermutung anzustellen.

„Und wenn die Täter sich bereits zwei Säuglinge genommen haben, wie sollen wir sie daran hindern, auch noch weitere Neugeborene zu entführen?", sprach Eike einen weiteren Gedanken aus, den alle im Raum wahrscheinlich bislang unterdrückt hatten.

Polizeiwache Westerland

Unruhig blickte Kriminalhauptkommissar Brunner aus seinem Interims-Büro im dritten Stock des ehemaligen Telekom-Gebäudes auf den großen Platz herab, auf dem seit vier Jahren die Behelfscontainer der Polizeiwache standen. Die Sanierung des denkmalgeschützten Backsteinbaus der Polizei war weitestgehend abgeschlossen; ab heute war das vierstöckige Haus wieder das Zuhause der uniformierten Einsatzkräfte und demnächst sollten auch die Büros der sechs Beamten der Kriminalpolizei fertiggestellt sein.

Seit dem frühen Morgen zog die Bereitschaftspolizei zurück in die ersten beiden Etagen. Kisten mussten gepackt, Möbel geschleppt, Infrastruktur abgebaut und im denkmalgeschützten Altbau wieder installiert werden. Trotz der langen Vorbereitungszeit schien das wenigste auf Anhieb so zu funktionieren, wie es vorgesehen war. Bereits stark strapazierte Möbel überstanden den Umzug nicht und wanderten auf einen Müllhaufen, der sich in den letzten vier Stunden in einer der freien Ecken des Platzes gebildet hatte. Kartons wurden einfach irgendwo abgestellt und gingen damit wahrscheinlich samt ihrem Inhalt für immer verloren. Elektronische Geräte funktionierten nicht mehr so, wie sie es vor dem Umzug getan hatten. Alle Telefon- und WLAN-Anschlüsse hatten kapituliert, auch die, die noch nicht umgezogen worden waren, so wie seine.

Sich vorzustellen, wie es seinem über Jahre liebgewonnenen Mobiliar ergehen würde, wagte Brunner nicht. Es herrschte das reinste Chaos, soweit er das aus seinem Bürofenster beobachten konnte. Er und seine Mitarbeiter der Kriminalpolizei konnten von Glück reden, dass sie erst in ein paar Tagen an der Reihe waren. Bis dahin wussten die Umzugshelfer hoffentlich, was sie taten.

Wenn es nach Brunner ginge, dann blieben sie wenigstens so lange in ihren Interimsbüros, bis die zweifache Entziehung Minderjähriger aufgeklärt war. Das aktuell zu beobachtende Umzugschaos machte ihre Ermittlungen nicht effektiver, aber genau das hatten sie nötig. Der bärtige Mann, der Charlotte Lehmann auf dem ‚Adventszauber' umarmt hatte, war immer noch ‚der große Unbekannte'. Auch die Zeugenaussagen vom dänischen Weihnachtsmarkt hatten wenig dazu beigetragen, ihn oder den mutmaßlichen zweiten Täter zu identifizieren. Wie war es möglich, dass zwei Säuglinge so einfach verschwanden? Und was war seitdem mit ihnen passiert? Die Wahrscheinlichkeit, dass sie noch lebten, sank mit jedem Tag, der verging.

Unzufrieden mit sich, seinem Team, den Zeugen und dem Rest der Welt beobachtete Brunner weiter das rege Treiben unter seinem Bürofenster. Seine Aufmerksamkeit wurde von dem unordentlichen Stapel ausgemusterten Inventars erregt. Einen Karton mit einem bunten, seitlichen Aufdruck hatte jemand nachlässig auf einem der beschädigten Schreibtische abgestellt; wahrscheinlich hätte genau diese Umzugskiste dringend in eines der Büros der Polizeiwache gebracht werden müssen, um dort als erste wieder ausgepackt zu werden.

Brunner war sich sicher, dass der von ihm beobachtete Karton vor etwa zwei Minuten noch nicht dort gestanden hatte. Gerade noch innerhalb seines Blickfeldes, aber von ihm nicht bewusst wahrgenommen, verließ ein großer, schlanker Mann, bekleidet mit einem braunen Daunenmantel und einer dunkelbraunen Mütze, den Platz. Nur wenige Meter weiter stieg er in einen weißen Sportwagen und fuhr davon.

Immer noch die Kiste fixierend, griff Brunner nach seinem Handy und rief die Zentrale der Bereitschaftspolizei an. Nicht einmal ein Tuten erklang, die Unterbrechung der

Telefonleitungen hielt offenbar an. Der dünne Sprühregen, der bereits den ganzen Morgen lang herrschte, würde den Pappdeckel, den kompletten Karton innerhalb kürzester Zeit durchnässt haben. Darüber hinaus zerrte der Sturm, der über den freien Platz fegte, an der Kiste und Brunner befürchtete, ein heftiger Windstoß könnte sie über die Kante der Schreibtischplatte schieben. So oder so würde es nicht mehr lange dauern, bis die wasserempfindliche Verpackung den Wetterbedingungen nach- und ihren Inhalt freigab.

Erkannte denn niemand außer ihm diese Gefahr?

Der Gedanke, es könnte etwas Wichtiges oder sogar Wertvolles in den Pappkarton gepackt worden sein, beunruhigte Brunner. Womöglich waren es vertrauliche Personalakten oder Verbrecherkarteien. Jeder weitere Windstoß konnte diese Informationen rettungslos über ganz Westerland verteilen. Erneut wählte er die Nummer der Bereitschaftspolizei; wieder bekam er keine Verbindung.

Widerwillig verließ er seinen Aussichtspunkt im dritten Stock und spurtete den Flur entlang. Den Weg die Treppen hinab und über den großen Platz musste er bereits in langsamerem Tempo zurücklegen; sein Übergewicht forderte seinen Tribut. Als er die Kiste erreichte, war sie weder vom Wind über den Rand der Tischplatte geschoben worden, noch hatte sie durch die Nässe ihren Inhalt freigegeben. Eilig griff er nach dem feuchten Karton und hob ihn an. Sein Gewicht zeigte deutlich, dass er nicht leer war. Falls sein Inhalt aus Papier bestand, musste man ihn schnell aus der regennassen Pappe befreien.

Vorsichtig schob Brunner den Deckel hoch und lugte in die Kiste. Im Inneren sah er zuerst nur etwas Weißes. Dann wurde ihm klar, dass es sich dabei nicht um Papier, sondern um Stoff handelte. Stand der Karton vielleicht doch nicht versehentlich bei den ausrangierten Einrichtungsgegenständen? Handelte es sich bei seinem Inhalt möglicherweise nur um ein paar alte Vorhänge oder Kissen?

Mit einer Hand hielt er den Deckel fest, mit der anderen zog er eine Ecke des weißen Stoffs hoch. Eine winzige Faust kam zum Vorschein, die Faust eines Säuglings. Ein Stoßgebet vor sich hinmurmelnd, der Himmel möge ihm kein totes Kleinkind bescheren, griff Brunner sanft nach den Fingern. Sie waren warm. Schnell zog er die saubere, weiße Decke weiter zur Seite und das friedliche Gesicht eines schlafenden Babys wurde sichtbar. Die Erleichterung, die ihn durchfuhr, war so stark, dass er meinte, sein Herz würde platzen. Vorsichtig hob er die Kiste hoch und trug sie ins Trockene.

Ob er für die Überwindung der drei Etagen bis zu den Büros der Kriminalpolizei den Aufzug oder die Treppen genommen hatte, konnte Brunner später nicht sagen. Aber seine Mitarbeiter würden noch eine Weile von den Tränen auf den Wangen ihres Chefs berichten.

Morsum

Es war bereits später Nachmittag und nahezu dunkel, als Heinrich Nissen mit Ella und seiner Tochter in Morsum ankam. Fast den ganzen Weg von Flensburg bis auf die Insel hatten die beiden weiblichen Wesen in seinem Auto friedlich geschlafen, während er vorsichtiger, als er es bisher je in seinem Leben getan hatte, den Wagen gelenkt hatte und allen potenziellen Gefahren ausgewichen war.

Dieses Mal würde er das kleine Bündel Mensch, das ihm das Schicksal anvertraut hatte, mit allen ihm zur Verfügung stehenden Mitteln beschützen. Dieses Kind würde ihn überleben, so wie es alle Kinder mit ihren Eltern tun sollten. Seine wenige Tage alte Tochter war das Wichtigste, das es für ihn gab; seine Verantwortung für ihr Wohlergehen sollte den Rest seines Lebens bestimmen. Und die Mutter seines Kindes wollte er in seine Fürsorge miteinbeziehen, so oft und solange sie es zuließ.

Heinrich stellte den Motor ab und leises Quengeln wurde hörbar. Seine Tochter holte ihn in die Gegenwart und zu ihren Anforderungen an ihn zurück. Das Dütji brauchte Ruhe, etwas zu essen und wahrscheinlich auch eine frische Windel. Und ihrer Mutter würde es nur wenige Tage nach dem Kaiserschnitt bestimmt guttun, sich endlich wieder in einem Bett ausstrecken zu können.

Die Haustür seines Zuhauses öffnete sich, noch während er aus dem Wagen ausstieg. Marlene Abelung, seine Haushälterin, ihr Mann Tamme und eine blonde Unbekannte kamen ihm lächelnd entgegen. Tamme und die junge Frau kümmerten sich um das Gepäck, während Marlene Ella ins Haus begleitete. Erfreut stellte Heinrich fest, dass man es ihm überlassen hatte, seine Tochter in ihr neues Zuhause zu tragen.

‚Es wird Schnee geben', dachte er, während er mit dem Baby im Arm vor der offenen Haustür stehen blieb. ‚In wenigen Stunden wird alles mit einer weichen, weißen Schicht bedeckt sein. Sauber, jungfräulich und rein wird es aussehen. Der ideale Zeitpunkt für einen Neuanfang.'

Nordseeklinik Westerland

Von einem Moment auf den nächsten schien es auf den Stationen der Nordseeklinik kein anderes Thema mehr zu geben als das gerade eingelieferte Baby. Ein Streifenwagen der Polizei hatte das Kleinkind gebracht. Das Gerücht, es handele sich um einen der auf der Insel entführten Säuglinge, machte schnell die Runde.

Kriminalhauptkommissar Brunner stand vor der satinierten Glastür der Notaufnahme. Nervös wartete er darauf, von dem medizinischen Personal dahinter zu erfahren, ob es dem Findelkind gutging. Noch auf der Polizeiwache waren ihm die Einstichstellen an beiden Armen des Babys aufgefallen und weder er noch einer seiner Mitarbeiter hatten es geschafft, den Kleinen aus seinem tiefen Schlaf zu wecken. Aber das Kind lebte, darüber waren sich alle einig, und sein Atem ging tief und gleichmäßig. Schnell stand die Entscheidung fest, den Säugling in die Nordseeklinik zu bringen. Und genau das hatte Brunner, eskortiert von zwei Streifenbeamten, dann auch getan.

Für ihn sah ein Baby aus wie das andere. Aber seine Mitarbeiter hatten den Jungen mit den Fotos aus der Vermisstenakte verglichen und konstatiert, es handele sich definitiv um den Sohn von Paula und Henrik Lornsen. Die Eltern zu informieren, hatte Brunner ihnen überlassen.

Der Säugling war zurück und hatte seine Entführung überlebt, was erst einmal das Wichtigste war. In welchem gesundheitlichen Zustand er sich befand und was ihm seit seinem Verschwinden angetan worden war, versuchten die Ärzte der Klinik gerade festzustellen. Dass sie dabei keine Beweise vernichten durften, hatte Brunner ihnen mehrfach zugerufen, bevor sie ihn endgültig vor die satinierten Glastüren der Notaufnahme verbannt hatten.

Irritiert stellte er fest, dass er immer noch den ausrangierten Wollpullover festhielt, in den er das Baby für die Fahrt in die Klinik gewickelt hatte. Der Pappkarton, die weiße Decke und die ebenfalls weiße Kleidung des Babys waren bereits auf dem Weg zur Spurensicherung. Brunner hoffte, nicht selbst alle Spuren zerstört zu haben, als er den Säugling gefunden und ins Warme getragen hatte. Falls sie wieder keine Anhaltspunkte für eine Fahndung nach den Entführern erhielten, war weiterhin jedes Kleinkind auf der Insel in Gefahr

Er warf einen Blick auf seine Uhr. Es war bereits fünfzig Minuten her, dass er den Säugling in die Obhut des medizinischen Personals gegeben hatte. Warum dauerte es so lang, den Zustand des Kleinen festzustellen? Oder hatten die Ärzte etwa vergessen, dass hier draußen ein Polizist auf Nachricht von ihnen wartete?

Ungeduldig warf er den alten Pullover in einen Mülleimer und stellte sich ganz dicht vor die Glastür. Es war unmöglich etwas von dem, was in der Notaufnahmestation passierte, durch das mattierte Glas zu erkennen. Mehrfach klopfte er gegen die gläserne Trennwand. Einmal, zweimal, ein drittes Mal. Erst dann schoben sich die Türen auseinander und eine rothaarige, vollschlanke Frau eilte direkt auf ihn zu und zwang ihn damit, zwei Schritte zurückzutreten.

„Wir haben Sie nicht vergessen", sprach die Unbekannte ihn freundlich an. „Sie sind der Polizist, der den Säugling gebracht hat, nicht wahr?"

„Michael Brunner", stellte Brunner sich vor. „Kriminalhauptkommissar Brunner." Er spürte, dass er unter dem Blick der Rothaarigen rot wurde, und zwang sich, gelassen weiterzureden. „Ja, ich habe den Kleinen gefunden und hergebracht. Deshalb fühle ich mich auch für ihn verantwortlich, solange die Eltern noch nicht da sind."

„Mein Name ist Frieda Söncksen", erwiderte die Vollschlanke. „Es freut mich, Sie an meiner Seite zu wissen." Ohne ihre eigentümliche Bemerkung weiter zu erklären, lächelte sie Brunner freundlich an.

„Als Polizist bin ich natürlich immer an Ihrer Seite", stotterte er verlegen. Nach dem Erröten folgte ein Schweißausbruch, was es ihm wahrlich nicht leichter machte, die Situation zu beherrschen „Ich meine, falls Sie nicht vorhaben, ein Verbrechen zu begehen."

Frieda Söncksens Lächeln wurde noch etwas herzlicher. „Während der nächsten Stunden werde ich wohl kaum dazu kommen, etwas Verbotenes zu tun. Aber vielleicht möchten Sie mich bei der Betreuung von Klein-Ole Lornsen unterstützen, Herr Kriminalhauptkommissar?"

„Brunner", bat er. „Einfach nur Brunner, bitte."

„Vielleicht möchten Sie mich bei der Betreuung von Klein-Ole Lornsen unterstützen, Herr Brunner", wiederholte Frieda Söncksen. „Seine Eltern haben mich gebeten, auf ihn aufzupassen, bis sie hier sind."

Immer noch verlegen sah Brunner sie an und schwieg lieber, bevor er erneut etwas Unsinniges sagte.

„Ganz früh heute Morgen sind Paula und Henrik zusammen mit den Großeltern nach Kopenhagen gefahren. Sie wollten Sylt eigentlich nicht verlassen, solange ihr Sohn noch vermisst wird. Aber ihre Eltern und Schwiegereltern haben sie überredet, mit ihnen zusammen die dänischen Verwandten zu besuchen. Es sei ja nicht weit weg, haben sie argumentiert. In wenigen Stunden könne man wieder zuhause sein, falls es gute Nachrichten gäbe. – Und die haben wir nun, dank Ihnen. Ausgerechnet an dem Tag, an dem seine Eltern nicht auf Sylt sind, wird Ihnen Klein-Ole vor die Tür gelegt, Herr Brunner. Ist das nicht ein merkwürdiger Zufall? – Die ganze Familie Lornsen kann ihr Glück kaum fassen. Paula und Henrik haben sich natürlich sofort auf den Rückweg gemacht, nachdem Ihre Mitarbeiter sie telefonisch benachrichtigt hatten."

Die weitschweifige Erklärung seines attraktiven Gegenübers half Brunner nicht weiter. „Und Sie sind …?", fragte er bewusst einsilbig, um keinen weiteren Wortschwall zu provozieren.

„Ich bin Frieda Söncksen", erhielt er erneut als Antwort.

„… eine Verwandte des Babys?", vervollständigte Brunner seine Frage.

„Oh, Sie müssen neu auf Sylt sein", kam es lachend von der Rothaarigen. „Genauso wie vor mir meine Mutter und davor meine Großmutter bin ich die Hebamme der Insel. Außer Ihnen kennt uns wahrscheinlich jeder hier."

Brunner sah sie verlegen an. „Ich hatte leider bislang nicht die Gelegenheit, Ihre Dienste in Anspruch zu nehmen. Auch wenn ich bereits seit mehr als zehn Jahren auf der Insel wohne."

Das schallende Lachen, in das die wunderliche Rothaarige ausbrach, riss Brunner mit sich.

„Ich glaube, Sie haben verstanden, was ich eigentlich sagen wollte", setzte er schließlich nach. Immer noch atemlos, lächelte er zum ersten Mal an diesem emotional aufreibenden Tag.

„Ich hatte leider auch noch nicht die Gelegenheit meine eigenen Dienste in Anspruch zu nehmen", kam es sanft von Sylts einziger Hebamme. „Vielleicht, weil ich während der letzten mehr als zehn Jahre einiges verpasst habe."

Die nächsten Stunden verbrachte Frieda Söncksen zusammen mit dem Säugling und dem schüchternen Polizeikommissar an ihrer Seite. Und sie genoss jede Minute davon.

Mit jedem Atemzug wurde Klein-Ole wacher. Laut den Ärzten der Nordseeklinik würde er keine bleibenden physischen Schäden durch seine Entführung, seinen Aufenthalt in der Fremde und die leichte Sedierung davontragen.

Frieda nahm das Baby aus dem Bettchen und legte es in Brunners Arme. Wenn der kleine Kerl gleich aufwachte, sollte er sofort spüren, dass er nicht allein war. Wer wusste schon, was die letzten zweieinhalb Wochen für seine Psyche bedeuteten. Sie selbst musste sich dringend um ein Fläschchen kümmern und frische Windeln für ihren Schützling holen.

Als sie in das Krankenzimmer zurückkehrte, zappelte Klein-Ole bereits auf Brunners Armen. Leise quengelnd forderte er seine nächste Mahlzeit. Hilflos sah der gut gebaute Polizist auf das kleine, zarte Menschlein herab und bewegte sich nicht.

Nachdem Frieda ihm Klein-Ole abgenommen hatte, atmete Brunner erleichtert auf. „Danke", flüsterte er. „Die ganze Zeit habe ich Angst gehabt, ich könnte den Kleinen zerdrücken."

Fast hätte Frieda wieder laut gelacht, aber das inzwischen friedlich an der Flasche nuckelnde Baby vor ihrer Brust hielt sie davon ab. Wie konnte ein erwachsener Mann nur so lebensunerfahren sein? Dieser sonderbare Kriminalhauptkommissar entsprach nicht im Geringsten ihrer Vorstellung von einem abgebrühten, gefahrenerprobten Polizeibeamten.

„Klein-Ole ist hart im Nehmen", scherzte sie. „Er hat die letzten zweieinhalb Wochen gut überstanden. Was soll es ihm da anhaben, sich ein paar Minuten in den Händen der Sylter Kriminalpolizei zu befinden?"

Ein zufriedenes Bäuerchen wertete sie als zustimmende Antwort des Babys.

Brunner betrachtete sie und den Säugling stumm.

Draußen vor den Fenstern des Krankenhauses fiel in großen Flocken der erste Schnee des Winters. Sofort verspürte Frieda den Frieden, der sich jedes Mal beim Anblick dieser weißen Pracht in ihr und um sie herum ausbreitete.

Morsum

„Deine Tochter wird also Freya heißen? Freya Wessel?" Michael Brunner sah seine Schwester fragend an.

„Freya Nissen. Dass sie Heinrichs Nachnamen erhält, haben wir schon lange vor der Geburt festgelegt. – Was hat mein Exmann mit Heinrichs Kind zu tun?"

„Also wird die Kleine bei ihrem Vater bleiben? Hier auf Sylt?"

„Wir werden uns das Sorgerecht teilen. Und solange es ihr bei Heinrich gutgeht, überlasse ich sie während der Vorlesungswochen ihm und dem Kindermädchen. In dieser Zeit werde ich Freya nur während der Wochenenden sehen können." Ella blickte auf die altmodische Wiege hinab, in der ihre kleine Tochter friedlich schlummerte. „Aber noch ist es nicht so weit. Noch bin ich jede Sekunde hier."

„Dann wird Freya mehr Heinrichs als dein Kind werden. Hast du dir das gut überlegt?"

Ein langer, nachdenklicher Blick seiner Schwester traf Brunner.

„Eine Auszeit an der Universität kann ich mir gerade jetzt, nach der Trennung von Harald, nicht leisten", erklärte sie ihre Entscheidung, wahrscheinlich mehr sich selbst als ihm. „Ich glaube nicht, dass ich eine Alternative dazu habe, Freya bei Heinrich zu lassen. Nicht, wenn ich weiterhin an der Universität unterrichten möchte."

„Und dass du Heinrich heiratest und hier auf Sylt bleibst?"

Ella gluckste. „Hat er dich darum gebeten, mich das zu fragen?"

Brunner schüttelte den Kopf.

„Nein. So sehr ich ihn auch schätze, so wenig vorteilhaft wäre es für uns beide, dauerhaft zusammenzuleben. – Wir haben eine wundervolle, gemeinsame Tochter. Sie reicht absolut aus, uns für die Zukunft aneinanderzubinden."

„Du willst mich also nach wie vor nicht heiraten?"

Heinrich hatte das Kinderzimmer betreten. Ihm folgte unauffällig das gutaussehende, blonde Kindermädchen.

Er legte einen Arm um Ellas Taille und lächelte in die Wiege hinab. „Freya wird sicher nicht der erste uneheliche Nissen-Spross sein. Aber in jedem Fall ist sie der erste kleine Bastard der Familie, dem das komplette Vermögen vererbt wird."

„Bastard?", fragte Brunner empört.

„Mein kleiner Bastard, ja." Heinrich drehte sich zu ihm um. „Und glaube mir, es gibt nichts Wertvolleres für mich."

Nach einem fragenden Blick auf das Kindermädchen schob er Mutter und Onkel seines Sprösslings sanft aus dem Kinderzimmer und folgte ihnen. Leise schloss er die Tür.

„Es wird Zeit, dass Freya etwas Ruhe bekommt. Und Theresa möchte sicher auch ihre Arbeit machen."

Das Abendessen, das seine Haushälterin für Heinrich und seine Gäste vorbereitet hatte, war zumindest zum Teil leicht und gesund, wie Ella Wessel dankbar feststellte. Die späte Schwangerschaft hatte etwas geschafft, dass sie bislang nur an ihrem Bruder hatte beobachten können; rund um ihren Bauch und ihre Hüfte waren sichtbare Fettpolster entstanden. Zusammen mit dem Schwangerschaftsbauch waren sie kaum aufgefallen, aber jetzt, eine knappe Woche nach dem Kaiserschnitt, konnte und mochte sie nicht länger die Augen davor verschließen. Während sie zum Salat griff, widmeten sich Heinrich und Brunner mit Genuss der Schinkenplatte.

Theresa Blum, die junge Krankenschwester, die Marlene als Kindermädchen eingestellt hatte, aß immer vor ihnen zu Abend. Wenn Freya während dieser Zeit nicht bereits fest schlief, kümmerte Ella sich gern um sie. Bis zum nächsten Morgen waren sie und Heinrich dann von ihren Elternpflichten befreit; die Nacht über stand Freyas Bettchen in Theresas Zimmer.

„Und ihr wollt nicht doch vielleicht heiraten?", kam Brunner auf das Thema zurück, das er bereits im Kinderzimmer angesprochen hatte.

Heinrich brach in schallendes Lachen aus und Ella schloss sich ihm an.

„Würdest du dich damit besser fühlen, Bruder?", fragte sie.

Nachdenklich sah Brunner sie an. „Ja, ich denke schon", gab er schließlich zu. „Was ist, wenn einem von euch etwas passiert?"

„Das haben wir alles vertraglich geregelt", beruhigte ihn Ella.

„Und was ist, wenn Freya etwas passiert, während sie sich hier auf Sylt aufhält und du in Hamburg bist? Könntest du das Heinrich je verzeihen?"

„Wahrscheinlich eher, als er sich selbst", antwortete Ella und griff nach der Hand des Vaters ihrer Tochter. „Aber die nächsten zwei Monate bin ich ja hier. Bis auf den Tag, an dem ich nach Flensburg fahre, um endlich meinen Wagen bei der Polizei abzuholen. Außerdem muss ich auch noch nach Hamburg, um Unterlagen aus der Universität und Kleidung von zuhause mitzunehmen; wahrscheinlich mache ich das alles zusammen. Bis dahin werdet ihr hoffentlich den Entführer der beiden Babys identifiziert und verhaftet haben."

„Eine mysteriöse Geschichte", nahm Heinrich das Stichwort auf. „Und die Presse scheint nur spärlich von euch informiert zu werden. – Ist es richtig, dass das erste der entführten Babys wieder zu seinen Eltern zurückgekehrt ist?"

„Ja, nachdem es zuvor bei der Polizei abgegeben wurde", bestätigte Brunner.

„Wahrscheinlich abgegeben wurde, ohne dass ihr mitbekommen habt, durch wen", kam es in spöttischem Ton von Heinrich.

„Ja, leider", bestätigte Brunner. „Der Täter hat das Umzugschaos genutzt und das Baby in einem Karton mitten zwischen die ausgemusterten Möbel gestellt."

„Ist der Kleine gesund?", wollte Ella wissen.

„Der Säugling war leicht unterkühlt, als wir ihn gefunden haben. Außerdem wurde er mit einem Mittel sediert, das für Babys nicht zugelassen ist. Aber nach einer Nacht im Krankenhaus durften seine Eltern ihn nach Hause mitnehmen. Es geht ihm gut."

„Was für eine Erleichterung für sie." Ella stellte sich vor, wie es sich anfühlen musste, plötzlich nicht zu wissen, wo Freya sich aufhielt. Bei ihrem nahezu volljährigen Sohn aus ihrer Ehe mit Harald hatte sie sich mittlerweile an diesen Zustand gewöhnt.

„Also war es wirklich das Lornsen-Baby?", vergewisserte sich Heinrich.

„Das weißt du doch bereits", kam es ungeduldig von Brunner.

„Und das zweite Kind?", wollte Ella wissen.

„Von dem zweiten Säugling fehlt nach wie vor jede Spur. Allerdings ist er auch erst letzten Samstag, also dreizehn Tage nach dem ersten Baby verschwunden. Wenn wir davon ausgehen, dass die beiden Entführungen zusammenhängen und der Modus Operandi gleich ist, dürfen wir hoffen, dass auch dieses Kind in etwa einer Woche wieder lebend auftaucht."

„Das meinst du doch nicht ernst, Brunner", kam es vorwurfsvoll von Heinrich. „Abwarten wird hoffentlich nicht alles sein, was die Polizei aktuell tut."

„Natürlich nicht."

Ella konnte ihrem Bruder ansehen, wie sehr ihn Heinrichs impliziter Vorwurf traf. Der schicksalhafte Abend, den sie vor etwa einem halben Jahr in genau diesem Raum erlebt hatten, stand immer noch zwischen den beiden Freunden. Sich selbst die eigene Unzulänglichkeit zu verzeihen, war nicht Brunners Stärke.

„Warum macht sich jemand die Mühe, ein Baby zu entführen?", versuchte sie ihren Bruder abzulenken. „Einen Säugling zu versorgen, ist doch viel aufwändiger als ein Kleinkind oder einen Jugendlichen."

„Die Frage haben wir uns nach dem ersten verschwundenen Neugeborenen natürlich auch gestellt", antwortete er. „Aber mit der Entführung des zweiten fallen die üblichen Motive, weg."

„Die da wären?", hakte Ella nach.

Brunner streckte den Daumen der rechten Hand in die Höhe. „Nummer Eins: Der verzweifelte, psychisch instabile Tätertypus, der seinen eigenen Kinderwunsch mit dem Nachwuchs anderer erfüllen will."

„Richtig", stimmte Heinrich zu. „Das sind wohl meistens Frauen. Keine von ihnen würde ein zweites Kind entführen, außer, das erste hätte ihre Fürsorge nicht überlebt, was hier nicht der Fall ist."

„Nummer Zwei: Der habgierige Tätertypus, der mittels Erpressung an Reichtum oder etwas anderes kommen möchte, das ihm die Eltern seines Opfers zur Verfügung stellen können."

„Aus Gründen der Rentabilität dieses Geschäftsmodells könnte ich mir durchaus vorstellen, dass die Täter mehr als ein Kind entführen", kommentierte Heinrich. „Aber warum ausgerechnet Babys? Außerdem spricht dagegen, dass kein Kontakt mit den Eltern aufgenommen wurde und trotzdem einer der Säuglinge nahezu wohlbehalten zurückgegeben wurde."

„Stimmt. Und ich glaube den Eltern, dass sie nicht erpresst wurden."

Brunner streckte den dritten Finger seiner rechten Hand aus. „Kommen wir zu Nummer Drei: Innerfamiliäre Konflikte, Scheidungen, Sorgerechtsstreitigkeiten. Nichts davon liegt hier vor."

„War es das?", fragte Ella nach, als Brunner eine Pause entstehen ließ.

„Menschenhandel und Pädophilie standen noch auf unserer Liste. Das sind die einzigen Motive, die durch den zweiten verschwundenen Säugling plausibler wurden. Durch die Rückgabe des ersten Kindes hat der Täter sie aber ad absurdum geführt."

„Dann muss es etwas anderes geben, das die beiden Babys verbindet", folgerte Ella. „Vielleicht will der Täter einen Säugling mit bestimmten Eigenschaften haben und der zweite ersetzt den ersten."

„Wir sind uns sicher, dass beide Verbrechen zusammenhängen, aber wie sie das tun, haben wir noch nicht herausgefunden." Brunners ärgerlicher Gesichtsausdruck verschärfte sich. „Bisher konnten wir außer den Tatsachen, dass beide Babys zum Zeitpunkt ihres Verschwindens fast gleich alt waren und dass sie auf Sylter Weihnachtsmärkten entführt wurden, keine Gemeinsamkeiten identifizieren."

„Ihr habt also nicht den geringsten Hinweis darauf gefunden, warum ausgerechnet diese beiden Kinder ausgewählt wurden", kam es fast vorwurfsvoll von Heinrich.

Ella sah ihren Bruder zusammenzucken.

„Wurde das zurückgekehrte Baby untersucht?", fragte sie. „Ist ihm etwas angetan worden, während es fort war?"

„Nun, ..." Brunner zögerte. „Es hatte mehr als die eine Einstichstelle an seinen Armen, die für die Sedierung notwendig war. – Die Kinderärztin der Nordseeklinik vermutet, dass ihm sehr professionell ein Zugang gelegt wurde. Ihm fehlt wahrscheinlich auch etwas Blut, aber nicht mehr, als es sein junger Organismus vertragen kann."

„Dann war der Säugling vielleicht doch zufällig ausgewählt", folgerte Ella. „Und die Blutentnahme diente einer Klas-
sifizierung. Vielleicht hat die ergeben, dass er – wofür auch immer – nicht geeignet ist."

„Eine zufällige Auswahl würde bedeuten, dass jedes Baby
auf Sylt gefährdet ist, bis der Täter gefunden hat, was er sucht",
setzte Heinrich ihre Schlussfolgerung konsequent fort.

„Daran glaube ich nicht", widersprach Brunner. „Meiner
Überzeugung nach, gibt es einen Grund für genau diese beiden
Entführungen. Die zwei Babys waren keine Zufallsopfer. Ich
weiß nur noch nicht, was sie gemeinsam haben. – Solange ich
das nicht weiß, bitte ich euch, meine kleine Nichte während der
nächsten Zeit in der Öffentlichkeit nicht aus den Augen zu lassen. Vor allem nicht auf einem der noch stattfindenden Weihnachtsmärkte."

„Wenn du davon überzeugt bist, dass die Babys gezielt ausgewählt wurden, worin liegt dann die Gefahr für meine Tochter?"

„Heinrich, der vermutete Zusammenhang zwischen den
beiden Fällen entspringt nur meiner Intuition als Polizist. Und
was du von der zu halten hast, weißt du ja mittlerweile. – Also
bitte, habt ein Auge auf Freya, wenn ihr das Haus verlasst.
Oder am besten zwei."

„Davon kannst du sicher ausgehen, mein Freund. Freya
wird rund um die Uhr nie allein sein."

Trotz seiner herablassend klingenden Worte war der Blick,
den Heinrich ihrem Bruder zuwarf, eher mitleidig als vorwurfsvoll. Ella wurde klar, dass er Brunner nichts nachtrug.

„Du bist ein guter Polizist", sprach sie das aus, was Heinrich
wahrscheinlich dachte. „Auf jeden Fall der beste, den ich
kenne."

Brunner sah sie mit einem schiefen Grinsen an.

„Deine Schwester hat recht mit dem, was sie sagt", bestätigte
Heinrich. „Auch wenn ich nie auf die Idee gekommen wäre,

dass man es dir versichern muss. – Und genau diesen exzellenten ‚Bullen' braucht die Insel jetzt. Also hör auf, dich in Selbstmitleid und Zerknirschung zu suhlen und konzentriere dich auf die Ermittlungen. Du hast bestimmt schon mehr herausgefunden, als dir bewusst ist."

Ein leises Stöhnen war von Brunner zu hören. Dann legte er sein Besteck auf den Teller und erhob sich von seinem Stuhl. „Mit diesem ungerechtfertigten Lob meint ihr also, mich dazu zu bringen, vor euch alle Ergebnisse der polizeilichen Ermittlungen auszubreiten? Erstens darf ich das nicht und zweitens lohnt es sich nicht. Auf Basis unserer bisherigen Erkenntnisse können wir nur spekulieren. Da kann ich genauso gut nach Hause gehen und etwas Schlaf nachholen."

„Bleib, Brunner", forderte ihn Heinrich auf. „Wir haben nicht die Absicht, eure Ermittlungen zu kritisieren. Aber solange für meine Tochter, deine Nichte, auch nur die geringste Gefahr besteht, erwarte ich, dass du uns über alle Ergebnisse informierst. Beantworte einfach die Fragen, die uns einfallen, und lass uns ein wenig über deine Antworten nachdenken und diskutieren. Und falls wir dir keinen neuen Ermittlungsansatz bieten, dann weißt du wenigstens, dass wir auch nicht schlauer sind als du und deine Kollegen."

Seufzend setzte sich Brunner wieder.

„Kennen die Familien der beiden Babys sich?", stellte Ella nach kurzem Nachdenken die erste Frage.

„Nein, das tun sie nicht", kam Heinrich ihrem Bruder mit der Antwort zuvor. „Die Lornsens sind eine alteingesessene Sylter Familie, während sich die Lehmanns nur wenige Wochen im Jahr in ihrem Haus in Keitum aufhalten. Und dieses Haus besitzen sie auch erst seit etwa zwanzig Jahren."

Brunner nickte zustimmend.

„Wie alt waren die beiden Babys genau, als sie entführt wurden?", stellte Ella ihre zweite Frage.

„Das Lornsen-Baby war fünf Wochen und zwei Tage alt, das Lehmann-Baby fünf Wochen und drei Tage", antwortete Brunner, ohne die Daten nachschauen zu müssen. „Fast identisch also."

„Sind die Eltern sich vor oder nach der Geburt irgendwo begegnet?"

Brunner schüttelte den Kopf. „Wir haben sie auf der Polizeistation einander vorgestellt. Alle vier haben angegeben, sich nie zuvor begegnet zu sein."

„Ich nehme an, die Mutter des Lornsen-Babys lebt auf der Insel und hat deshalb wahrscheinlich auch hier ihre Frauenärztin." Ella sah fragend zu Heinrich und erhielt ein Nicken als Bestätigung des Wohnorts. „Wie sieht es mit der Mutter des Lehmann-Babys aus?"

„Nennen wir sie doch bei ihren Namen", begann Brunner seine Antwort. „Paula Lornsen hat angegeben, während ihrer Schwangerschaft ausschließlich von ihrer Frauenärztin auf der Insel und zusätzlich der Sylter Hebamme betreut worden zu sein. Charlotte Lehmann hingegen hat alle Schwangerschafts-Untersuchungen bei ihrem Frauenarzt in Hamburg durchführen lassen."

„Dann muss es eine andere Gemeinsamkeit geben." Ella wollte unbedingt eine Verbindung zwischen den Entführungsfällen finden. Wenn es die nicht gab, war auch Freya in Gefahr.

„Wurden die Kinder vielleicht im gleichen Krankenhaus entbunden?", setzte Heinrich die Fragen fort. „Für die Geburt musste Paula Lornsen ja die Insel verlassen."

„Es stimmt, Sylt hat keine Geburtsstation mehr", bestätigte Brunner. „Aber bis Hamburg, wo Max Lehmann auf die Welt gekommen ist, musste Paula Lornsen nicht fahren. Sie hat ihr Kind in Flensburg geboren. In genau der Klinik, in die meine Kollegen auch Ella gebracht haben. – Ist euch dort etwas Ungewöhnliches aufgefallen?"

„Du hast dich doch selbst lange genug dort aufgehalten", brauste Ella kopfschüttelnd auf. „Mir kam nichts ungewöhnlich vor, aber ich war auch den größten Teil der Zeit mit etwas anderem beschäftigt."

Heinrich griff besänftigend nach ihrer Hand. „Damit haben wir also keine Übereinstimmung beim Umfeld der Eltern gefunden, keine beim Frauenarzt und keine bei der Geburtsstation", fasste er unzufrieden zusammen. „Wir wissen nur, dass beide Babys männlich sind und zum Zeitpunkt ihrer Entführung gut fünf Wochen alt waren."

„Es muss mehr geben, das die beiden Kinder verbindet", formulierte Ella erneut ihre Hoffnung. „Ist die Hebamme vielleicht auf Sylt und in Hamburg tätig?"

Wieder schüttelte Brunner den Kopf. „Diese Frage hat der ‚Bulle' längst gestellt und sogar beantwortet bekommen."

Ratlos sah Ella zu Heinrich. „Wir haben also keine Gewissheit, dass Freya nicht in das Muster der Entführer passt. Nein, noch schlimmer: Wir haben eine Gemeinsamkeit mit einem der Babys gefunden, nämlich die Geburtsklinik."

„Sicherheit haben wir erst, wenn wir die grundlegende Übereinstimmung bei den beiden bisherigen Opfern kennen und diese nicht auch auf Freya passt", antwortete Heinrich bestimmt. „Es gibt sie. Da stimme ich mit dir und deinem Bruder überein. Wir haben sie nur noch nicht identifiziert."

Morsum

Ursprünglich hatte Heinrich Nissen vorgehabt, den ersten Nikolaustag im Leben seiner Tochter zu ignorieren und wie jeden Morgen zwischen 8:00 und 8:30 Uhr das Haus zu verlassen, um in eines seiner Restaurants zu fahren. Als er aber gegen 5:00 Uhr aufwachte, hatte sich eine Idee für eine Überraschung Freyas in seinen Gedanken festgesetzt.

Noch vor 7:00 Uhr setzte er sich ins Auto und kaufte beim Morsumer Bäcker ein paar Schokoladen-Nikoläuse und eine Tüte voller traditioneller Stutenkerle. Als das Kindermädchen mit Freya in der Küche erschien, saß er dort bereits in einem alten roten Pullover, mit weiß bemehltem Haupthaar und einer Rute aus kahlen Ästen in der Hand. Neben ihm am Tisch saß Marlene, die ihr Lachen kaum unterdrücken konnte. In ihrer Hand hielt sie die größte Schokoladen-Figur, die der Bäcker in Morsum im Angebot gehabt hatte.

Der verwirrte Blick seiner Tochter war nicht die Reaktion, auf die Heinrich gehofft hatte. Noch bevor Theresa etwas tun konnte, fing Freya an zu schreien. Marlene nahm das Schokoladenungetüm vom Tisch. Heinrich schüttelte schnell einen Großteil des Mehls aus seinen Haaren, schlüpfte aus dem kratzigen roten Pullover und nahm dann vorsichtig sein schreiendes Baby auf den Arm. Innerhalb kürzester Zeit beruhigte sich seine Tochter wieder; das Fläschchen mit lauwarmer Milch tat sein Übriges. Zufrieden nuckelnd, lag Freya schließlich an seiner Brust und Ruhe kehrte ein.

„Diese Überraschung ist dann wohl gründlich schiefgegangen", gab Heinrich zerknirscht zu. „Hoffentlich hat das Dütji jetzt nicht für immer ein Nikolaus-Trauma."

Marlene und Theresa lachten laut.

„Solange der Nikolaus sich immer wieder in dich verwandelt, wird sie ihn lieben", kam es fröhlich von seiner Haushälterin und Freyas Beinahe-Oma. „Und aus dem Schokoladenmonster koche ich uns für heute Abend einen Pudding. Dann kann sie davor auch keine Angst mehr haben."

„Schade, dass ich es nicht geschafft habe, ein paar Fotos von Ihnen zu schießen, Herr Nissen", kam es mit einem frechen Grinsen von Theresa. „Sie haben einen wirklich beeindruckenden Nikolaus abgegeben, auch ohne Bischofsmütze."

„Vielleicht ist es besser, wenn es keine Beweise für meine Dummheit gibt. Ella muss nichts davon erfahren."

Seine kleine Tochter war bereits wieder eingeschlafen. Vorsichtig legte Heinrich sie in die Wiege. „Marlene, ich räume schnell die Unordnung auf, die ich mit meiner unsinnigen Idee hier angerichtet habe", flüsterte er. „Dann …"

Als Freyas Mutter eine knappe Stunde später die Küche betrat, existierten von Heinrichs Nikolaus-Chaos nur noch seine Einkäufe beim Bäcker. Genüsslich verspeiste Ella Wessel einen der Stutenkerle zu ihrem Kaffee und sah Marlene bei ihren Vorbereitungen für das Abendessen zu.

Heinrich hatte längst das Haus verlassen und sich auf den Weg in sein Restaurant in Wenningstedt gemacht.

Weihnachtsmarkt in Kampen

‚Eine stimmungsvolle Weihnachtswelt unter Reet', so war der Weihnachtsmarkt im Kaamp-Hüs beworben worden und genau so kam er Frieda Söncksen, Michael Brunner und der jungen Mutter Silke Reinke auch vor. Im ganzen Gebäude duftete es nach Glühwein und Fettgebackenem, handgefertigte Weihnachtsgeschenke warteten darauf, ihre Käufer zu finden, und alle Menschen lächelten sich festlich beseelt an.

Frieda Söncksen hatte zwar die Einladung an Brunner ausgesprochen, dann aber doch darauf bestanden, getrennt nach Kampen zu fahren und sich erst auf dem Weihnachtsmarkt zu treffen. Auch wenn sie seit ihrem Kennenlernen in der Nordseeklinik mehrfach miteinander telefoniert hatten, wusste sie immer noch nicht, was sie von dem eigentümlichen Kriminalpolizisten zu halten hatte.

Brunner wartete bereits vor der Eingangstür des Kaamp-Hüs. Sie spürte ein eigentümliches Glücksgefühl, das sich in ihr ausbreitete, und schmunzelte innerlich über sich selbst. Es war lange her, dass sie einen nahezu Fremden so schnell in ihr Herz geschlossen hatte.

„Ich freue mich, dich zu sehen", begrüßte sie ihn herzlich und reichte ihm beide Hände.

„Moin", kam es verlegen von Brunner zurück.

„Sollen wir hineingehen?" Ohne auf seine Antwort zu warten, hakte sie sich bei ihm unter und führte ihn ins Foyer, in dem sie bereits vom weihnachtlichen Duft umhüllt wurden.

Brunner sah sich aufmerksam um, während sie den großen Saal betraten und auf einen der Getränkestände zugingen.

„Bist du noch nie hier gewesen?", versuchte Frieda das Gespräch in Gang zu bringen.

„Oh doch, in meinem ersten Jahr auf der Insel. Aber seitdem nicht mehr."

„Hat es dir damals nicht gefallen?"

Sie erreichten den Getränkestand. Brunner machte sich los, öffnete seinen Mantel und nahm seine Geldbörse heraus. „Darf ich dich einladen?", fragte er.

Frieda lächelte erfreut und bat um einen Eier-Grog.

Während ihre persönliche Polizeieskorte für die Getränke sorgte, sah sie sich in der Menge um. Einige Personen waren ihr bekannt, vor allem die Menschen, die hinter den Ständen mit den selbstgemachten Waren auf Kundschaft warteten. Die meisten der Weihnachtsmarktgäste waren ihr fremd. Sie fragte sich, wen von ihnen sie wohl beschreiben könnte, falls Brunner sie später darum bitten würde.

Frieda wusste, dass die Sylter Kriminalpolizei im Moment vor allem an der Aufklärung der beiden Entführungsfälle arbeitete. Aus Brunners Andeutungen hatte sie entnommen, dass er und sein Team bislang keine ernsthafte Spur verfolgten. Bei der Vorstellung, auch heute würde wieder ein Säugling seinen Eltern entrissen, schauderte es sie. Aber genauso wenig wie sie selbst, hatte diese Möglichkeit ganz offensichtlich die vielen anderen Besucher abgeschreckt.

Ein wenig unverfängliche Romantik hatte sie in ihr zweites Zusammentreffen mit Brunner bringen wollen. Was war dafür geeigneter als etwas Weihnachtsstimmung?

Es würde schon nichts passieren. Weil nichts passieren durfte. Sie freute sich zu sehr darauf, den Kriminalkommissar privat zu erleben. Vielleicht taute er neben ihr sogar etwas auf.

Heute und auf diesem Weihnachtsmarkt konnte einfach nichts passieren.

Ganz am Rand des großen Saals stand Silke Reinke und betrachtete glücklich das fröhliche Gedränge auf dem Weihnachtsmarkt. Neben der Tatsache, dass bald Weihnachten war, basierte ihr Glück vor allem auf dem warmen Lebewesen vor ihrer Brust.

Nach langen Jahren der unterschiedlichsten Versuche war sie im Frühling endlich schwanger geworden. Vor gut fünf Wochen hatte sie ihr ersehntes Kind zur Welt gebracht. Donata hieß die Kleine, die Geschenkte. Silke allein hatte den Namen ausgesucht, bevor sie Donata ohne Nennung des Vaters ins Geburtsregister eintragen ließ. Sollte ihre Tochter jemals den Wunsch verspüren, die Identität ihres leiblichen Vaters herauszufinden, würde die Kleine selbst aktiv werden müssen; Donata war die Frucht einer anonymen Samenspende.

Fasziniert sah Silke einer älteren Dame zu, die in eine traditionelle Tracht gekleidet war und Puppenkleider bestickte, die ebenfalls wie altmodische Trachten wirkten. Wie gern hätte sie ein solches Kleid für Donata gekauft, aber sogar für Neugeborene waren die angebotenen Größen nicht ausreichend.

Sylt gefiel ihr. Einer spontanen Idee folgend, war sie nur drei Wochen nach der Entlassung aus dem Krankenhaus mit dem Zug auf die Insel gefahren, obwohl sie dort niemand erwartete. Vielleicht gerade, weil sie dort niemand erwartete, hatte sie diese Entscheidung getroffen. Hier wohnten keine Eltern, die ihr Verantwortungslosigkeit vorwarfen. Keine Freunde, die auf Abstand gingen, weil werdende Mütter für Partys nicht mehr die geeigneten Begleiterinnen waren. Keine Arbeitskollegen, die Silkes Schwangerschaft als Rücksichtslosigkeit ihnen gegenüber empfanden. Auf Sylt kannte sie niemanden, der sich einmischte, während Silke nichts anderes wollte, als das neue Leben mit ihrer Tochter in Ruhe kennenzulernen.

Das Tuch, in dem sie Donata vor der Brust getragen hatte, war nach unten gerutscht; warm und schwer drückte das Gewicht des Babys auf ihre Blase. Nach längerem Suchen fand

Silke im Foyer ein Hinweisschild, das ihr den Weg zu den Toiletten wies. Steil führte eine schmale, mit braunen Fliesen belegte Treppe in das Kellergeschoss hinab. Dort angekommen musste Silke sich in die Warteschlange für die Damen einreihen. Vor ihr stand eine Frau mit wunderschönem, blondem Haar, das ihr wellig über die Schultern fiel. Lächelnd drehte sich diese zu Silke um, als Donata im Schlaf ein paar leise Laute von sich gab.

„Soll ich Sie vorlassen?", fragte sie und zeigte auf das Baby-Tragetuch. „Mit meiner Tochter in dem Ding vor dem Bauch musste ich damals mindestens genauso oft auf die Toilette gehen wie kurz vor der Geburt."

Silke lächelte erfreut zurück und bedankte sich.

Als sie an der Reihe war, die Toilette aufzusuchen, stellte sie fest, dass in der Kabine kaum genug Platz für eine Frau in dicker Winterkleidung war. Mit einem Baby vor dem Bauch war es unmöglich, sich dort ausreichend zu bewegen und die Tür zu schließen. Enttäuscht trat sie rückwärts wieder aus der Kabine heraus.

„Ich muss ja sowieso warten, bis Sie fertig sind", kam es freundlich von der netten Blondine. „Gern nehme ich die Kleine so lange."

Kurz kämpfte Silke mit ihrem mütterlichen Schutzinstinkt, dann siegte der Drang, sich Erleichterung zu verschaffen. Sich erneut bedankend, nahm sie ihr schlafendes Baby vorsichtig aus dem Tragetuch und legte es in die Arme der fremden Frau. Donata strampelte kurz, dann entspannte sie sich wieder und schlief weiter. Beruhigt betrat Silke die Kabine und verschloss hinter sich die Tür.

Am Nachmittag bereits Alkohol zu trinken, entsprach nicht Michael Brunners Gewohnheiten. Trotzdem bestellte er auch für sich einen Becher Grog. Ihm war bewusst, dass er jede Unterstützung gebrauchen konnte, um etwas lockerer zu werden und sich neben der freundlichen Hebamme nicht lächerlich zu machen. Wie hatte er es überhaupt geschafft, dass diese wunderbare Frau ihm immer noch so erstaunlich zugetan war?

Frieda schien ihn tatsächlich zu mögen. Warum sonst hatte sie ihn aufgefordert, sie heute ins Kaamp-Hüs zu begleiten? Ausgerechnet ein Weihnachtsmarkt, hatte er gedacht, nachdem sie ihre Einladung ausgesprochen hatte. Aber nun fühlte er sich tatsächlich fast ein wenig wohl und von den beruflichen Sorgen abgekoppelt, während er neben ihr stand und auf die festlich gestimmten, fröhlichen Menschen blickte.

Wenn es seine Initiative gebraucht hätte, dann wäre es zwischen Frieda und ihm noch lange nicht zu einem privaten Treffen gekommen, das war ihm klar. Sie hatten zwar vier angenehme Stunden zusammen in der Nordseeklinik verbracht, bis die Eltern von Klein-Ole erschienen waren. Und sie hatten sich dabei auch viel voneinander erzählt. Aber das hätte keiner anderen Frau außer dieser wunderbaren, stets fröhlichen Rothaarigen neben ihm ausgereicht, ihn wiedersehen zu wollen. Bisher hatte er sich immer ungeschickt ausgedrückt, war rot geworden, hatte sogar gestottert in ihrer Nähe. Er selbst hätte sich längst links liegen lassen und einem anderen Mann zugewandt. Womit hatte er es verdient, dass eine Traumfrau wie Frieda Söncksen immer noch ihre sicher auch nicht großzügig bemessene Freizeit mit ihm verbrachte?

Brunner atmete innerlich tief ein und aus und versuchte, sich zu beruhigen.

Frieda war es gewesen, die ihn wenige Tage nach dem Abenteuer mit dem Lornsen-Baby angerufen hatte. Und sie war es auch, die dieses Treffen vorgeschlagen hatte. Etwas schien sie also in ihm zu sehen, das weder er selbst noch die Frauen seiner früheren Verabredungen bisher entdeckt hatten.

An diesem Punkt seiner Überlegungen angekommen, wurde ihm bewusst, dass sie beide ihren Grog nahezu wortlos nebeneinanderstehend ausgetrunken hatten.

Verzweifelt versuchte Brunner etwas Freundliches zu Frieda zu sagen. „Ich möchte mich bei dir bedanken und dir eine Kleinigkeit schenken", fiel ihm als erstes ein. „Sollen wir die Stände entlangschlendern und gucken, ob dir etwas gefällt?"

Friedas Mund lächelte ihn freundlich an, aber ihre Augen blickten zum ersten Mal an diesem Nachmittag skeptisch.

Noch ehe er seinen Wunsch erklären konnte, erklang ein schriller, panischer Schrei. Sofort war Brunner wieder Polizist. Er wendete sich von Frieda ab und drehte sich in die Richtung, aus der der Schrei gekommen war. Den Bruchteil einer Sekunde später stürmte eine hochgewachsene, völlig aufgelöst wirkende Frau Mitte Dreißig aus dem Foyer auf die Menschenmenge im großen Saal zu.

„Meine Tochter ist weg", schrie sie. „Die fremde Frau hat mir mein Baby gestohlen."

Hilfesuchend sah sie sich in der Menge um.

„Helfen sie mir!", rief sie verzweifelt und lief auf Brunner zu, der bereits sein Diensthandy aus der Manteltasche genommen hatte.

„Helfen Sie mir", wiederholte sie flehend und sprach ihn direkt an. „Haben sie eine Frau mit Säugling auf dem Arm gesehen? Eine blonde Frau, etwas kleiner als ich? Sie hat mein Kind entführt."

Morsum

Der Gedanke, ihre kleine Freya ausgerechnet in einem Moment allein zu lassen, in dem Sylter Babys aus noch unbekannten Gründen entführt wurden, kam Ella Wessel absurd vor. Und es beruhigte sie nur wenig, ihre Tochter in die Obhut eines gerade erst engagierten Kindermädchens zu geben, über das sie noch viel zu wenig wusste. Fast war sie so weit, ihre Pläne für die nächsten Tage umzuwerfen, aber dann fiel ihr wieder ein, was sie selbst zu ihrem Bruder gesagt hatte: Heinrich würde es sich selbst nie verzeihen, wenn Freya etwas passierte. Solange er auf ihre gemeinsame Tochter aufpasste, war Freya in Sicherheit.

Das Taxi, das sie zum Bahnhof bringen sollte, fuhr pünktlich vor Heinrichs Zuhause in Morsum vor. Ellas letzter Blick durch die Rückscheibe des Wagens fiel auf ihre kleine Tochter, die friedlich schlummernd an der Brust des kräftig gebauten Mannes lehnte, dem sie dieses wunderbare Wesen zu verdanken hatte. Heinrich würde gut auf ihre gemeinsame Tochter aufpassen, beruhigte sie sich selbst. Wenn es einen Ort auf der Insel gab, an dem Freya in Sicherheit war, dann befand er sich auf seinen Armen.

Vielleicht war die Gefahr auch längst vorbei. Möglicherweise hatten die Entführer mit dem dritten Baby jetzt das gefunden, was sie suchten. Ihre Gedanken auf die notwendigen Erledigungen in Flensburg und Hamburg konzentrierend, versuchte Ella, sich nicht vorzustellen, was es sein konnte, das die Entführer an einem Säugling interessierte.

Bevor Heinrich morgens das Haus verließ, warf er immer noch einen letzten Blick auf seine Tochter. Nur wenn sie schlief, konnte Marlene Abelung es verhindern, dass er den Säugling zum Abschied noch einmal auf die Arme nahm.

An diesem Morgen hatte Heinrich die Gelegenheit genutzt, Freya mit dem Fläschchen zu füttern, da Ella bereits auf dem Weg nach Hamburg war. Zufrieden hatten er und seine kleine Tochter sich angesehen, dann war das Baby noch auf seinem Arm eingeschlafen. Vorsichtig hatte er das Dütji in seine Wiege gelegt und sich dann von Marlene verabschiedet.

Nun lag das Baby ruhig und friedlich in seinem altmodischen Bett und nicht einmal das Scheppern des Geschirrs und der Töpfe schaffte es, ihm einen Unmutsschrei zu entlocken. Marlene liebte ihr ausgeglichenes Beinahe-Enkelkind Freya und sie genoss es, ihren Beinahe-Sohn Heinrich zusammen mit ihm zu erleben. Eine so große Harmonie wie zwischen diesen beiden Menschen, meinte sie nur selten beobachtet zu haben. Noch nicht einmal zwischen ihr selbst und ihren eigenen Kindern hatte es eine derartige Einträchtigkeit gegeben.

Die Regelung, die sie mit dem Kindermädchen für die Betreuung des Babys getroffen hatte, sah vor, dass Theresa Blum jede Woche von Montag 8:30 Uhr bis Samstag 8:30 Uhr im Haus ihres Arbeitgebers zur Verfügung stand. Die achtundvierzig Stunden dazwischen durfte, aber musste sie nicht im aufwändig modernisierten Bauernhaus der Familie Nissen verbringen.

Enttäuscht sah Marlene auf die Uhr an der Küchenwand. Das Mädchen hatte einen so netten Eindruck auf sie gemacht und jetzt kam es schon am Anfang seiner vierten Arbeitswoche mindestens zwei Stunden zu spät. Sie würde mit Freyas Eltern darüber sprechen müssen, ob ein solches Verhalten die von Theresa erwartete Zuverlässigkeit als Kindermädchen für den Nissen-Nachwuchs in Frage stellte.

Noch bevor sie sich wieder ihren Arbeiten in der Küche zuwenden konnte, hörte sie einen Schlüssel im Schloss der Haustür kratzen. Einen Moment später stand Theresa, noch in Jacke und Mütze und mit ihrer kleinen Übernachtungstasche in der Hand, aufgelöst neben ihr.

„Ich bin zu spät, ich weiß", sagte sie atemlos. „Viel zu spät. Es tut mir sehr leid."

Streng sah Marlene die junge Blondine an. Theresas trauriger Blick brachte sie schnell dazu ihren Vorsatz über den Haufen zu werfen, und ihr die Unpünktlichkeit zu verzeihen.

„Ist etwas Schlimmes passiert?", fragte sie und half der jungen Frau, sich der warmen Kleidung zu entledigen.

„Eine kleine familiäre Tragödie am Wochenende. Der Vater meines Freundes war völlig außer sich. Ich musste erst ein paar Dinge regeln, bevor ich die beiden Männer für die Woche alleinlassen und mich auf den Weg machen konnte."

„Gibt es etwas, das ich tun kann?", bot Marlene sofort ihre Hilfe an.

„Nein, vielen Dank. – Jetzt bin ich hier und nur noch dafür verantwortlich, Ihnen mit dem kleinen Wonneproppen zu helfen."

Theresa machte einen Schritt auf die altmodische Wiege zu, die Heinrich vor Ellas Ankunft aus dem Krankenhaus in einer ruhigen Ecke neben dem Küchentisch aufgestellt hatte.

Für Marlene bedeutete sie, wenigstens etwas Kontrolle über das Kindermädchen und seinen Umgang mit seinem Schützling zu haben. Und da Heinrich sein Frühstück üblicherweise bei Marlene in der Küche zu sich nahm, bot ihm dieses Babybett die Möglichkeit, sein Kind morgens so lange es ging in seiner Nähe zu haben.

Bahnhof und Polizeistation Westerland

Unter anderen Umständen wäre Wolfgang Ziller niemals auf die Idee gekommen, sein Hab und Gut einem Schließfach auf dem Bahnsteig des Westerländer Bahnhofs zu überlassen, aber an diesem Tag gab es keine Alternative dazu. An seinem langgedienten Einkaufswagen, mit dem er sonst seinen vollständigen Besitz durch die Straßen der Westerländer Innenstadt schob, waren am Vortag auf mysteriöse Weise nacheinander zwei Räder kaputtgegangen. Das Rad an der vorderen rechten Ecke fehlte bereits ganz, das Rad hinten links würde sich wahrscheinlich innerhalb der nächsten Meter verabschieden. Nur mit Mühe hatte Wolfgang es mit dem eiernden Gefährt am Vorabend bis zu seinem Nachtquartier im Bahnhof geschafft, von dort war er am frühen Morgen von einem Streifenbeamten vertrieben worden. Notgedrungen hatte er die nächsten Stunden in einer Nische außerhalb des Bahnhofs verbracht.

Bis zu dem Supermarkt, der ihm unfreiwillig, aber kostenlos einen neuen Einkaufswagen zur Verfügung stellen würde, schaffte es sein alter Karren sicher nicht mehr. Und sein Hab und Gut für die Zeit, die er brauchte, um ein neues Transportmittel zu organisieren, allein stehen zu lassen, kam überhaupt nicht in Frage. Was blieb ihm also anderes übrig, als eine sichere Verwahrung im Bahnhof zu finden.

Wolfgang stand vor den Schließfächern auf dem Bahnsteig von Gleis 1 und durchwühlte seine Taschen. Ohne die notwendige Münze, würde er keine der Stahltüren schließen können, die seine zwölf gut gefüllten Plastiktüten, die er mittlerweile sein Eigen nannte, hinter sich in Sicherheit brachte. Leise fluchend stellte er fest, dass seine Hosentaschen zwar nicht leer waren, aber auch kein nutzbares Kleingeld enthielten.

Um ihn herum herrschte Stille und Dunkelheit. Kein früh abreisender Tourist wartete auf dem Bahnsteig. Niemand bot an, ihm mit Kleingeld auszuhelfen. In dieser Situation konnte er nur darauf hoffen, dass einer der Reisenden der vergangenen Tage seine Schließmünze in einem der Schließfächer hatte liegen lassen. So etwas passierte. Die Leute waren mittlerweile viel zu gestresst, um ihr Vermögen noch vollständig im Blick behalten zu können. Oft genug profitierte er davon, wenn auch meistens nur durch das Auffinden von kleinen Münzen.

Seinen gut gefüllten Einkaufswagen nicht aus den Augen lassend, öffnete Wolfgang systematisch ein unbenutztes Schließfach nach dem nächsten. In keinem von ihnen befand sich auch nur das Geringste, mit dem er etwas anfangen konnte, von Geld ganz zu schweigen. Als er beim letzten Schließfach angekommen war und die Metalltür öffnete, zeigte sich ein weißer Pappkarton, der auf seinen Seiten bunt beschriftet war. Offenbar hatte ein Reisender vergessen, abzuschließen, nachdem er seine Last im Schließfach losgeworden war.

Wolfgangs Herz schlug schneller. Vielleicht erwiesen sich die gebrochenen Räder seines Einkaufswagens doch noch als Glück und nicht als Unglück. Möglicherweise enthielt diese Pappschachtel etwas, das so wertvoll war, dass er ein paar Tage lang nicht betteln musste.

Rasch zog er den Karton nach vorn. Er war schwerer, als er ausgesehen hatte, und entglitt seinen kalten Fingern. Mit einem dumpfen Knall fiel die Kiste auf den Beton vor den Schließfächern und kippte um. Der Deckel löste sich, ein weißes Bündel rutschte ein gutes Stück heraus und blieb halb auf der Pappe und halb auf dem dreckigen Boden des Bahnsteigs liegen.

Wolfgang kniete sich vor den Karton und zog an seinem Inhalt. Weicher, weißer Stoff liebkoste seine steifen, kalten Finger. Schon dafür hatte sich der Fund gelohnt, dachte er fröhlich, bevor das blasse Gesicht eines Säuglings zwischen den Stofffalten zum Vorschein kam. Erschrocken ließ er das Bündel los und sprang auf. Dann fiel er zurück auf seine Knie und hob das Baby vorsichtig hoch. Das Gesicht des Säuglings war nicht nur blass, sondern aschfahl. Kalt und schlaff lag ein kleiner Mensch in Wolfgangs Händen.

Heute war definitiv nicht sein Glückstag.

Die Bereitschaftspolizistin Jenni Bloch, die den verdreckten Penner die Wache betreten sah, hätte ihn fast direkt wieder weggeschickt, aber dann fielen ihr das schneeweiße Bündel in seinen Händen und sein Blick, der darauf ruhte, auf. Eilig umrundete sie den Holztresen, der sie von dem Besucher trennte. Vorsichtig führte sie den ungepflegten Mann zu einem der Plastikstühle, die an der Wand des Wartebereichs festgeschraubt waren.

Mit einem Kopfschütteln weigerte sich der Obdachlose, Platz zu nehmen. Immer noch hatte er nichts gesagt. Fest umklammerte er das weiße Päckchen. Dann sah er zu ihr hoch und hielt es ihr entgegen. Eine Ecke des Stoffs rutschte nach unten und das wächserne Gesicht eines leblosen Babys wurde sichtbar. Ein Gesicht, das kaum mehr Farbe zeigte als der Stoff, in den es gerade noch gewickelt war.

Jenni wich einen Schritt zurück, ohne ihm das Bündel abzunehmen. „Ist das …?", fragte sie entsetzt.

„Ein totes Baby, ja", antwortete ihr mit überraschend wohlklingender Stimme der Obdachlose. „Ich habe es am Bahnhof gefunden. Dort konnte ich es ja nicht einfach liegen lassen, nur deshalb bin ich hier."

Erneut reichte er ihr das Bündel und dieses Mal nahm Jenni es entgegen. Mit wenigen Schritten stand sie wieder hinter dem Holztresen, auf den sie das Baby vorsichtig bettete.

„Sind Sie sicher, dass es nicht mehr lebt?", fragte sie dann und sah den Fremden über die hölzerne Abtrennung hinweg eindringlich an. Den Säugling aus dem weißen Stoff zu befreien und nach Lebenszeichen zu untersuchen, wollte sie möglichst vermeiden.

Der Mann vor ihr nickte nur stumm.

Jenni griff nach dem Telefon und rief die Rettungsstelle an. Danach legte sie den Säugling vorsichtig etwas weiter frei und erkannte sofort, dass ihm niemand mehr würde helfen können. Das Kind war offensichtlich schon länger als nur ein paar Stunden tot. Es aus dem Stoffbündel herauszunehmen, würde nur wichtige Spuren zerstören. Sie wählte eine weitere Nummer, die alle Sylter Polizisten in ihre Handys eingespeichert hatten.

„Brunner", meldete sich nach wenigen Sekunden eine müde Stimme.

„Polizeimeisterin Bloch am Apparat", begann Jenni das Gespräch. „Es tut mir leid, Sie so früh zu wecken, aber ich fürchte, eines der entführten Babys ist soeben bei mir abgegeben worden."

„Sie fürchten?", hörte sie nach einer kurzen Pause.

„Es ist tot." Jennis Stimme wurde kratzig und sie musste sich räuspern. „Ich habe ein totes Baby vor mir liegen."

„Ich komme sofort." Kriminalhauptkommissar Brunners Stimme klang deutlich wacher als noch vor wenigen Sekunden. „Wenn Sie absolut sicher sind, dass das Baby tot ist, dann sorgen Sie dafür, dass es niemand mehr anfasst. Aber rufen Sie in jedem Fall den Notarzt."

„Der ist bereits unterwegs."

„Ich auch." Der Hauptkommissar beendete das Gespräch, ohne sich zu verabschieden.

Jenni steckte ihr Handy ein und sah wieder zu den Besucherstühlen an der Wand. Niemand war mehr dort; der Obdachlose hatte ihre Ablenkung durch die Telefonate genutzt und die Polizeiwache verlassen.

‚Verdammt', dachte sie. ‚Das bedeutet sicher Ärger.'

Dann notierte sie alles, an das sie sich von dem Überbringer des toten Babys erinnerte. Bestimmt würde sie den Mann wiedererkennen, wenn sie ihn fand. So viele Obdachlose gab es auf Sylt doch nicht.

Der Säugling war ein Junge. Wie erwartet, konnte der Notarzt ihn nicht mehr zum Leben erwecken. Seiner Einschätzung nach war das Baby bereits seit zwei bis drei Tagen tot.

Kriminalhauptkommissar Brunner stimmte zu, den verstorbenen Säugling in die Nordseeklinik bringen zu lassen. Auf der Polizeistation konnten sie für den armen Kerl nichts anderes mehr tun, als herauszufinden, wer für seinen Tod verantwortlich war. Die Kinderärztin der Nordseeklinik, die bereits Klein-Ole Lornsen untersucht hatte, sollte sich den Körper des Babys ansehen, bevor er in die Rechtsmedizin auf dem Festland gebracht wurde. Brunner wollte so schnell wie möglich wissen, ob dem Jungen dieselben Dinge angetan worden waren, wie dem lebendig zu seinen Eltern zurückgekehrten ersten Entführungsopfer.

Für ihn sah immer noch ein Baby wie das andere aus. Trotzdem befürchtete er, dass der tote Säugling das vermisste Kind der Familie Lehmann war. Die weiße Decke erinnerte ihn zu sehr an die Decke, die Klein-Ole notdürftig warmgehalten hatte, als dass er hoffen konnte, ein bisher der Polizei nicht bekanntes männliches Baby habe im Schließfach gelegen. Die Spurensicherung würde rasch klären, ob der Stoff vom gleichen Material war und vom selben Hersteller kam.

Da er aktuell noch keine Gewissheit über die Identität des Babys hatte, klammerte er sich an die Möglichkeit, sich mit seiner Befürchtung zu irren. Hätten ihm und seinen Kollegen die drei Fotos, die Max' Eltern bei der Polizei abgegeben hatten, eine unumstößliche Identifizierung ermöglicht, wäre ihm jetzt nichts anderes übriggeblieben, als Charlotte und Frank Lehmann über den Leichenfund zu informieren. So aber brachte er es noch nicht übers Herz. Es musste einen anderen Weg geben,

Klarheit über die Identität des Babys zu bekommen, bevor er möglicherweise die falschen Eltern benachrichtigte.

Während das tote Baby im Wagen des Notarztes auf dem Weg in die Klinik war, ging Brunner die wenigen Schritte bis zum Bahnhof zu Fuß. Die Kollegen der Bereitschaftspolizei, die er mit dem Streifenwagen vorausgeschickt hatte, waren bereits fündig geworden. Sie hatten einen leeren, weißen Karton vor den Schließfächern auf dem Bahnsteig von Gleis 1 vorgefunden und sichergestellt.

Die Pappschachtel, in der Klein-Ole Lornsen auf dem Polizeiparkplatz abgestellt worden war, war keine gängige Verpackung für Supermarktware gewesen. Stattdessen hatte sie medizinische Produkte enthalten, was die Beschriftung auf ihren Seitenwänden unmissverständlich angab. Dass der weiße Karton, den seine Kollegen gerade gefunden hatten, ebenfalls zur Verpackung medizinischer Produkte vorgesehen gewesen war, wusste Brunner bereits. Natürlich musste er deshalb nicht zwangsläufig auch das tote Baby beherbergt haben. Fanden sich in dem Karton allerdings Fasern der weißen Decke und war diese der Decke des ersten Babys gleich, ließen diese Tatsachen seine Resthoffnung, dass es sich bei dem toten Baby nicht um Max Lehmann handelte, auf ein Minimalmaß schrumpfen. Wie hoch war die Wahrscheinlichkeit, dass ein anderer Täter ein Baby auf die gleiche Art einpackte? Und warum sollte er nichts davon erfahren haben, falls ein viertes Baby auf Sylt entführt worden war?

Brunner schüttelte stumm den Kopf. Natürlich hätte er von einem weiteren Entführungsfall auf Sylt sofort erfahren. Und an einen Nachahmungstäter glaubte er nicht.

Weitere unsinnige Fragen gingen ihm durch den Kopf, während er sich dem Bahnhof näherte: Warum hätten die Täter den Körper eines toten Babys auf Sylt ablegen sollen, wenn der Säugling nicht auch dort seinen Eltern weggenommen worden war? Durften sie hoffen, die Täter hätten mit Donata Reinke endlich gefunden, wonach sie suchten, falls dieses Baby wirklich Max Lehmann war? Hatte die Entführungsserie mit Donata ihr Ende gefunden?

Kurz bevor er sein Ziel erreicht hatte, bestimmten zwei deutlich sinnvollere Fragen Brunners Gedanken: Gab es auf dem Festland möglicherweise andere Säuglingsentführungen, die er mit denen auf Sylt in Verbindung bringen konnte? Und hatte er nicht gerade einen Menschen kennengelernt, für den ganz bestimmt nicht ein Baby wie das andere aussah?

Am Bahnsteig angekommen, untersuchte Brunner erst einmal das Umfeld der Schließfächer. Außer dem Karton, der ganz rechts davorstand, fiel ihm ein kleines, rotes Stück Plastik auf, nur etwa einen Zentimeter groß. Gedankenverloren hob er es auf und steckte es in die Tasche.

„Ist die Spurensicherung informiert?", fragte er und beugte sich zu der Pappschachtel hinab.

„Die sollten in wenigen Minuten hier sein."

„Lassen sie die Kollegen von allen Schließfächern Fingerabdrücke nehmen, bevor sie den Karton einpacken und untersuchen. Wenn sich auf mehreren der offenen Fächer die Abdrücke wiederholen, haben wir vielleicht zumindest die Spuren des flüchtigen Finders sichergestellt."

„Wir werden es ihnen sagen."

Brunner verabschiedete sich und machte sich auf den Rückweg ins Büro. Laut Aussage der uniformierten Kollegin, bei der der Säugling abgegeben worden war, handelte es sich bei dem Flüchtigen um einen Obdachlosen. Solange es keine neuen Erkenntnisse von der Spurensicherung gab, konnte Brunners Team sich wenigstens auf die Suche nach diesem scheuen Wesen ohne festen Wohnsitz begeben. Sie mussten jeden möglichen Zeugen befragen. Möglicherweise hatte der Obdachlose noch etwas gesehen oder eingesteckt, das der Polizei endlich den notwendigen Hinweis auf die Täter gab.

Nordseeklinik Westerland

Die Stimme der Kinderärztin der Nordseeklinik klang bedrückt, als sie Brunner ihre Ergebnisse darlegte. Auch an diesem Säugling waren ihr zuerst die Einstichstellen an beiden Armen aufgefallen, Überreste von professionellen Zugängen einschließlich Pflasterresten. Darüber hinaus hatte sie allerdings feststellen müssen, dass diesem Kind deutlich mehr Blut abgenommen worden war als Klein-Ole. Und offenbar auch mehr, als es sein kleines Herz vertragen hatte.

„Wann wird der Leichnam des Babys abgeholt?", fragte sie schließlich. „Ich möchte nicht, dass es sich hier in der Klinik herumspricht, dass jemand auf der Insel Säuglinge stiehlt, um sie ausbluten zu lassen."

„Sie glauben also, dass der Täter ausschließlich am Blut des Kindes interessiert war?"

„Bis auf das fehlende Blut sieht der arme Kleine für mich unversehrt aus", antwortete ihm die Ärztin. „Etwas genauer werden Ihre Kollegen das sicher sagen können, nachdem sie den Leichnam untersucht haben."

Brunner bedankte sich und versicherte ihr, dass das tote Baby noch am selben Tag abgeholt würde. „Darf ich mich bei Ihnen auf der Kinderstation melden, falls ich den armen Kleinen vorher noch einmal sehen möchte?"

„Das Baby ist nicht mehr hier. Wir haben geeignete Kühlräume, in denen wir Verstorbene aufbewahren. Aber kommen Sie ruhig erst zu mir; ich werde bis 17:00 Uhr auf der Station anzutreffen sein."

Von der Sylter Kriminalpolizei zu einem toten Baby gerufen zu werden, war nicht das, was Frieda Söncksen normalerweise erlebte. Eigentümlich nervös und gleichzeitig zutiefst betrübt wartete sie zusammen mit der Stationsärztin Elke Janssen vor der Kinderstation auf Kriminalhauptkommissar Brunner.

„Der Kommissar scheint der Meinung zu sein, wir könnten ihm bei der Identifizierung des Kindes behilflich sein", kam es vorwurfsvoll von Elke. „Ich weiß nicht, wie es dir geht, Frieda, aber ich habe dieses Baby vor heute morgen nie zu Gesicht bekommen. Außerdem ist es kein schöner Anblick mehr."

„Nimm Brunner das nicht übel", beruhigte Frieda ihre Freundin. „Der Herr Kriminalkommissar ist ein Mann ohne eigene Kinder. Darüber hinaus hat er Angst vor Babys. Für ihn sehen sie alle gleich aus."

Ungläubig sah Elke zu ihr. „Der Leiter der Sylter Kriminalpolizei hat Angst vor Babys?"

Sie und Frieda blickten sich an und brachen beide gleichzeitig in ein kurzes Lachen aus, das die Anspannung des Moments ein wenig milderte. Noch während sie lachten trat der erwähnte Kriminalkommissar aus dem Aufzug und blickte irritiert zu ihnen.

„Moin Brunner", begrüßte ihn Frieda. „In Anbetracht der Aufgabe, um die du uns gebeten hast, ist uns alles andere als zum Lachen zumute. Wir haben nur versucht, uns gegenseitig ein wenig aufzuheitern, während wir auf dich gewartet haben."

Brunner schwieg.

„Sollen wir dann?", fragte Elke und ging Frieda und Brunner voran zum Treppenhaus. „Wir müssen in ein anderes Gebäude", erklärte sie. „Ich habe nicht viel Zeit, deshalb laufe ich einfach mal vor."

Die Identifizierung anhand der drei Fotografien, die er mitgebracht hatte, verlief, wie Brunner es befürchtet hatte. Die beiden kleinkinderfahrenen Frauen ließen sich von dem Anblick des Babys nicht abschrecken und bestätigten schließlich, dass es sich bei dem toten Säugling höchstwahrscheinlich um Max Lehmann handelte.

Eine andere Auskunft wäre Brunner lieber gewesen. Nun konnte er sich nicht länger vor dem Anruf in Hamburg drücken. Max' Eltern mussten erfahren, dass ihr Sohn nie wieder zu ihnen und in ihr Heim zurückkehren würde.

Niedergeschlagen verließ er zusammen mit Frieda das unscheinbare Nebengebäude der Nordseeklinik, in dem die Kühlräume untergebracht waren.

„Kann ich dich ein Stück mitnehmen?" Sie waren neben Friedas Wagen stehen geblieben.

„Nein, ich ... – Ja, gern."

Lieber hätte Brunner die Gelegenheit gehabt, ihr die Mitfahrt anzubieten, aber die Dinge waren nun einmal so, wie sie waren. Am Steuer eines Streifenwagens hatte er einen Menschen getötet. Auch wenn er keine Chance gehabt hatte, den Unfall zu verhindern, sah er die Schuld am Tod dieses Menschen ausschließlich bei sich. Und niemand war seitdem in der Lage gewesen, ihn von etwas anderem zu überzeugen. Selbst ein Auto lenken würde er wahrscheinlich nie wieder.

„Darf ich mich für deine Fahrdienste und vor allem für deine Bereitschaft, mir mit der Identifizierung zu helfen, irgendwie revanchieren?", fragte er deshalb.

Frieda schien über seine Frage nachzudenken. „Vielleicht verschieben wir unsere nächste Verabredung auf einen Zeitpunkt, nachdem ihr die Entführer gefasst habt. – Aber ich freue mich darauf, weiterhin mit dir zu telefonieren. Ruf mich an, wann immer dir danach ist, Brunner."

„Wann immer mir danach ist?", fragte er, um Zeit zu gewinnen. Da bereits seine erste private Verabredung mit dieser sympathischen Rothaarigen durch ein brutales Verbrechen verdorben worden war, befürchtete er, ihr Angebot könne nicht ernst gemeint sein.

Sie nickte stumm und stieg in ihren kleinen, roten KIA.

Morsum

Niemand war zuhause als Ella Wessel am späten Nachmittag in Heinrichs umgebautes Bauernhaus in Morsum zurückkehrte. Marlene verbrachte nur noch die Vormittage dort und Heinrich selbst verließ es an sechs Tagen der Woche spätestens um 8:30 Uhr und kehrte selten vor 20:30 Uhr zurück. Aber wo waren Freya und Theresa?

Noch in Niebüll hatte Ella sich ein Exemplar der ‚Sylter Nachrichten‘ gekauft, weil auf der Titelseite als Aufmacher ein Artikel über die entführten Kinder der Insel stand. Nachdem der erste Säugling nach gut zwei Wochen nahezu wohlbehalten zu seinen Eltern zurückgekehrt war, hatte man den zweiten am Vortag tot auf einem Bahnsteig des Bahnhofs Westerland gefunden. Tot und vollständig ausgeblutet war der arme, kleine Kerl von einem Obdachlosen entdeckt worden, wie der Reporter sensationslüstern beschrieb. Von dem dritten, erst vor wenigen Tagen entführten Säugling fehlte immer noch jede Spur.

‚Wo waren Freya und Theresa?‘, kam Ella auf die Frage zurück, deren Antwort ihr momentan am wichtigsten war. Auch wenn sie ihre Rückkehr nicht angekündigt hatte, war sie doch davon ausgegangen, ihre Tochter in der Obhut ihres Kindermädchens zuhause in Morsum anzutreffen.

Beunruhigt rief sie auf Heinrichs Handy an. „Ist Freya bei dir?“, überfiel sie ihn.

„Ja, das ist sie. – Du bist also zurück auf der Insel?“

Ella war sich sicher, dass Heinrich ihr Aufatmen durch die Telefonleitung gehört hatte. Sie blieb stumm.

„Theresa hat zusammen mit Freya einen Ausflug nach Westerland gemacht. Ein paar Weihnachtseinkäufe und etwas Adventsstimmung waren gewünscht. Nun warten die beiden oben in meinem Büro darauf, dass ich im Restaurant fertig werde und mit ihnen nach Morsum zurückfahre."

„Soll ich sie abholen?"

„Das ist nicht notwendig, Ella. Du warst schon lange genug unterwegs. In ein paar Minuten wird auch dein Bruder hier sein, dann machen wir uns gemeinsam auf den Weg zu dir."

„Geht es Freya gut?"

„Ich habe dir versprochen, dass unserer Tochter nichts passiert. Auch nicht, wenn sie sich außerhalb meines Hauses befindet. – Wenn ich sie nicht im Auge behalten kann, dann tut das Theresa."

„Auf dem Autozug habe ich den Artikel in den ‚Sylter Nachrichten' gelesen. Und als ich hier ankam, war niemand zuhause."

Kurze Stille trat ein, dann antwortete Heinrich: „Wir wussten nicht, dass du heute bereits zurückkehrst. Sonst hätte Theresa bestimmt einen anderen Tag für ihren Ausflug gewählt."

Auch ohne Heinrichs unausgesprochenen Tadel wusste Ella, dass ihr impliziter Vorwurf gegen ihn und das Kindermädchen ungerechtfertigt war. „Die nächsten Wochen werde ich selbst wieder auf Freya aufpassen. Bis Anfang Februar muss ich die Insel und euch nicht mehr verlassen. Zwei Monate liegen vor mir, in denen ich einfach nur Freyas Mutter sein werde, Heinrich."

„Das hört sich gut an."

Ella vernahm einen Tumult im Hintergrund des Restaurants und leise Schreie eines Babys.

„Ist etwas passiert – ist etwas mit Freya?", fragte sie, aber Heinrich hatte das Telefonat bereits beendet.

Die Gäste zu beruhigen, die sich wildgestikulierend rund um einen Babystuhl samt schreiendem Kleinkind versammelt hatten und sich gegenseitig vorwarfen, die Ruhe im Restaurant zu stören, kostete Heinrich Nissen nur wenige Minuten. Ohne lange den gegenseitigen Vorwürfen zu lauschen, ließ er dem Paar mit dem Kleinkind einen ruhigen Tisch am Rand des Restaurants zuweisen, an dem sich das Baby schnell wieder beruhigte. Den kinderlosen Gästen ließ er eine Flasche Wein bringen. Den Hinweis, sie wollten doch sicher weder sich noch anderen Gästen den wohlverdienten Urlaub verderben, überbrachte er selbst. Den irritierten Blick der derart getadelten Gäste spürte Heinrich noch im Rücken, während Brunner das Restaurant betrat.

Sein Freund sah deprimiert und müde aus. Heinrich begrüßte ihn herzlich und führte ihn schnell in Richtung seines Büros.

„Möchtest du noch etwas essen, bevor wir uns auf den Weg machen?", fragte er und stieg Brunner voraus die Treppe in den ersten Stock hinauf. „Hast du nach dem schrecklichen Fund gestern morgen außer Kaffee überhaupt etwas zu dir genommen?"

„Lass uns fahren. Bei dir zuhause finde ich bestimmt etwas Essbares. Je weiter ich wegkomme von meinem Büro, umso besser ist es heute."

„Ella ist zurück. Sie wird dir kaum einen Feierabend gönnen."

„Lass uns trotzdem zu dir fahren", kam es resigniert von Brunner, während Heinrich nach seinem Autoschlüssel griff.

Theresa hob sanft die in ihrer Babytrage schlafende Freya an. Das erste Lächeln des Tages schwebte über das Gesicht des Kriminalhauptkommissars, als er ihr vorsichtig seine Nichte abnahm.

Geduldig hatte sie ihren Bruder begrüßt, ihm ein paar belegte Brote serviert und eine große Flasche Wasser gereicht. Danach hatte sie ihm noch ausreichend Zeit zum Essen gelassen, aber nun war seine Schonfrist vorbei. Freya und ihr Kindermädchen verabschiedeten sich zum Schlafen und Ella Wessel zog zusammen mit den beiden Männern in die Bibliothek um.

Ein gemütliches Feuer loderte im Ofen des kleinen Raums. Heinrich und Brunner nahmen in den beiden Sesseln rechts und links der Feuerstelle Platz, während Ella sich an den schmalen Schreibtisch setzte, der seit ihrem ersten längeren Aufenthalt in Heinrichs Haus in diesem Zimmer seinen Platz gefunden hatte.

„Ist es wirklich Max Lehmann?", fing sie ohne jedes Vorgeplänkel den ernsthaften Teil des Gesprächs an. „Ist das tote Baby tatsächlich das zweite entführte Kind?"

Brunner sah sie betrübt an und nickte wortlos.

„Woran ist es gestorben?", fragte sie weiter.

„Verbindlich kann ich deine Frage erst beantworten, wenn die Kollegen der Rechtsmedizin ihre Untersuchung abgeschlossen haben. Aber nach Auskunft der Kinderärztin der Nordseeklinik ist der Säugling gestorben, weil man ihm zu viel seines Blutes abgenommen hat. Diesen Aderlass hat sein junger Organismus nicht vertragen, sein Herz hat aufgehört zu schlagen."

„Dann ist der Kleine einfach eingeschlafen und gestorben, ohne viel davon zu merken?"

„Nein, Ella", antwortete Heinrich. „Ausbluten ist kein schöner Tod. Der Körper reagiert mit Herzrasen, Atemnot, starkem Schwitzen und vergleichbaren Notsignalen, bevor der Tod eintritt. Ich kenne das vom Schlachten und ich denke, dass der menschliche Körper nicht anders reagiert. – Max Lehmann ist nicht einfach eingeschlafen; der kleine Kerl hat mit Sicherheit furchtbar gelitten, bevor er gestorben ist."

„So ähnlich hat es die Kinderärztin auch beschrieben", stimmte ihm Brunner zu. „Dass es dem Säugling nicht gutging, kann den Entführern nicht entgangen sein. Bei einer ausreichend schnellen Reaktion hätte man das Baby noch retten können."

Die Worte ihres Bruders ließen keinen Zweifel daran, dass die Kidnapper skrupellos genug waren, das Leben jedes Kindes aufs Spiel zu setzen, das ihnen in die Hände fiel. Aber wofür?

„Warum nimmt man einem Säugling Blut ab?", fragte Ella verwirrt. „Und in diesem Fall sogar so viel, dass er daran stirbt?"

„Um seine Blutgruppe zu bestimmen, seine DNA, sein HLA-System", kam sofort und sehr bestimmt die Antwort von Heinrich.

„Was DNA oder DNS ist, weiß ich, aber was ist ein HLA-System?" Ein Blick auf ihren Bruder verdeutlichte Ella, dass sie die Einzige im Raum war, die nicht wusste, wovon Heinrich redete.

„Human leukocyte antigen-system", klärte Heinrich sie auf. „Übersetzt ist es das menschliche Leukozyten-Antigensystem. Das ist eine Art Zell-Erkennungsstruktur, die bei Spender und Empfänger von Stammzellen möglichst ähnlich aussehen muss."

„Bei einer Stammzellen-Spende?"

„Ja, Ella. Auf dieses Motiv ist die Ermittlungsgruppe mittlerweile auch gekommen." Brunner wandte sich seinem Gastgeber zu. „Seit wann denkst du über eine solche Erklärung für die Entführungen nach?"

„Seitdem ich von den Einstichstellen bei Klein-Ole gehört habe. Mittlerweile habe ich Einiges darüber gelesen."

„Und wie erklärst du dir, dass die Eltern der drei entführten Kinder sich zuvor nie begegnet sind?", wollte Ella wissen.

„Heutzutage müssen sich Eltern nicht kennen, damit ihre Kinder miteinander verwandt sein können", kam es lapidar von Heinrich.

„Und zusätzlich verwandt mit dem oder den Entführern", ergänzte Brunner seinen Satz.

Ella nahm sich Zeit, eine Weile über den neuen Ansatz der polizeilichen Ermittlungen nachzudenken. „Was sagen die

Eltern der armen Säuglinge dazu?", fragte sie schließlich. „Haben sie ihre Babys adoptiert?"

„Nein, alle drei Babys wurden von ihren leiblichen Müttern ausgetragen. Allerdings ist bei dem dritten Baby der Vater unbekannt. Bei den ersten beiden Kindern existierte bislang kein Zweifel an der Vaterschaft des jeweiligen Ehemannes."

„Bislang." Heinrich lachte kurz auf. „Wahrscheinlich habt ihr die beiden Elternpaare durch eure Befragungen in eine tiefe Krise gestürzt."

Ella sah entsetzt zu ihrem Bruder. „Habt ihr die armen Leute wirklich gefragt, ob die Möglichkeit existiert, dass sie nicht die leiblichen Eltern ihrer Sprösslinge sind?"

Brunner nickte. „Was sollten wir anderes tun?"

„Und?" Heinrich schien die Verlegenheit seines Freundes zu genießen. „Ich nehme an, man hat euch Verständnis für die Einmischung in die privatesten Geheimnisse entgegengebracht und zufriedenstellende Antworten geliefert."

„Natürlich haben wir sie nicht gefragt, ob die Frauen fremdgegangen sind. Wie man bei Silke Reinke sieht, gibt es in Deutschland auch andere Möglichkeiten, ohne direkte Beteiligung des Ehemannes Kinder zu zeugen." Brunner machte eine Pause. „Donata Reinkes Vater ist ein anonymer Samenspender. Im Ausland wären sogar Spendereizellen einer fremden Frau möglich."

„Und? Sind auch die anderen beiden Entführungsopfer das Ergebnis einer solchen Prozedur?" Heinrichs Frage klang nicht so, als erwartete er ein ‚Ja‘ als Antwort.

„Nein, weder Ole Lornsen noch Max Lehmann", bestätigte Brunner die Zweifel seines Freundes. „Allerdings wurden beide Frauen erst nach einer vorangegangenen medizinischen Behandlung schwanger. Bei Paula Lornsen wurde vor ihrer Empfängnis eine harmlose Zyste entfernt, die laut ihrem Frauenarzt bis dahin das Einnisten der befruchteten Eizelle verhindert hat. Bei den Lehmanns war der Ehemann Frank derjenige, bei dem für die Schwangerschaft seiner Frau etwas nachgeholfen werden musste."

Ella sah ihren Bruder fragend an, als er nicht weitersprach. „Ich dachte, Männer blieben bis ins hohe Alter zeugungsfähig."

„Dass Heinrich es in seinem Alter geschafft hat, auf natürlichem Weg Vater zu werden, kommt fast einem Wunder gleich." Wieder gönnte sich Brunner eine kurze Pause. „Allmählich werde ich Fachmann auf dem Gebiet der männlichen Fruchtbarkeit. Und was ich dabei erfahre, lässt mich nicht mehr hoffen, noch selbst Vater zu werden. – Schon ab einem Alter von dreißig Jahren nimmt die Fruchtbarkeit von uns Männern ab. Mit zunehmendem Alter reduzieren sich die Spermienmenge und die Anzahl der lebensfähigen Spermien rapide. Deshalb wird die Reproduktionsmedizin immer wichtiger. – Das Ehepaar Lehmann wollte erst nicht damit herausrücken, aber dann haben sie doch zugegeben, medizinische Unterstützung in Anspruch genommen zu haben. Frank Lehmanns Sperma musste in einem Reproduktions-Labor aufbereitet werden, um seine ‚ermüdeten Spermien' zu einem Sprint zur Eizelle zu motivieren. Mit diesem ‚trainierten Sperma' wurde bei Charlotte Lehmann in ihrer Frauenarztpraxis eine intrauterine Insemination durchgeführt. Das bedeutet nichts anderes, als dass die Spermien direkt in die Gebärmutter gespült und so näher an die Eizellen herangebracht wurden. Mit dieser Methode erhöht sich die Chance, dass die Verschmelzung von Sperma und Ei tatsächlich stattfindet und der Kinderwunsch sich endlich erfüllt. Und wie die Lehmanns mir sagten, hat es auch direkt beim ersten Versuch funktioniert; Charlotte wurde schwanger."

„Mit dem aufbereiteten Sperma ihres Mannes", schloss Ella die Geschichte ab.

„Oder eben nicht mit diesem", konterte Heinrich. „Genau an diesem Punkt kann das Verbrechen begonnen haben. Vielleicht wurde Charlotte Lehmann das Sperma eines der Entführer injiziert."

Eine solche Möglichkeit wollte Ella sich noch nicht einmal vorstellen. „Kann Derartiges wirklich passieren?", fragte sie entsetzt.

„Es werden auch Babys in Krankenhäusern vertauscht", kam es sofort von Heinrich.

„Deine Frage, Ella, haben wir uns in der Ermittlungsgruppe natürlich auch gestellt. Deshalb haben die Flensburger Kollegen, die das Ehepaar Lehmann bei der Identifizierung ihres toten Babys begleitet haben, sie zusätzlich noch um DNA-Proben gebeten. Nur so können wir einen Vergleich mit der DNA des verstorbenen Säuglings durchführen. – Das Ergebnis liegt uns allerdings noch nicht vor."

„Was tut ihr den armen Eltern nur an?"

„Nicht wir, Ella", antwortete Brunner ihr empört. „Die Entführer sind die Bösen, nicht wir Polizisten."

„Was ist mit Ole Lornsen?", fragte Heinrich, ohne sich von der geschwisterlichen rhetorischen Balgerei ablenken zu lassen.

„Auch das Ehepaar Lornsen habe ich vorhin um DNA-Proben von sich und ihrem Sohn gebeten. Es hat mich einige Überredungskunst gekostet, aber schließlich sind sie darauf eingegangen. – Ich hoffe, dass wir bis zum Wochenende Klarheit haben."

„Und was willst du den beiden sagen, falls sich herausstellt, dass Henrik nicht der Vater von Klein-Ole ist? Wem wird ein solches Wissen helfen? Gerade jetzt, da ihr Kind wohlbehalten zurückgekehrt ist."

Brunner seufzte tief, bevor er auf Ellas erneuten Einwand gegen seinen Ermittlungsstil antwortete. „Genau der Umstand, dass sie ihr Kind zurückerhalten haben, lässt mich hoffen, dass Henrik Lornsen der leibliche Vater von Ole ist. – Aber soll ich die beiden sonst anlügen?"

„Du hast es nie in Frage gestellt, der Vater von Freya zu sein." Ella sah Heinrich eindringlich an. „Dabei warst du doch davon überzeugt, seit Jahren nicht mehr zeugungsfähig zu sein."

Der Hausherr blickte nachdenklich ins Feuer. Dann hob er den Blick und erwiderte: „Das stimmt, Ella. Ich habe nicht eine Sekunde an dir und deiner Ehrlichkeit gezweifelt."

„Ändert sich etwas an deiner Überzeugung, falls Henrik Lornsen oder Frank Lehmann tatsächlich nicht die leiblichen Väter ihrer Babys sind?" Ängstlich wartete Ella auf seine Antwort.

„Nein." Heinrich schüttelte den Kopf.

Dann grinste er breit. „Dass Freya meine Tochter ist, wird mir niemand ausreden können. Noch nie in meinem Leben habe ich mich einem Menschen derartig verbunden gefühlt. Und ihr Gefühl mir gegenüber scheint dasselbe zu sein."

Der zärtliche Blick, den seine Schwester seinem Freund und dem Vater ihrer Tochter zuwarf, ließ in Michael Brunner fast ein wenig Neid aufkommen. So würde er selbst auch gern angesehen.

Mit einem Räuspern machte er sich bemerkbar und nahm ihr ursprüngliches Thema wieder auf: „Heinrich, was würdest du tun, falls man im Rahmen eines DNA-Abgleichs feststellte, dass du nicht Freyas Vater wärst?"

Wieder sah Heinrich stumm ins Feuer und schwieg.

„Wolltest du es überhaupt wissen?", setzte Brunner nach.

Mit einem Mal brach Heinrich in sein ansteckendes Lachen aus und Ella fiel mit ein. „Fast hättest du mich gehabt, Brunner. Aber auch du wirst es nicht schaffen, Zweifel in mir zu säen. Dieses ‚falls' ist absolut undenkbar. Ein solches Ergebnis wird es nie geben."

Eine ähnliche Antwort hätten vielleicht auch Klein-Oles und Max' Eltern vor nicht allzu langer Zeit gegeben, aber mittlerweile hatten sie wahrscheinlich zu zweifeln begonnen. Die These, ein skrupelloser Verbrecher suche in ihren Kindern einen passenden Stammzellenspender, war zu überzeugend. Und wie sollten ihre Säuglinge für einen Fremden in Frage kommen, wenn dieser nicht seine Gene an sie weitergegeben hatte? Trotz dieser Überlegung entschied Brunner, seinem Freund die leichtfertige Antwort durchgehen zu lassen.

„Die Wahrscheinlichkeit, bei einer Zusammenführung von Ei und Sperma tatsächlich eine Befruchtung herbeizuführen, liegt bei nur etwa zwanzig bis dreißig Prozent", präsentierte er das Wissen, das er sich während der letzten Tage angeeignet hatte. „Und die Wahrscheinlichkeit, auf diesem Weg ein Baby zu erschaffen, dessen HLA-System nahe genug an dem des Täters ist, liegt noch einmal bei nicht mehr als zwanzig bis dreißig Prozent. Meiner Meinung nach müssen wir also davon ausgehen, dass ein genauso gewissenhafter wie skrupelloser Verbrecher mehr als nur drei Versuche durchführt, ein passendes Spenderbaby herzustellen. – Mir graust davor, mir vorzustellen, dass noch mehr Babys entführt werden und als unfreiwillige Stammzellenlieferanten in Lebensgefahr geraten. Habt ihr einen Vorschlag für mich, für die Polizei, wie wir das verhindern können?"

„Indem ihr möglichst schnell herausbekommt, wer der leibliche Vater der drei Babys ist", kam es sofort von Heinrich. „Falls es bei den ersten beiden nicht die Ehemänner der leiblichen Mütter sind."

„Und wie sollen wir das machen? Hast du eine Idee, wie wir dafür vorgehen sollen?"

„Falls es nicht über die möglichen Momente seiner Einflussnahme auf die Mütter geht, dann sollten wir uns folgende Fragen beantworten: Für welche Therapie benötigt jemand Stammzellen, kann sie aber nicht über offizielle Wege bekommen? Wer kann aus dem Blut eines Babys die gewünschten

Stammzellen extrahieren? Welche Ausbildung und welche Ausrüstung sind dafür notwendig?"

„Wie ich dich kenne, Heinrich, hast du dir zu diesen drei Fragen bereits Gedanken gemacht."

„Gedanken schon, aber ich bin noch zu keinem Ergebnis gekommen, über das ich reden sollte. – Bezüglich der möglichen Kontakte mit dem Entführer bin ich der Meinung, dass wir mit allen werdenden Müttern der Insel sprechen sollten. Und mit den frischgebackenen Eltern der letzten Wochen natürlich auch. – Ich hörte, du hättest bereits die richtige Ansprechpartnerin dafür kennengelernt."

Der letzte Satz seines Freundes ließ Brunner unwillkürlich zusammenzucken. Passierte eigentlich nie etwas auf Sylt, von dem Heinrich nicht erfuhr?

Ella sah ihn aufmerksam an. Der leichte Unterton in Heinrichs Bemerkung schien ihr nicht entgangen zu sein. „Du hast eine Frau kennengelernt, Bruder? Warum erzählst du mir nichts davon?"

„Weil es nichts zu erzählen gibt", antwortete er ungehalten. „Heinrich spricht davon, dass ich die einzige aktive Hebamme Sylts kennengelernt habe. Frieda Söncksen heißt sie und schon ihre Mutter und Großmutter waren Hebammen auf der Insel. Jetzt ist sie es eben. – Ich bin ihr begegnet, nachdem Klein-Ole bei der Polizei abgegeben wurde. Frieda hat auf ihn aufgepasst, bis die Eltern wieder auf der Insel waren."

„Und seitdem habt ihr nicht mehr miteinander gesprochen?"

Am liebsten hätte Brunner sich vor einer Antwort gedrückt, aber seine Schwester spürte wahrscheinlich sowieso schon, wie sie lautete. „Wir haben ein- oder zweimal miteinander telefoniert. Und Frieda war zusammen mit mir im Kaamp-Hüs, als dort das dritte Baby entführt wurde. – Leider habe ich gestern den Fehler begangen, sie zu bitten, Max Lehmann zu identifizieren. Ich hielt es für eine gute Idee, beruflich gesehen. Ich wollte sicher sein, bevor ich die Eltern des zweiten entführten Babys unbegründet mit meinem Anruf verzweifeln lasse. Aber wenn mein Gefühl mich nicht trügt, habe ich Frieda damit endgültig vergrault."

„Heinrich, kennst du die besagte Dame? Käme sie für meinen Bruder in Frage?"

„In jedem Fall kommt sie das – wenn es eine Frau gibt, die sich nicht durch die Arbeit eines Kriminalpolizisten vergraulen lässt, dann ist es ganz bestimmt sie", antwortete Heinrich und sah Brunner grinsend an. „Frieda soll dich um ein zweites Rendezvous gebeten haben, sobald die Entführer gefasst sind. Ist das wahr?"

„Wer zum Teufel hat dir das erzählt. Doch nicht sie selbst. – Außerdem glaube ich nicht, dass sie das ernst gemeint hat. Sie wollte bestimmt nur … Ich meine, … – Grins nicht so, Heinrich. Dazu gibt es keine Veranlassung."

Heinrichs Grinsen wurde noch breiter.

„Ja, Frieda macht einen netten Eindruck auf mich. Und ich hätte sie gern besser kennengelernt. Mehr gibt es dazu nicht zu sagen."

Seine Schwester grinste mittlerweile genauso unverschämt wie sein Freund. Brunner suchte fieberhaft nach einem anderen Gesprächsstoff. „Weiß jemand von euch, was das gewesen sein kann?", fragte er und legte das kleine Stück roten Kunststoffs, das er seit dem Vortag in der Hosentasche mit sich herumtrug, auf den Tisch zwischen sich und Heinrich.

Heinrich hob es hoch, drehte es mehrmals zwischen den Fingern und reichte es dann Ella. „Ein Stück einer Kunststoffrolle", vermutete er.

Ella legte es vor sich auf den Schreibtisch und sah nachdenklich auf das Plastikteil, ohne ebenfalls eine Vermutung zu äußern.

„Schade." Enttäuscht hielt Brunner Ella die Hand hin, um seinen Bahnhofsfund zurückzuerhalten. „Dann wird es wohl von einem der vielen Rollkoffer stammen, die in den letzten Monaten den Bahnsteig entlang geschoben wurden."

„Das glaube ich nicht", kam es nachdenklich von Ella, die immer noch bewegungslos auf das rote Plastikteil blickte. „Sind die nicht immer schwarz oder grau?"

„Sondern?" Brunner stand auf und nahm ihr das rote Fundstück weg. „Was ist das sonst?"

„Es ist schon ein paar Wochen her, dass ich mich über ein ähnliches Stück Kunststoff geärgert habe. Das war beim Einkaufen. Mein Einkaufswagen fuhr nicht geradeaus und der Grund war ein defektes Rad. – Es kann sich bei deinem Fundstück um den Rest eines Einkaufswagenrades von Famila handeln. In deren Filiale in Hamburg habe ich zumindest mit einem Einkaufswagen mit roten Kunststoffrädern gekämpft."

Brunner sah sie fassungslos an. „Bist du dir sicher?"

Ella zuckte mit den Schultern.

„Ein Einkaufswagen passt, natürlich", grummelte Brunner vor sich hin, während seine Schwester und sein Freund ihn stumm beobachteten. „Ein Obdachloser mit einem Einkaufswagen. Warum habe ich nicht eher …"

„Wolle", unterbrach Heinrich ihn.

„Wolle?"

„So heißt dein Obdachloser mit dem Einkaufswagen", klärte Heinrich ihn auf. „Was hat er angestellt?"

„Er hat das tote Baby gefunden, bei uns abgegeben und sich dann in Luft aufgelöst. – Mein halbes Team hält nach ihm Ausschau."

Heinrich schien ein paar Sekunden über seinen nächsten Satz nachzudenken. „Musst du wirklich mit ihm sprechen?", fragte er schließlich. „Wie kann Wolle euch bei den Ermittlungen weiterhelfen?"

„Das weiß ich noch nicht. Aber persönlich mit ihm reden muss ich in jedem Fall."

„Wolle hat keine guten Erfahrungen mit Polizisten gemacht. Es dürfte für ihn schon eine große Überwindung gewesen sein, euch das tote Baby zu bringen."

„Damit ist er ein Zeuge, Heinrich. Diese Tatsache kann ich nicht ignorieren."

„In Ordnung. Stellt eure Suche ein. Ich melde mich in den nächsten Tagen und sage dir, wo du ihn treffen kannst, auch wenn mich das sicher ein paar warme Essen oder mehr kosten wird."

‚Sylter Wintermarkt' in Westerland

Im letzten Jahr hatte sie noch selbst in einer der kleinen Holzbuden gestanden, vor sich hingeträumt und Glühwein ausgeschenkt oder Essen serviert. Dieses Jahr gehörte sie nicht zu der eingeschworenen Truppe des Standpersonals.

Während sie ihre erste Runde über den ‚Sylter Wintermarkt' auf der ‚Neuen Mitte' in Westerland drehte, dachte Johanna Christiansen wehmütig an den Spaß zurück, den sie mit ihren Kollegen während der vier Wochen Marktzeit gehabt hatte. Aufmerksam suchte sie nach bekannten Gesichtern unter den Holz- und Reetdächern der Buden. Es war erst kurz vor 13:00 Uhr, viel zu früh, als dass an und zwischen den Ständen schon viel los sein konnte.

Ihr Freund Daniel war erkältet zuhause geblieben. Wahrscheinlich lag er jetzt auf dem Sofa, genoss die Ruhe und spielte eines seiner geliebten Videospiele. Das ging immer, egal, wie er sich fühlte. Viel lieber wäre Johanna mit ihm zusammen über den weihnachtlichen Markt geschlendert, aber ganz allein war sie ja nicht. Vor die Brust hatte sie eine wattierte Babytrage geschnallt, darin schlief wohlig und warm Janina, ihre gut fünf Wochen alte Tochter. Die Babytrage war die sicherste Methode, die Kleine vom Schreien abzuhalten. Legte man sie in ihr Bettchen, schrie sie. Nahm man sie auf den Arm, dauerte es auch nie lange, bis gellendes Geschrei erklang. Janina war ein anstrengender Säugling. Bislang hatte niemand es geschafft, sie außerhalb der Babytrage über mehrere Stunden vom Brüllen abzuhalten.

Am Currywurst-Stand entdeckte Johanna das erste bekannte Gesicht. Der gutaussehende, aber vielleicht etwas einfältige Björn stand dort und winkte sie fröhlich zu sich.

„Eine schöne Überraschung, dich zu sehen", begrüßte er sie. „Es hat sich schon herumgesprochen, dass du dieses Jahr nicht arbeiten kannst, weil du Mutter geworden bist."

Johanna freute sich, ausgerechnet ihn als Ersten zu treffen. Wäre sie beim Wintermarkt des Vorjahres nicht bereits mit Daniel liiert gewesen, hätte sie bestimmt versucht, Björn zu verführen.

„Darf ich dir Janina vorstellen?" Sie öffnete zwei Druckknöpfe der Babytrage und legte das Gesicht des schlafenden Babys frei.

Björns Gesicht strahlte. „Darf ich die Kleine mal halten? – Warte, ich komme raus zu dir."

Daniel hatte sich bisher nur wenig für seine Tochter interessiert. Und noch weniger hatte er sich darum gekümmert, für ihr Wohlbefinden zu sorgen. Zumindest für ein gemeinsames Kind wäre ihr Schwarm vom Wintermarkt vielleicht doch die bessere Wahl gewesen, schoss es Johanna durch den Kopf.

Björn stand bereits ungeduldig neben ihr. Zügig knöpfte Johanna die Babytrage weiter auf, hob Janina heraus und hielt sie ihm hin. Die Fäuste geballt, fing die Kleine sofort an, zu weinen, als sie ihr kuscheliges Nest verlassen musste. Während Björn sie sich an die Schulter legte und ihr leicht über den warm eingepackten Rücken strich, beruhigte sie sich zu Johannas Erstaunen schnell.

Schreiend ertrug Daniel seine Tochter keine zehn Minuten lang. Sie so schnell wieder zum Schweigen zu bringen, war ihm noch nie gelungen. Bislang war Johanna davon ausgegangen, dass nur sie ihr quengelndes Baby besänftigen konnte. Bewundernd sah sie nun Björn an, der breitbeinig vor ihr stand, seinen muskulösen Körper leicht von rechts nach links pendeln ließ und damit Janina in den Schlaf wiegte.

„Wenn du möchtest, kannst du sie gern etwas länger halten. Ich vertrete dich in der Zeit an deinem Stand."

Björn sah sie fragend an. Offenbar wägte er ab, ob sie ihr Angebot ernst meinte.

„Nee, das geht wohl nicht", meinte er schließlich.

Johanna sah ihm an, dass er ihr Angebot lieber angenommen als abgelehnt hätte.

„Falls du dich erinnerst, ich habe dich bereits im letzten Jahr einen ganzen Tag lang vertreten. Da hat sich auch niemand beschwert." Johanna lächelte ihn aufmunternd an. „Ich kann das. Und eine Weile ohne Kind würde mir allmählich guttun. Janina fordert mich wirklich."

„Die Kleine ist doch absolut anspruchslos", kam es erstaunt von Björn.

Johanna lachte. „Wenn du ihr auch noch die Brust geben kannst, überlasse ich sie dir gern bis morgen früh."

Björn fiel in ihr Lachen ein und sein ganzer Körper bebte dabei. Janina schien es nicht zu stören.

„Ich meine es ernst", drängte Johanna ihn zu einer Entscheidung. „Wenn du mir versprichst, sie in zwei Stunden wohlbehalten zu mir zurückzubringen, dann übernehme ich bis 15:00 Uhr deinen Stand."

„Einverstanden." Ein Grinsen machte sich auf Björns Gesicht breit. „Dann schaue ich mal, was ich mit einem Baby auf dem Arm so reißen kann."

Auch wenn Johanna sich nicht sicher war, was genau Björn mit seiner Bemerkung meinte, vertraute sie ihm. So wie er ihr Baby angesehen hatte, würde er gut darauf aufpassen. Und sie selbst konnte endlich einmal wieder durchatmen und für zwei Stunden in ihr altes Leben zurückkehren. Vor 15:00 Uhr brauchte Janina erfahrungsgemäß weder eine frische Windel noch etwas, das sie später darin versenken konnte. Die nächsten zwei Stunden sollte Björn keine Schwierigkeiten mit ihr haben.

„Du weißt ja, wie du mich erreichen kannst", verabschiedete sie das ungleiche Gespann und hielt ihr Handy hoch. „Viel Spaß euch beiden."

Allmählich wurde Johanna Christiansen unruhig. Die Uhr ihres Handys zeigte bereits 16:36 Uhr und immer noch war von Björn und Janina nichts zu sehen. Die beiden waren schon mehr als eine Stunde überfällig.

Nachdem sie zum fünften Mal Björns Nummer gewählt hatte und wie zuvor nach langem Klingeln auf seiner Mailbox gelandet war, entschied sie sich, ihrem Ärger Luft zu machen: „Björn, wo bleibst du? Sogar dir muss doch klar sein, dass ich mir Sorgen um mein Kind mache, wenn es nicht wie verabredet zu mir zurückkehrt. Ich warte jetzt noch eine gute Viertelstunde. Wenn ich dann nichts von euch gesehen oder gehört habe, schließe ich den Stand und gehe zur Polizei."

Die Zeit verstrich, während die Schlange vor ihrem Currywurst-Stand nicht kürzer werden wollte.

„Es tut mir leid, ich muss kurz weg und Nachschub holen", rief Johanna über die Köpfe der vor der Bude wartenden Weihnachtsmarktgäste hinweg. Sie schaltete den Grill aus und verschenkte die beiden Würste, die bereits fertiggegart waren, an die vordersten Wartenden. Dann griff sie nach ihrem Mantel und dem Inhalt der Kasse und verließ den Stand.

„Wisst ihr zufällig, wo Björn wohnt?", fragte sie die beiden jungen Männer am Nachbarstand.

„Björn? Nee."

„Er hat mich gebeten, zwei Stunden auf seine Bude aufzupassen, aber nun ist er bereits vier Stunden unterwegs. – Habt ihr eine Idee, wo ich ihn finden kann?"

„Nee. Wirklich nicht. – Soll einer von uns bei dir aushelfen?"

Johanna dachte kurz über das Angebot nach, aber dann entschied sie, dass Björn für seine Unzuverlässigkeit ruhig ein wenig Ärger bekommen konnte. „Nein, aber danke trotzdem."

Nach einem raschen Blick zurück auf die verwaiste Bretterbude verließ Johanna den Wintermarkt. Allmählich mischte sich Angst in den Ärger. Wenn der Idiot doch wenigstens an sein Handy ginge. Dann hätte er ihr sagen können, dass es Janina gutging und er sich nur ein wenig verspätete. Aber so blieb ihr nichts anderes übrig, als zur Polizei zu gehen. Björn war weg und ihr Baby mit ihm. Und sie hatte nicht die geringste Idee, wo sie nach beiden suchen sollte.

Bei dem Gedanken, wie Fremde darauf reagieren könnten, dass sie Janina leichtfertig in die Hände eines nahezu Unbekannten gegeben hatte, erschrak Johanna. Auch Daniel wollte sie am liebsten nicht ohne ihre Tochter gegenübertreten. Ganz egal, wie sehr er selbst Janina und ihre Bedürfnisse ignorierte, die Mutter seiner Tochter musste ständig für sie da sein.

Polizeiwache Westerland

Auch noch eine halbe Stunde nach seinem Gespräch mit Johanna Christiansen fiel es Kriminalhauptkommissar Brunner schwer, ohne Wut in der Stimme die Aussage der jungen Frau für die Kollegen zu wiederholen. Gemeinsam mit seinem Team saß er im neuen Besprechungsraum der Kriminalpolizei und versuchte, emotionslos die Ereignisse der letzten Stunden zusammenzufassen.

Ein weiteres Baby war verschwunden, Janina Christiansen, mitten in Westerland. Die selbst nahezu noch kindliche Mutter hatte sich, seinem Empfinden nach, viel zu wenige Sorgen um die Gesundheit ihres verschwundenen Nachwuchses gemacht. Deutlich mehr Aufmerksamkeit hatte Johanna Christiansen darauf verwendet, die unbedachte Weitergabe ihres Babys dem sie befragenden Kriminalkommissar gegenüber zu rechtfertigen. Dass sie weder den vollen Namen noch die Adresse des Mannes kannte, dem sie freiwillig ihren Säugling ausgehändigt hatte, war ihrer Ansicht nach mit ihrem Eintreten in die Polizeistation von ihrem Problem zu einem der Beamten geworden. Und an dieser Einstellung hatte sich auch nichts geändert, als sie vor wenigen Minuten von ihrem Partner, dem Vater des Kindes, abgeholt worden war.

Brunner selbst hatte ihre Anzeige aufgenommen. Seit das getötete Baby aufgetaucht war, hatte er nur wenige Stunden außerhalb seines Büros verbracht. So kam es, dass er auch anwesend war, als die junge Frau bei der Bereitschaftspolizei erschien und von ihrem verschwundenen Baby berichtete.

Trotz seines Unverständnisses über eine Mutter, die in der aktuellen Gefahrenlage ihr Baby freiwillig aus der Hand gab, war Brunner Johanna Christiansen fast ein wenig dankbar. Ihre Unvernunft konnte sich für die Polizei noch als Vorteil erweisen.

„So, jetzt seid ihr genauso schlau wie ich", beendete er seine Schilderung. „Gibt es Fragen oder Anregungen, bevor wir die nächsten Schritte besprechen?"

„Der Modus Operandi der Entführung von Janina Christiansen ist ein deutlich anderer als bei den drei vorhergegangenen Verbrechen", merkte Hansen an. „Da sind wir uns doch einig. Warum also gehst du davon aus, dass es dieselben Täter waren?"

„Das Alter des Babys passt, der Ort seines Verschwindens, ..." Brunner sah eindringlich zu seinem Stellvertreter. „Sagen wir, mein Bauch ist davon überzeugt, dass wir es wieder mit denselben Hintermännern oder -frauen zu tun haben. Aber anders als bei den ersten drei Vorfällen in Keitum, Westerland und Kampen besteht dieses Mal eine hohe Wahrscheinlichkeit, einen der an der Entführung Beteiligten zu identifizieren."

„Dein Bauch hat eine Überzeugung?" Eike verzog unzufrieden seinen Mund. „Meiner nicht. Und wenn er etwas zu sagen hätte, dann wäre es, dass es sich bei dieser Baby-Entführung um einen gänzlich anders gelagerten Fall handelt. Genau deshalb übernehme ich es freiwillig, den Namen des jungen Mannes herauszubekommen, der mit dem Baby verschwunden ist. Das kann nicht schwierig sein. Ich muss nur seinen Arbeitgeber vom Wintermarkt erreichen, dann habe ich sofort alle notwendigen Informationen über ihn."

„Wir sollten ihn tatsächlich so schnell finden, wie es geht", stimmte ihm Brunner in diesem einen Punkt zu. „Lasst uns nicht vergessen, dass der Unbekannte möglicherweise immer noch das Baby bei sich hat. – Aber Eike, ich schlage vor, dass ihr, du und dein Bauch, mir beim Denken helft. Der Rest der Truppe begibt sich auf die Suche nach dem jungen Mann vom Wintermarkt."

Brunner warf einen Blick zu seinen Kollegen, die scheinbar auf weitere Anweisungen warteten. „Legt los. Worauf wartet ihr? Spätestens in zwei Stunden will ich den Gesuchten hier auf der Wache haben."

Alle vier Kriminalpolizisten bis auf Hansen standen auf und verließen eilig den Raum. Brunner musterte stumm seinen Stellvertreter. Dann stand auch er auf.

„Wir gehen in mein Büro", bestimmte er. „Während die anderen uns den vermeintlichen Entführer herschaffen, gehen wir noch einmal ‚Zurück auf Los'. Je länger ich mir unsere Fälle von Kindesentführungen auf Sylt ansehe, desto mehr bin ich davon überzeugt, dass wir voreilige Schlüsse gezogen und dabei Einiges übersehen haben."

Die Wand hinter dem Schreibtisch seines Chefs ließ Eike Hansen leise aufstöhnen. Drei Babyfotos waren mit Reißzwecken etwa in Schulterhöhe am frisch sanierten Putz befestigt. Darunter hingen jede Menge Klebezettel, in allen Farben und Größen und in drei ungleichmäßig breiten Spalten angeordnet.

„Du bist also wieder zur alten Dekoration deines Büros zurückgekommen", bemerkte Eike seufzend, „allerdings etwas bunter jetzt."

Nur ungern erinnerte er sich an einen langen Abend des vergangenen Jahres, den er mit Brunner zusammen vor einer vergleichbar bestückten Wand im ehemaligen Telekomgebäude verbracht hatte. Damals hatten sie versucht, die Hintergründe für den Diebstahl eines Tetrapoden und mehrerer Todesfälle zu ergründen.

„Normalerweise gibt das meinen Gedanken Struktur." Brunner zupfte einen Zettel nach dem anderen von der Wand. „Aber aktuell scheint mich dieses Vorgehen einzuengen. Ich fühle mich, als wäre ich mit allen meinen Gedanken und Schlussfolgerungen in einer Sackgasse gelandet. – Wir müssen gemeinsam noch einmal von vorn beginnen."

Eike setzte sich auf den Besucherstuhl vor Brunners Schreibtisch und sah seinem Chef dabei zu, wie er die abgenommenen Zettel auf seinem Schreibtisch mehreren Stapeln zuordnete.

„Stehen auf ein paar der Zettel die bisher ermittelten Fakten der vier Entführungen?"

„Vergiss die Zettel, vergiss das alles. Denk nach und erzähl mir, was dabei herauskommt."

„Einverstanden." Eike überlegte kurz, um den Anfang des langen Weges seiner bisherigen Ermittlungen zu fassen zu bekommen. „Was hatten wir bis heute Morgen? Drei von einem Weihnachtsmarkt entführte Babys, keine verwertbaren Zeugenaussagen und keine erkennbaren Zusammenhänge zwischen den Kindern beziehungsweise ihren Eltern."

„Stopp", kam es von Brunner. „Deine Aussage zum fehlenden Zusammenhang musst du vielleicht revidieren, sobald wir die Ergebnisse der Vaterschaftstests für Kind 1 und Kind 2 haben." Er griff nach einem roten Post-it-Block, notierte ‚Gemeinsamer Vater?' darauf und klebte den obersten Zettel zwischen die Fotos von Ole Lornsen und Max Lehmann.

„Du solltest die Frage auf alle vier Babys ausdehnen", schlug Eike vor. „Vorausgesetzt, die kleine Janina ist ebenfalls das Opfer der bisherigen Täter geworden."

„Definitiv", kam es zweideutig von Brunner, der das Post-it mittig oberhalb der drei Fotos an der glatten Wand befestigte. „Haben wir mittlerweile ein Foto von Janina Christiansen vorliegen?"

„Bislang nicht."

Brunner nahm einen weißen Post-it-Block, schrieb ‚Kind 4' darauf und klebte den obersten Zettel rechts neben die anderen Fotos.

„Bei Kind 1 wissen wir tatsächlich nichts über den oder die Entführer", setzte Eike die Wiedergabe seiner Gedanken fort. „Das Baby ist ohne jede Ablenkung aus seiner Babytrage verschwunden; niemand hat etwas bemerkt."

„So ist es", stimmte Brunner zu. „Kind 1 kann von einem Einzeltäter mitgenommen worden sein."

„Bei Kind 2 allerdings können wir mit Sicherheit davon ausgehen, dass zwei Entführer beteiligt waren. Der Erste hat das Ablenkungsmanöver durchgeführt, während es dem Zweiten auch hier wieder gelungen ist, das Baby mitzunehmen, ohne Aufmerksamkeit zu erregen."

„So ist es", kam es erneut von Brunner. „Das führt uns automatisch zu der Frage, bei wem es am natürlichsten wirkt, wenn er oder sie ein Baby auf den Arm nimmt und damit weggeht."

„Bei einer Frau, denke ich. Einer jungen Frau, der vermeintlichen Mutter. Vielleicht noch mit einem Fläschchen oder etwas Ähnlichem in der Hand."

„So sehe ich das auch", variierte Brunner seine Zustimmung. „Bei einer jungen Frau, die sich mit Schnuller oder Fläschchen einem Säugling nähert, geht jeder Beobachter instinktiv davon aus, dass sie sich berechtigt um das Kind kümmert."

Eike wunderte sich, dass sie nicht früher an diese Möglichkeit der Eingrenzung gedacht hatten. „Also gehen wir davon aus, dass einer der Täter eine junge Frau ist", bestätigte er aufgeregt.

„So ist es. – Bei Kind 3 wird diese junge Frau ja sogar von der unglücklichen Mutter beschuldigt. – Wir müssen also alle Zeugen der ersten zwei Fälle ein weiteres Mal befragen und dabei konkret auf die von Silke Reinke beschriebene Täterin ansprechen. Möglicherweise haben bisher alle Befragten nur über männliche Entführer nachgedacht."

Brunner beugte sich über die vier Aktenmappen auf seinem Schreibtisch und blätterte darin herum. „Hier ist es: Junge Frau, etwa fünfundzwanzig bis dreißig Jahre alt, etwa 1,70 m groß, mit auffälligem Haar, das ihr blond und wellig über die Schultern fällt, sympathisches Lächeln, spricht ohne erkennbaren Dialekt, kann gut mit Säuglingen umgehen."

„Leider nicht so spezifisch, wie ich gehofft hatte. – Das könnte auch eine der jüngeren Schwestern meiner Frau sein."

Brunner sah ihn nickend an. „Ja", stimmte er zu, „ich habe ebenfalls eine konkrete Dame vor Augen, die damit ziemlich passend beschrieben wird."

Er beugte sich über den Schreibtisch; nach einem kurzen Moment richtete er sich auf und klebte einen grünen Zettel an die Wand, auf dem die grobe Beschreibung der ersten Verdächtigen stand.

„Mach weiter, Eike", bat er. „Wir sind auf einem guten Weg. Was geht dir noch durch den Kopf?"

„Das erste Baby ist nahezu wohlbehalten zurückgegeben worden, das zweite hat die Behandlung durch die Entführer nicht überlebt. Was sagt uns das?"

„Wäre es das erste Kind gewesen, das gestorben ist, hätte ich behauptet, die Entführer lernen den Umgang mit ihren Opfern noch."

„Und man hätte annehmen können, dass Kind 2 ein Ersatz für Kind 1 war", setzte Eike hinzu.

„Das war es in jedem Fall", behauptete Brunner. „Wäre Kind 2 eine Ergänzung zu Kind 1 gewesen, hätten die Entführer Kind 1 nicht direkt nach der Entführung von Kind 2 zurückgegeben.

Und dass sie den Karton mit dem Baby bei der Polizei abgestellt haben, spricht dafür, dass er möglichst rasch gefunden werden sollte. Kind 1 sollte also überleben."

„Demnach gehst du davon aus, dass der Tod des kleinen Max Lehmann ein Unfall war?"

Brunner schüttelte seinen Kopf. „Ich fürchte, davon können wir nicht ausgehen. – Max Lehmann ist gestorben, weil die Entführer ihn haben ausbluten lassen. Weil sein Blut ihnen den Stoff geliefert hat, für den sie die Säuglinge mitnehmen. – Sein Tod ist bei seiner Behandlung leichtfertig in Kauf genommen worden, so lautet meine These. – Ole Lornsen hatte Glück. Sein Blut hat sich als ungeeignet herausgestellt. Deshalb lebt er noch."

„Wie viel Blut fließt durch den Körper eines Säuglings?"

„Müsstest du als Vater das nicht wissen, Eike? – Ich habe eine Hebamme gefragt. Von ihr stammt die Zahl von etwa 80 Milliliter Blut pro Kilogramm Körpergewicht bei Säuglingen und Kleinkindern. Je älter und größer der Mensch wird, desto weniger Blut hat er in Relation zu seinem Körpergewicht."

„Jetzt kommen wir langsam wieder auf mein Terrain. Mein Nachwuchs wog bei der Geburt jeweils zwischen drei und dreieinhalb Kilogramm. Während der ersten drei Lebensmonate nehmen die Kleinen pro Woche etwa 200 Gramm zu, also rechnen wir bei den entführten Säuglingen mit vier bis viereinhalb Kilogramm."

„Damit kommen wir auf 320 bis 360 Milliliter Blut", vervollständigte Brunner die Rechnung. „Das ist nicht viel."

„Stimmt." Eike sah auf Brunners leeren Kaffeebecher herab und stellte ihn sich bis zum Rand mit Blut gefüllt vor. Maximal diese Menge hatten die Verbrecher dem kleinen Max Lehmann abgezapft und ihn damit bereits getötet. Ihm schauderte. „Was macht ausgerechnet das Blut eines Säuglings so begehrt?"

„Da stellst du die Frage, über die ich schon eine Weile nachdenke. – Wir sind bisher immer davon ausgegangen, dass die

Entführer aus dem Blut Stammzellen extrahieren. Aber für Stammzellen macht es kaum einen Unterschied, ob ein Mensch einen Monat, ein Jahr oder ein Jahrzehnt alt ist. Die Stammzellen eines Babys sind genauso adult wie die eines Erwachsenen. Sie sind nicht mehr vergleichbar mit denen eines Embryos, die man als pluripotent bezeichnet. Sie können sich nicht mehr in viele oder sogar sämtliche Zelltypen des Körpers verwandeln. Also warum entführen die Täter Säuglinge in ihrer sechsten Lebenswoche."

Eike fiel keine sinnvolle Antwort ein. „Du kommst also von dem Motiv der unfreiwilligen Stammzellenspende ab?"

„Solange ich noch kein anderes habe, kann ich das nicht. Aber überzeugend finde ich diese Erklärung nicht mehr." Grübelnd sah Brunner auf seinen Schreibtisch hinab. „Lass uns einen anderen Weg einschlagen, um hinter das Motiv zu kommen."

„Nämlich?

„Denk nach und sprich weiter, Eike. Was wissen wir noch über die ersten drei Babys?"

„Kind 1 ist ein echter Sylter. Er wurde auf der Insel gezeugt und sofort nach der Geburt in Flensburg wieder zurück nach Sylt gebracht. Den Kleinen zu entführen, war nur im Krankenhaus oder auf Sylt möglich."

Brunner nickte stumm.

„Kind 2 ist ein Festländer. Dass er zum Zeitpunkt seiner Entführung auf Sylt weilte, war Zufall."

„Meinst du, er wäre nicht entführt worden, wenn seine Eltern ihn nicht nach Sylt gebracht hätten? Oder denkst du, seine Entführung hätte sonst eben in Hamburg oder irgendwo anders auf der Welt stattgefunden?"

„Wie soll ich das beantworten, Brunner?"

„Dieselbe Frage stellt sich uns auch bei Kind 3. Seine Mutter hat ausgesagt, nach der Geburt spontan die Entscheidung getroffen zu haben, ein paar Wochen auf Sylt zu verbringen."

„Wer konnte davon wissen? Bringt diese Aussage unsere Annahme in Schieflage, die Säuglinge seien gezielt ausgewählt worden?"

Brunner schüttelte erneut seinen Kopf. „Ich fürchte, wir müssen unseren Ermittlungskreis größer ziehen. Möglicherweise gibt es auch auf dem Festland Säuglingsentführungen, die zu unseren Fällen passen."

Noch bevor Eike seinem Chef zustimmen konnte, klopfte es an der offenen Tür.

„Wir haben ihn", kam es stolz von Hubert Bayer. „Der Entführer der kleinen Janina ist Björn Lanting, wohnhaft am Südwäldchen in Westerland. – Möchtet ihr mitkommen, wenn wir jetzt zu ihm fahren?"

Westerland

Natürlich ließ es sich Kriminalhauptkommissar Brunner nicht nehmen, beim ersten Kontakt mit seinem bislang einzigen Verdächtigen dabei zu sein. Von Hansen ließ er sich in dessen himmelblauen Kleinbus zum Südwäldchen fahren, Bayer saß zusammen mit zwei Bereitschaftspolizisten in dem Streifenwagen, der ihnen folgte.

Vor dem schlichten Mehrfamilienhaus, in dem Lanting wohnte, war alles ruhig. Noch während Brunner die Eingangstür musterte, trat eine fast vollständig in warme, blaue Wolle gehüllte Frau mit einer großen Reisetasche in der Hand aus dem Haus. Ohne sich um die Anwesenheit der Polizisten und des Streifenwagens zu kümmern, ging sie ruhigen Schrittes auf eine Reihe parkender Autos zu. Hansen nutzte die Chance und sprintete zur langsam wieder zufallenden Eingangstür. Gerade noch rechtzeitig stellte er seinen rechten Fuß in den Türspalt und wartete auf die Ankunft seines Chefs und seiner Kollegen.

Bevor Brunner das Treppenhaus betrat, warf er einen Blick auf die Klingelschilder. Der Name ‚Lanting' stand an der zweiten Stelle von unten; ihr Verdächtiger bewohnte also wahrscheinlich eine der Wohnungen im Hochparterre.

Die Beleuchtung im Treppenhaus brannte noch, monotones Ticken wies auf das Ablaufen der Zeitschaltuhr hin. Das Licht fiel auf eine sich gabelnde Treppe, die auf der rechten Seite hinabführte und auf der linken Seite hinauf. Brunner wollte sich gerade nach links wenden, als die Treppenhausbeleuchtung mit einem lauten Klacken erlosch. Sofort wurde ein sanfter Lichtschein erkennbar, der die Stufen der rechten Treppenseite entlang zu ihm hinaufschien. Wenn dieser Treppenteil nicht zu den Kellern führte, konnte es Souterrainwohnungen im Haus geben. Eine davon war möglicherweise Björn Lantings Zuhause.

Im plötzlichen Halbdunkel stehend, gab Brunner seinen Kollegen ein Zeichen, sich ruhig zu verhalten. Ihnen voraus schlich er die wenigen Stufen bis zu der geöffneten Tür hinab, aus der das Licht drang. Eine Klingel neben dem Türrahmen wurde sichtbar und ein handgeschriebenes Namensschild, auf dem Brunner mit Mühe ‚Lanting' entziffern konnte. Seine Augen bewiesen ihm, dass sie ihr Ziel erreicht hatten. Sein Bauch allerdings sagte ihm, dass sie zu spät gekommen waren.

Vorsichtig schob Brunner die Tür weiter auf. Leise trat er in den Flur der Wohnung. Schräg gegenüber dem Eingang sah er die ersten dunklen Flecken auf dem Boden. Je weiter er sich der Quelle des Lichtscheins näherte, desto dichter wurde die Spur aus Tropfen. Die Szenerie in der hell erleuchteten Küche, die am Ende des langen Flurs sichtbar wurde, bestätigte sein Bauchgefühl: Auf dem karierten Fliesenboden und inmitten einer großen Blutlache lag bewegungslos ein junger Mann. Seine offenen Augen schienen Brunner fragend anzusehen. Seine rechte Hand umklammerte noch die Reste einer zerbrochenen Milchflasche, die ihren Inhalt vollständig über ihm ausgeleert hatte. Neben und auf ihm lagen die Teile eines zertrümmerten Stuhls, der – so war Brunners erster Eindruck – genutzt worden war, ihm mit brutaler Gewalt das Leben zu rauben.

„Hierher", rief Brunner, beugte sich herab und legte eine Hand an den Hals des Verletzten. „Ruft den Notarzt und einen Krankenwagen."

„Lebt er noch?" Hansen trat neben ihn und kniete sich – allen Spuren, die er womöglich damit zerstören konnte, zum Trotz – neben den Verletzten. „Wir müssen etwas tun, bis der Notarzt da ist."

Abrupt richtete sich Brunner wieder auf. Bei näherem Hinsehen war ihm die Tiefe der Wunden am Kopf des Liegenden aufgefallen. Der Schädel musste an mehreren Stellen zerschmettert worden sein. Nicht nur Blut hatte sich rund um die aufgerissene Haut verteilt und war geronnen; eine graue Masse war herausgequollen und bereits angetrocknet. Der Anblick ließ Brunner würgen.

„Es ist zu spät, Eike", sagte er niedergeschlagen.

Hansen schien ihn nicht gehört zu haben. Bewegungslos blieb er neben dem Toten knien und versuchte, einen Puls zu erfühlen.

Brunner legte eine Hand auf die Schulter seines Stellvertreters. „Der arme Kerl ist seinem Mörder schon vor mindestens einer Stunde begegnet. Und ich glaube, er konnte sich nicht lange gegen ihn wehren. – Lanting ist tot. Schau genauer hin, Eike. Ihm hätte der Notarzt auch nicht mehr helfen können, wenn wir früher gekommen wären."

Zweifelnd sah ihn Hansen von unten an.

„Steh auf, Eike. Wir dürfen keine weiteren Spuren zerstören. Einen Selbstmord können wir definitiv ausschließen. – Außerdem müssen wir dringend das Baby finden, das Björn Lanting mitgenommen hat. Hier in seiner Wohnung wird es kaum noch sein, aber nachsehen müssen wir dennoch."

Morsum

Anstrengende, frustrierende Tage lagen hinter Michael Brunner. Weder privat noch beruflich hatten sie gehalten, was sie versprochen hatten. Und nun stand ihm auch noch ein Besuch bei den Eltern seiner kleinen Nichte bevor, um sie über die aktuellen Entwicklungen zu informieren und gleichzeitig zu warnen.

Die Entführer hatten ein neues Niveau der Brutalität ihrer Verbrechen erklommen. Mittlerweile riskierten sie mit ihren Entführungen nicht mehr nur das Leben der Säuglinge, nun töteten sie auch, um sich der Babys zu bemächtigen. Selbst wenn dieser Umstand noch nicht bewiesen war, ließen die Fakten der vierten Entführung für Brunner keine andere Schlussfolgerung zu. Björn Lanting war getötet worden, während er mit einem fremden, knapp sechs Wochen alten Säugling unterwegs gewesen war. Und dieses Baby war nun verschwunden. Spurlos. Lag es da nicht nahe, anzunehmen, dass genau dieser Säugling einer von denen war, die die Entführer für ihre Blutentnahmen benötigten? Für Brunner stand lediglich die Frage im Raum, ob Lanting Teil des Täternetzes gewesen war, oder ob er den Entführern zufällig im Weg gestanden hatte.

Die letzten acht Tage hatten Sylt gleich vier Schwerverbrechen beschert. Zwei Tötungsdelikte waren begangen worden und zwei Entführungen, deren Opfer erneut keinerlei Verbindung zu den Opfern der Wochen zuvor zu besitzen schienen. Die Entführung von Kind 3 wirkte wie eine Zufallstat. Mutter 3 hatte vor ihrem spontanen Urlaub die Insel noch nie betreten. Und der Vater des entführten Babys war ein anonymer Samenspender. Die Mutter von Kind 4 hingegen wohnte bereits den größten Teil ihres Lebens auf Sylt. Und sie hatte während ihrer Befragung bestätigt, was Brunner bereits befürchtet hatte: Johanna Christansen hatte keinen Grund, daran zu zweifeln, dass ihr Partner der leibliche Vater ihres Kindes war. Weder hatte sie kurz vor der Schwangerschaft andere Sexualkontakte gehabt noch war bei ihr ein wie auch immer gearteter gynäkologischer Eingriff durchgeführt worden. Ihr Frauenarzt saß mit seiner Praxis auf Sylt. Einen anderen Gynäkologen als diesen hatte sie während des letzten Jahres nicht aufgesucht.

Mit Janina Christiansen und Donata Reinke waren zwei weitere Babys verschwunden, deren Eltern sich nicht kannten. Und wieder gab es nicht den geringsten Hinweis auf die Täter, falls Björn Lanting nicht einer von ihnen gewesen war. Aber es mussten die gleichen sein wie bei den Entführungen zuvor, da war sich Brunner sicher.

An diesem Punkt seiner Überlegungen angekommen, stöhnte er unwillkürlich auf. Es lag in seiner Verantwortung, die Zusammenhänge aufzudecken, bevor noch mehr Babys entführt und möglicherweise getötet wurden. Er persönlich würde die Schuld daran tragen, falls Freya etwas passierte.

Als Heinrich ihm die Tür öffnete, stand hinter ihm in der Eingangshalle Frieda Söncksen. Sofort spürte Brunner, wie er wieder rot wurde. Überrascht stotterte er eine Begrüßung und reichte der wunderbaren Hebamme die Hand.

„Ab jetzt unterstützt Frieda uns an den Wochenenden mit Freya", erklärte Heinrich ihre Anwesenheit. „Theresa hat jeden Samstag und Sonntag frei und Marlene ist sonntags sowieso nie da."

„Warum hast du nichts gesagt?", hörte Brunner sich selbst vorwurfsvoll fragen.

„Woher sollte ich wissen, dass ihr befreundet seid?", kam mit einem Lächeln die Gegenfrage von Frieda.

„Ich …, ja, nein, …, entschuldige."

Frieda ergriff seinen Arm und führte Brunner in die kleine Bibliothek. „Ich freue mich, dich trotz allem so schnell wiederzusehen", flüsterte sie so leise, dass nur er es hören konnte. „Heinrich hat mich mit deinem Kommen überrascht. Erst bei deinem Klingeln hat er verraten, dass ihr euch kennt und du dich angekündigt hast."

„Geht ihr mal vor", kam es laut aus dem Hintergrund von ihrem gemeinsamen Gastgeber. „Ich schaue in der Zeit, ob Ella es geschafft hat, Freya wieder zum Schlafen zu überreden. Bei meiner Tochter kann das ein paar Minuten dauern."

Als Ella Wessel zusammen mit Heinrich die kleine Bibliothek betrat, traute sie ihren Augen kaum: Entspannt lächelnd saß ihr Bruder in einem der beiden Sessel vor dem warmen Kachelofen und lauschte den Worten von Frieda Söncksen. Schon lange hatte sie ihn nicht mehr so gelöst und fröhlich gesehen.

Bei ihrem Eintreten unterbrach die sympathische Hebamme ihre Erzählung. Innerhalb von Sekunden zeigte sich auf Brunners Gesicht wieder seine übliche bedrückte Miene und die Sorgenfalten auf seiner Stirn vertieften sich erneut.

„Sollen wir euch noch ein wenig alleinlassen?", fragte Heinrich. Offenbar war auch ihm aufgefallen, wie glücklich sein Freund gerade noch gewirkt hatte.

Auf Brunners Wangen breiteten sich rote Flecken aus. „Rede keinen Unsinn, Heinrich", antwortete er unwirsch und stand auf. „Es gibt wichtige Dinge, die wir zu besprechen haben. – Falls ihr allerdings nicht erfahren wollt, was sich in den letzten Stunden in Sachen Babyentführung getan hat, kann ich sofort wieder gehen."

„Sie wollen, Brunner", kam es sanft von Frieda, während sie nach seiner Hand griff. „Setz dich wieder zu mir und lass dich von Heinrich nicht ärgern."

Ella setzte sich auf den Stuhl hinter dem schmalen Schreibtisch, während ihr Bruder erneut seinen Platz in dem Sessel vor dem Ofen einnahm. Heinrich war der einzige, für den keine freie Sitzgelegenheit mehr im Raum übrigblieb. Schnellen Schrittes verließ er den Raum und kam mit einem Stuhl zurück, der vorher am Esstisch im Wohnzimmer gestanden hatte.

„Also", sagte er und setzte sich. „Was ist so dringend, dass du es uns heute Abend so spät noch mitteilen wolltest, mein Freund?"

Kriminalhauptkommissar Brunner zögerte mit seiner Antwort. Über die ersten drei verschwundenen Babys hatten sie bereits gesprochen, aber von den jüngsten Ereignissen konnte noch nicht einmal Heinrich etwas wissen. War es notwendig, ihm bereits jetzt alles darüber zu verraten, auch seine eigenen Gedanken dazu?

„Es ist gut, dass Frieda am Wochenende hier übernachtet und euch mit Freya unterstützt", begann er schließlich. „Vielleicht hat sie ja auch in der Woche Zeit, Theresa unter die Arme zu greifen. – Die Aufklärung der Babyentführungen geht nur schleppend voran."

„Schleppend oder gar nicht?", kam es sofort von Heinrich.

„Nun …" Brunner wusste selbst gut genug, wie unzureichend ihre Ermittlungsergebnisse bislang waren. Auf dieser Basis einen Verdacht gegen das aktuelle Kindermädchen von Heinrich und Ella auszusprechen, war nahezu unbegründet, aber er hatte sich entschieden, es dennoch zu tun. „Wir verfolgen neue Ansätze", machte er einen vorsichtigen Anfang.

„Nicht, dass es keinen Spaß machen würde, der Polizei dabei zu helfen, Schwerverbrechen auf Sylt zu verhindern oder, so sie verübt wurden, aufzuklären", antwortete ihm Heinrich schnell. „Gern lade ich meinen Lieblingspolizisten dafür auch zu einem Schlummertrunk ein. Aber welcher deiner neuen Ansätze beunruhigt dich derartig, dass du so spät an einem Sonntagabend mit uns sprechen musst."

„Meine Sorge, nicht nur Freya, sondern auch euch könnte etwas zustoßen", antwortete Brunner ihm sehr direkt und bereute es sofort.

Fassungslos sah seine Schwester ihn einen Moment an. „Aus welchem Grund sollte Freya im Fokus der Entführer stehen?", fragte sie schließlich. „Und welche neuen Erkenntnisse weisen darauf hin, dass dadurch auch uns etwas zustoßen könnte?"

Brunner bat zuerst Frieda mit einem Blick um Unterstützung, bevor er antwortete. „Dass den ersten beiden entführten Babys Blut abgenommen wurde, wisst ihr ja bereits. Frieda selbst hat beide Säuglinge gesehen. Vielleicht möchte sie ihren Eindruck von den armen Kleinen wiedergeben."

Ein unsicherer Blick traf ihn. Dann kam Frieda seiner Aufforderung nach. „Mein Eindruck ist, dass beide Kinder professionell behandelt wurden. Sie waren sauber und gepflegt und mussten während ihrer Zeit bei den Entführern nicht Hunger oder Durst leiden." Sie ließ eine kurze Pause entstehen. „Auch die Wunden ihrer medizinischen Behandlung sahen sehr professionell aus. Ich meine die Einstichstellen, die die Zugänge zu ihren Venen hinterlassen haben. – Einem Säugling einen Zugang zu legen, ist keine Kleinigkeit. Diejenigen, die das getan haben, wussten, worauf sie zu achten haben."

„Aber leider wussten sie offenbar nicht, wie wenig Blut ein so kleines Wesen in seinem Körper hat", widersprach ihr Ella. „Das zweite Kind ist doch gestorben, weil man ihm zu viel seines Blutes abgenommen hat."

„So ist es", bestätigte Brunner. „Allerdings glaube ich nicht, dass der Tod von Max Lehmann ein Unfall war. Er wurde bewusst in Kauf genommen. Die Entführer wollten so viel Blut des Kleinen haben, wie sie ihm abnehmen konnten. Dass er eine solche Prozedur nicht überleben würde, muss ihnen klargewesen sein."

„Ich stimme Brunner zu", kam es mit trauriger Stimme von Frieda. „Max Lehmann hatte kaum 400 ml Blut in seinem Körper. Und wer ihm die Zugänge gelegt hat, kennt sich mit Säuglingen aus. Die Menge an Blut, die man einem Baby gefahrlos abnehmen kann, ist so gering, dass sie für eine Typifizierung reicht, aber nicht für viel mehr. Je nachdem, was man mit dem Blut tun will, sind schon die gesamten 300 bis 400 ml nicht viel."

„Da sind wir bei einem wichtigen Punkt." Brunner sah jetzt zu Heinrich. „Bei unserem letzten Gespräch haben wir spekuliert, dass es sich um eine unfreiwillige Stammzellenspende handelt. Daran glaube ich nicht mehr. Die Stammzellen eines Babys sind nicht mehr pluripotent so wie die eines Embryos. Es muss um das Blut selbst gehen, möglichst junges Blut."

„Für einen Vampir mit besonders perversem Geschmack?", kam es spöttisch von Heinrich.

„Vielleicht. Im Moment weiß ich es noch nicht besser."

Frieda blickte nachdenklich zu ihm.

„Fällt dir dazu etwas ein?", fragte Brunner hoffnungsvoll.

„Nicht wirklich", gab sie zu. „Aber ich erinnere mich, etwas darüber gelesen zu haben. Über junges Blut, meine ich. Vor ein paar Jahren in einem Fachartikel von amerikanischen Forschern, wenn ich mich nicht täusche."

„Wenn es nur um das Blut geht, kommt dann prinzipiell jedes Baby in Frage?", kam es besorgt von Ella. „Ist das der Grund, weshalb du Freya als gefährdet ansiehst?"

„Nein, Blut ist nicht gleich Blut", widersprach ihr Frieda. „Es muss schon in den wichtigsten Merkmalen, also Blutgruppe und Rhesusfaktor übereinstimmen oder wenigstens kompatibel sein, damit eine Bluttransfusion für den Empfänger nicht tödlich endet."

„Und diese Übereinstimmung oder Verträglichkeit ist bei den eigenen Verwandten immer gegeben?", fragte Ella nach.

„Nicht immer, aber mit höherer Wahrscheinlichkeit als bei Familienfremden. Kinder, Eltern und Geschwister sind die beste Wahl."

„Freya ist unser Kind; Heinrich und ich sind definitiv ihre leiblichen Eltern", kam es fast vorwurfsvoll von Ella. „Erkläre mir also, Bruder, warum Freya in Gefahr sein sollte, entführt zu werden."

„Weil sie noch keine sechs Wochen alt ist", kam es von Heinrich, bevor Brunner selbst antworten konnte. „Nicht wahr?"

„Ja", bestätigte er. „Und weil auch die anderen Eltern der entführten Babys davon überzeugt waren, ihre Kinder seien ihre leiblichen Nachkommen."

„Sind sie das jetzt nicht mehr?", wollte Frieda wissen.

„Bei den Müttern stelle ich das nicht in Frage. Aber die leiblichen Väter von Max und Ole stehen erst mit dem Ergebnis der Vaterschaftstests fest."

Schweigen breitete sich im Raum aus.

„Wann werdet ihr Bescheid wissen?", fragte Frieda nach.

„Morgen früh hoffentlich."

„Und du glaubst, bereits eine mögliche Erklärung für die fremde Vaterschaft gefunden zu haben?"

„Ich unterstelle den Müttern auf jeden Fall nicht, dass sie fremdgegangen sind." Brunners Seitenblick zu Ella zeigte ihm, dass sie immer noch mit dem Vorgehen der Polizei und damit ihres Bruders haderte.

„Auch wenn ich sie nicht kenne, tun mir die Eltern von Max Lehmann schon jetzt leid", sagte Frieda nach kurzem Nachdenken. „Erst verlieren sie ihren neugeborenen Sohn und dann erfahren sie auch noch, dass er ein Kuckuckskind war."

„Wie kannst du das so sicher behaupten?"

„Weil man Max so viel Blut abgenommen hat, dass er daran gestorben ist", beantwortete Heinrich Ellas empörte Frage.

„Genau dieses Ergebnis befürchte ich", stimmte ihm Brunner zu. „Klein-Oles Vater wird bestätigt, der Vater vom verstorbenen Max nicht."

„Du wirst uns sicher auf dem Laufenden halten in Bezug auf die Befruchtungsmethode mit fremdem Samen", forderte Heinrich. „Zumindest, wenn es sich nicht um den klassischen Seitensprung handelt."

Ein stummer Blick war die einzige Reaktion, die Brunner für nötig erachtete.

„Dass du Freyas Vater bist, kann niemand bezweifeln, der euch zusammen sieht." Ella war aufgestanden, hatte sich hinter den immer noch sitzenden Heinrich gestellt und ihre Hände auf seine Schultern gelegt.

„Das stimmt, meine Liebe." Heinrich sah zu ihr hoch. „Aber dieser Umstand scheint deinen Bruder nicht zu beruhigen."

Brunner blieb stumm. Was sollte er auch sagen, solange er noch nicht einmal sicher wusste, dass die Auswahl der gestohlenen Babys auf einer möglichen Verwandtschaft mit den Entführern basierte.

„Warum machst du dir neuerdings auch um die Gesundheit der Eltern Sorgen?", kam Heinrich auf seine zweite Andeutung zurück.

„Weil wir den ersten Todesfall bei einem Erwachsenen zu verzeichnen haben." Seinen drei Zuhörern in groben Zügen vom Tod Björn Lantings zu berichten, war schnell passiert. Brunner sparte alle blutigen Details aus und erwähnte auch mit keinem Wort seine Vermutung, Lantings Mörderin noch auf der Straße begegnet zu sein.

„Ich kannte Björn. Er hat im Sommer in einem meiner Lokale ausgeholfen. Björn war ein echter Frauenmagnet; schlecht fürs Geschäft, weil er jede Menge Streit und Eifersucht verursacht hat."

„Natürlich." Brunner seufzte. „Wie sollte es auch anders sein, als dass du ihn kanntest. Vielleicht hättest du uns seine Adresse sogar noch rechtzeitig für seine Rettung nennen können."

„Hör auf, dir Vorwürfe zu machen, Brunner", mischte sich Frieda ein. „Du hast ihn nicht getötet."

„Aber auch nicht gerettet", antwortete ihr Brunner heftig. „Und das Baby habe ich ebenfalls nicht davor bewahrt, Schaden zu nehmen."

„Wie lange bist du jetzt Polizist?", kam es sanft von ihr zurück. „Du scheinst der Einzige zu sein, der ständig Wunder von dir erwartet."

Brunner blieb stumm. Er wusste, dass die freundliche Hebamme mit dem, was sie sagte, recht hatte. Aber genauso sicher wusste er auch, dass er nicht aufhören würde, derartig hohe Ansprüche an sich selbst zu stellen.

„Warum gibst du diese Verantwortung nicht ab, wenn sie dich derartig bedrückt?", setzte Frieda nach.

‚Weil die Welt noch keine bessere geworden ist und die Menschen sich immer noch belügen, betrügen und gegenseitig töten', hätte Brunner ihr antworten müssen. Er schwieg stattdessen.

„Seid ihr euch sicher, dass auch dieses verschwundene Baby von den bisherigen Entführern mitgenommen wurde?", unterbrach Ella seine trüben Gedanken. „Warum haben sie ihr Vorgehen geändert?"

„Vielleicht lief dieses Mal nicht alles nach Plan", mutmaßte Heinrich. „Möglicherweise waren bei dieser Entführung nicht vorhergesehene Emotionen mit im Spiel. Gab es Einbruchspuren?"

„Nein." Brunner schüttelte den Kopf. „Aber mit den Emotionen hast du wahrscheinlich recht."

„Hatte Björn Geschlechtsverkehr, bevor er starb?"

Brunner nickte erstaunt. „So, wie es in der Wohnung aussah, ist das sehr wahrscheinlich. – Lanting wurde aus Eifersucht getötet, meinst du? Nicht wegen des Babys?"

„Indirekt vielleicht schon wegen der Entführung. Aber die Täter sind mindestens eine junge Frau und ein junger Mann. Sie müssen nicht unbedingt Geschwister sein."

Heinrich hatte wahrscheinlich mal wieder ins Schwarze getroffen. Vielleicht war es ein Paar, das die Entführungen durchführte. Und bei dem letzten Verbrechen war die geplante Verführung, die als Ablenkungsmanöver vorgesehen war, etwas weiter gegangen als abgesprochen. Zumindest weiter, als es dem männlichen Teil des Entführer-Paars lieb gewesen war. Wer Säuglinge tötete, hatte sicher auch keine Skrupel, wenn es um den Tod eines Konkurrenten bei der eigenen Partnerin ging. – Eifersucht erklärte die Brutalität, mit der Lanting erschlagen worden war.

„Eine gute Begründung für das geänderte Vorgehen", stimmte er Heinrich zu. „Auch wenn es natürlich nicht mehr als eine Annahme ist, die wir noch beweisen müssen."

„Sind wir damit nicht mehr in Gefahr?" Ellas Stimme klang hoffnungsvoll.

„Falls Heinrich die Finger von eurem gutaussehenden Kindermädchen lässt." Was wie ein Scherz klingen sollte, war Brunner sehr ernst. Theresa Blum, falls sie wirklich so hieß, passte perfekt auf die Beschreibung der Entführerin, die Donata Reinke, die Mutter des dritten Opfers, zu Protokoll gegeben hatte.

„Glaubt ihr, Theresa hat etwas mit den Entführungen zu tun?" Ella sah erst ihn, dann Heinrich an.

Brunner zögerte mit seiner Antwort. „Was wisst ihr über sie?"

„Marlene hat sie eingestellt", kam die Antwort von Heinrich. „Und wenn ich einem Menschen blind vertraue, dann ist es Marlene."

„Habt ihr Theresa Blums Papiere gesehen? Wo kommt sie her? Wo wohnt sie? Welche Ausbildung hat sie absolviert?"

„Sie hat angegeben, eine ausgebildete Kinderkrankenschwester zu sein", kam es von Ella. „So, wie sie mit Freya umgeht, glaube ich das auch. – Alles andere ist mir nicht wichtig, wenn Marlene für sie bürgt."

„Und sie ist etwa fünfundzwanzig bis dreißig Jahre alt, etwa 1,70 m groß, mit auffälligem Haar, das ihr blond und wellig über die Schultern fällt", ergänzte Brunner. „Außerdem hat sie ein sympathisches Lächeln und eine dialektfreie Aussprache. Ist das richtig?"

„Das ist also eure Beschreibung der Täterin?", wollte Heinrich grinsend wissen.

„Exakt", bestätigte Brunner.

„Dann ist sie es wohl", kam es sarkastisch von Heinrich. „Ausgerechnet Freyas Kindermädchen ist die gesuchte Baby-Entführerin. Oder vielleicht doch eine der vielen weiblichen Saisonkräfte in einem meiner Restaurants oder in der Sansibar."

Morsum

Wie an jedem Morgen bis auf sonntags war Marlene bereits für ihn fleißig, als Heinrich Nissen die Küche betrat. Kaffeeduft wehte durch den Raum und der grobe Eichentisch war für ihn und Ella gedeckt. Sogar Freya lag bereits mit einer frischen Windel versorgt in ihrer altmodischen Wiege neben dem Küchentisch.

Es war gerade erst 7:30 Uhr. Wenn Theresa Blum pünktlich kam, blieb Heinrich noch eine Stunde, der Mittelpunkt der Welt für seine kleine Tochter zu sein. Sobald das Kindermädchen erschienen war, übernahmen entweder sie oder Ella diese Rolle für das kleine Wesen.

Nachdem er rasch ein paar Worte mit Marlene gewechselt und eine Tasse Kaffee getrunken hatte, beugte Heinrich sich in die Wiege hinab und hob Freya hoch. Ihr zufriedenes Schnurpeln zeigte ihm, dass sie auch bei geschlossenen Augen wusste, in wessen Händen sie nun lag. In wenigen Minuten würde sie die Augen öffnen und ihre Flasche verlangen, aber erst einmal schien sie es einfach nur zu genießen, von ihrem Vater im Arm gehalten zu werden.

„Bist du zufrieden mit Theresa Blum?", fragte er Marlene und strich dabei sanft über Freyas Kopf, auf dem der dunkle Flaum immer dichter wurde.

Marlene sah von der Pfanne hoch, in der Heinrichs morgendliches Rührei schmorte. „Auf mich macht sie einen verlässlichen Eindruck, ja."

„Was weißt du über sie, außer dass sie fantastisch mit Freya zurechtkommt?"

Marlene stellte die Herdplatte aus und machte einen Schritt auf den Tisch zu, an dem Heinrich mittlerweile Platz genommen hatte. „Ist etwas vorgefallen, während ich nicht da war? Hat Theresa etwas falsch gemacht?"

„Nein." Heinrich blickte wieder auf seine Tochter hinab. Immer noch hielt Freya die Augen geschlossen. Die Geborgenheit auf dem Schoß ihres Vaters schien ihr weiterhin wichtiger zu sein als ihr Fläschchen. „Brunner hat mich gestern nach ihr gefragt. Dabei ist mir aufgefallen, dass ich weniger über sie weiß als über viele meiner Restaurantmitarbeiter. – Mein einziges Kind vertraue ich einer nahezu Fremden an."

„Theresa ist keine Fremde. Ihre Eltern haben nur wenige Straßen von uns entfernt gelebt. Sie ist auf Sylt großgeworden und hat als Kind bestimmt auch in deinem Garten gespielt. Erst nach dem Tod ihrer Eltern ist sie nach Hamburg gezogen. Dort hat sie eine Ausbildung zur Krankenschwester absolviert und ihre erste Anstellung in einem Krankenhaus angenommen."

„Und weshalb arbeitet sie jetzt als Kindermädchen für unsere kleine Freya?"

„Sie hat mir erzählt, sie wolle sich in der Nähe eines kranken Freundes aufhalten. Deshalb sei sie dankbar, mit ihrer Anstellung bei dir eine Unterkunft auf Sylt zu haben."

„Kennst du den Namen dieses Freundes?"

„Nein, Heinrich, so intensiv wollte ich mich nicht in ihr Leben einmischen. – Soll ich sie danach fragen, wenn sie gleich herkommt?"

„Das wird wohl nicht nötig sein, wenn du ihr vertraust."

Marlene reichte ihm Freyas Fläschchen, das sie während ihres Gesprächs langsam erwärmt hatte, und stellte danach einen Teller mit Rührei vor ihm auf den Tisch.

„Du hast also ein gutes Gefühl bei Theresa?", vergewisserte er sich ein weiteres Mal, bevor er sein eigenes Frühstück kalt werden ließ und Freya dabei beobachtete, wie sie gierig ihr Fläschchen leerte.

Als Theresa Blum schließlich das Haus betrat, war ihre Schutzbefohlene längst wieder eingeschlafen. Die wenigen Worte, die Heinrich mit ihr wechselte, bevor er das Haus verließ, ließen sie ahnen, dass sie nicht das volle Vertrauen von Freya Nissens Eltern besaß.

Nachdenklich setzte sie sich zu Marlene Abelung in die Küche. Weitestgehend schweigend hörte sie der alten Haushälterin bei ihren Erzählungen zu.

Sie musste eine Entscheidung treffen. Nach den Geschehnissen des vergangenen Wochenendes musste sie mehr denn je überlegen, ob sie weiterhin ein Teil von Rolands Rettung sein wollte.

Rechtzeitig vor dem nächsten Wochenende musste sie sich entschieden haben. Am Samstag wurde Freya fünf Wochen alt.

Polizeiwache Westerland

Nervös saß Kriminalhauptkommissar Brunner in seinem neuen Büro im frisch sanierten Backsteinbau der Polizeiwache Westerland. Die Besucherin, die er jeden Moment erwartete, war der Grund für seine Aufregung.

Ein erkenntnisreicher Tag sollte es werden, hatte er sich vorgenommen; eine erkenntnisreiche Woche, die hoffentlich mit der Ergreifung der skrupellosen Verbrecher endete. Verbunden mit dem Neustart der Ermittlungen, den er am Vortag zusammen mit seinem Stellvertreter ausgerufen hatte, wollte er positiver an die Untersuchung herangehen. Jeder Tag sollte mindestens ein neues Ergebnis liefern und ihn und sein Team den Tätern mindestens einen Schritt näherbringen. Von nun an hatte jeder Tag ein guter zu sein.

Als es an seiner Tür klopfte, sprang er hektisch auf. Einer der diensthabenden Bereitschaftspolizisten öffnete die Tür und ließ die erwartete Besucherin in den Raum. Frieda Söncksen war an diesem Morgen noch schöner als am Abend zuvor. Herzlich lächelte sie ihn an, während sie ihm die Hand reichte. Brunner bekam kein Wort heraus. Mit einer stummen Geste bot er Frieda den Besucherstuhl an, den er bereits am frühen Morgen vor seinem Schreibtisch platziert hatte.

„Eine ungewöhnliche Umgebung für ein Rendezvous", versuchte er ungeschickt seine Nervosität zu überspielen.

„Eine ungewöhnliche Zeit ebenfalls", ging sie großzügig auf seinen Scherz ein.

„Darf ich dir trotzdem einen Kaffee anbieten?"

Frieda sah an ihm vorbei auf die Collage mit den Fotos der entführten Babys und den bunten Klebezetteln. „Angesichts des Ambientes, würde ich lieber direkt damit anfangen, deine Fragen zu beantworten."

„Es tut mir leid, dass ich dich bei dieser Ermittlung immer wieder um Unterstützung bitten muss", begann Brunner nach kurzem Zögern. „Ich weiß, was ich dir damit zumute, aber du scheinst die Fachfrau der Insel zu sein, ohne die wir einfach nicht weiterkommen."

„So vergessen wir einander trotz der widrigen Umstände wenigstens nicht." Mit ihren auffallend grünen Augen sah sie ihn auffordernd an.

Brunner musste sich zusammenreißen, um sich auf seine Fragen zu konzentrieren. Viel lieber hätte er mit dieser wunderbaren Hebamme, die ihn trotz allem, was er ihr zumutete, immer noch so uneingeschränkt freundlich behandelte, über Erfreulicheres gesprochen. Oder auch gar nicht geredet. Nur neben ihr gesessen und ihre Anwesenheit genossen. So wie am gestrigen Abend, als es ihr mit ein paar Erzählungen aus ihrem Leben gelungen war, ihn für wenige Momente aus seiner brutalen Welt zu entführen.

Frieda öffnete die voluminöse Tasche, die sie mitgebracht hatte, und legte einen Stapel schmaler Ordner vor ihm auf die

Tischplatte. „Ich glaube, hierin finden wir die meisten der Antworten, die du von mir erwartest."

„Sind das die Unterlagen zu deinen Patientinnen der letzten Wochen?"

„Meine ‚Mütter' oder ‚Frauen', so nenne ich sie."

„Wie viele Babys deiner ‚Mütter' sind in den letzten Wochen geboren worden?"

„Fünf in den letzten sechs Wochen und sechs in den acht Wochen davor. – Das müsste doch in etwa der Zeitraum sein, der dich interessiert."

„Gehören Paula Lornsen und Johanna Christiansen zu deinen ‚Müttern'?"

„Ja, beide. Paula kam direkt nach der ärztlichen Bestätigung ihrer Schwangerschaft zu mir; die Hebammen Söncksen helfen schon seit Generationen den Lornsen-Babys auf die Welt. Johanna Christiansen wurde von ihrer Frauenärztin etwa zwei Monate vor der Geburt zu mir geschickt. Von sich aus wäre sie wahrscheinlich nicht gekommen. Nicht jede Schwangere wünscht meine Unterstützung, auch wenn es gerade für die besonders jungen Frauen sinnvoll ist."

„Kann es trotzdem sein, dass über die elf Neugeborenen deiner Kartei hinaus noch mehr Babys auf Sylt leben, die nicht älter als zwei Monate sind?"

„Theoretisch ja. Allerdings habe ich heute morgen sehr früh schon bei allen hiesigen Frauenarztpraxen angerufen. Dort war keine weitere Schwangere als Patientin bekannt."

„Gut." Brunner wusste, dass er langsam in einen Bereich kam, zu dem Frieda ihm offiziell keine Fragen mehr beantworten durfte. „Sind diese elf Frauen zusammen mit ihren Neugeborenen nach wie vor deine ‚Mütter'? Ich meine, hast du sie und ihre Babys in den letzten Tagen gesehen?"

Bevor Frieda antworten konnte, wurde Brunners Bürotür aufgerissen. Eine Hand mit einem bedruckten DIN-A4-Blatt erschien und Eike Hansen brüllte: „Wir haben zwei Treffer; der kleine Lehmann war nicht …"

„Ich habe Besuch", unterbrach Brunner ihn eilig, aber er konnte Frieda ansehen, dass sie verstanden hatte, was Hansen hatte sagen wollen: Frank Lehmann war nicht der Vater des toten Babys Max Lehmann.

„Das ist Kriminalkommissar Eike Hansen", stellte er seinen ungestümen Stellvertreter vor. „Und das ist Frieda Söncksen, die Hebamme der Insel."

Hansen sah ihn fragend an.

„Frau Söncksen kennt die meisten der Neugeborenen der Insel. Ich habe sie um eine Liste der Namen gebeten, damit wir herausfinden können, ob möglicherweise weitere Babys entführt wurden, ohne dass die Eltern uns benachrichtigt haben."

„Ich kenne Frieda", erwiderte Hansen und grinste. „Sie hat meiner Frau bei jedem unserer Kinder geholfen."

„Hallo Eike", grüßte Frieda und lächelte zurück.

„Was verschwundene Babys in ganz Schleswig-Holstein angeht, sind wir mittlerweile gut zwölf Monate zurückgegangen."

„Und?", wollte Brunner wissen. „Mit welchem Ergebnis?"

„Ein entwendetes, aber schnell zurückgegebenes Baby in Kiel Ende Oktober dieses Jahres. Das Kind wurde den Eltern wohlbehalten wieder vor die Tür gelegt. Die Entführung ist von den Kollegen als Verzweiflungstat einer einzelnen Frau eingestuft worden, die man allerdings nicht identifizieren konnte; die Ermittlungen zu dem Fall wurden eingestellt. – Außerdem ein verschwundener Säugling in Hamburg vor ziemlich genau einem Jahr. Allerdings mit Lösegeldforderung. Obwohl die Eltern bezahlt haben, wurde das Baby nicht zurückgegeben. Es ist weder lebend noch tot je wieder aufgetaucht."

„Wie tragisch", kam es leise von Frieda und machte Brunner wieder bewusst, dass sie Zivilistin und nicht Teil seines Ermittlungsteams war.

„Damit gehören beide Fälle wohl nicht zu unseren Entführungsfällen." Hansen zuckte mit den Schultern. „Und noch weiter zurück müssen wir auch nicht gehen, oder?"

„Wie alt waren die Babys bei ihrem Verschwinden?"

„Knapp acht Wochen das im Oktober und knapp sechs Wochen der Säugling im letzten Jahr."

Brunner seufzte vernehmlich. „Knapp sechs Wochen?"

„Ja, fünf Wochen und vier Tage, um es genau zu sagen", antwortete Hansen.

Innerlich fluchend, setzte Brunner auch dieses Kind auf die Liste der Entführungsopfer. Abgesehen von dem Erpresserschreiben passte es zu den aktuellen Fällen. Vielleicht hatte es den Anfang der Serie gebildet.

„Was ist mit den Vätern der anderen Säuglinge?", sprach Frieda Kriminalkommissar Hansen direkt an. „Habt ihr auch bei ihnen Vaterschaftstests durchgeführt?"

Hansen warf einen fragenden Blick zu Brunner. Als dieser nur leicht die Augenbrauen hochzog, antwortete er: „Bei den Lornsens ist alles, wie es sein soll. Silke Reinke kennt den Vater ihres Kindes nicht, da dieser ein anonymer Spender ist. Hier konnten wir also keinen Vaterschaftstest durchführen lassen, aber DNA haben wir dennoch eingeschickt. Und Daniel Krüger, der Partner von Johanna Christiansen, ist definitiv nicht der Vater ihrer Tochter."

Erneut seufzte Brunner vernehmlich. Das Überleben der kleinen Janina hing damit wahrscheinlich davon ab, wie schnell er und sein Team ihre Entführer ermittelten. Es musste ihnen gelingen, ihr Versteck kurzfristig ausfindig zu machen, sonst erlitt sie womöglich das gleiche Schicksal wie ihr potenzieller Halbbruder Max Lehmann.

Rantum

Auch die dritte Tasse des Kräutertees, den sie sonst ausschließlich für ihre besonders nervösen Schwangeren kochte, schaffte es nicht, Frieda Söncksen zu beruhigen. Zwei der vier entführten Babys hatten also andere Väter als von ihren Müttern bislang angenommen oder zumindest angegeben. Und beim dritten Säugling wusste sowieso niemand außer der Spenderkartei, wer der leibliche Vater war. Nur Klein-Ole Lornsen war tatsächlich der leibliche Sohn von dem Mann, den bislang alle für seinen Vater gehalten hatten.

War die Welt verrückt geworden? Oder gab es immer schon so viele Kuckuckskinder, die nur nie entdeckt wurden?

Hatte sie vielleicht schon vielen stolzen, vermeintlichen Vätern die Nachkommen anderer Männer in die Arme gelegt?

Ihr Glaube an das Gute im Menschen und vor allem an das Gute im weiblichen Teil der Menschheit gestattete es Frieda nicht, zu akzeptieren, dass vielleicht die Hälfte der von ihr betreuten Babys Ergebnisse von Seitensprüngen oder Affären waren. Es musste eine andere Erklärung für die aktuelle Häufung von unbestätigten Vaterschaften geben.

„Die einzige Möglichkeit, mehr darüber zu erfahren, ist, mit den ‚Müttern' zu sprechen", hatte ihre eigene Mutter zu ihr gesagt, als sie ihr das Problem geschildert hatte. „Wenn Frauen in dieser Situation einem Wesen ihr Herz ausschütten, dann ist es ihre Hebamme."

Vielleicht hatte sie recht. In jedem Fall würden ihre ‚Mütter' eher ihr etwas von dem verraten, was sie der Welt bisher verheimlicht hatten, als der Polizei.

Lange sah Frieda auf ihr Handy, ohne sich dazu entschließen zu können, den ersten Anruf zu tätigen. Erst als Brunners Gesicht und seine tiefen Sorgenfalten vor ihrem inneren Auge erschienen, nahm sie das Mobiltelefon in die Hand und wählte die erste Nummer.

Rantum – Keitum

Von den elf Sylter Frauen, die während der letzten vierzehn Wochen ihr Kind zur Welt gebracht hatten, hatte Frieda Söncksen am Vortag zehn erreicht. Johanna Christiansen war nicht ans Telefon gegangen, aber darüber war Frieda nicht traurig. Die Vorstellung, mit der jungen Mutter zu sprechen und ihr nichts vom Ergebnis des Vaterschaftstests sagen zu dürfen, belastete sie. Vor allem auch, da Brunners Befürchtung für das Überleben ihres Kindes wahrscheinlich berechtigt war.

Mit Paula und Klein-Ole Lornsen hatte sie sich für den heutigen Tag zu einem späten Frühstück verabredet. Als einen freundschaftlichen Nachsorgetermin hatte sie ihr Treffen bezeichnet. Dabei wusste sie, dass Paula keine Unterstützung mehr brauchte. Die ganze Familie Lornsen kümmerte sich liebevoll um den Säugling, den Frieda vor vier Wochen erst in den Armen gehalten hatte. Obwohl er zu dem Zeitpunkt gerade gut zwei Wochen in den Händen fremder Menschen verbracht hatte, hatte der kleine Knirps einen erstaunlich guten Eindruck auf sie gemacht.

Mit den restlichen neun Müttern hatte sie für die nächsten Wochen Termine in ihren Räumen in Rantum vereinbart. Keine von ihnen hatte besorgt geklungen. Alle freuten sich, von ihr zu hören, und berichteten von den üblichen Herausforderungen frischgebackener Mütter mit kleinen Babys. Frieda war sich sicher, dass keines dieser neun Mutter-Kind-Gespanne seit der Geburt für mehr als ein paar Stunden voneinander getrennt worden war.

Paula Lornsen sah müde aus, war aber sichtlich erfreut, Frieda Söncksen im Gartencafé in Keitum zu treffen. Während der vier

Wochen seit der Rückkehr von Klein-Ole hatten sie keinen Kontakt miteinander gehabt und Frieda stellte beruhigt fest, dass sowohl Kind als auch Mutter die dramatischen Ereignisse gut überstanden hatten. So wirkte es zumindest.

Sie wählten ihr Frühstück aus, gaben ihre Bestellung auf und dann nutzte Frieda die nächsten Minuten erst einmal dazu, Ole auf den Schoss zu nehmen. Friedlich nuckelte der Kleine an seinem Schnuller; weder schlief er, noch war er ganz wach. Ihre Berührungen und die vorsichtige Untersuchung ließ er entspannt über sich ergehen.

„Was ist dein Eindruck, geht es euch beiden gut?", fragte Frieda schließlich Paula, die ihr Baby nicht einen Moment aus den Augen gelassen hatte. Vorsichtig reichte sie ihr Ole zurück.

„Der Kinderarzt sagt, es gibt keine Auffälligkeiten bei Klein-Ole. Er hat die zwei Wochen, die er verschwunden war, gut überstanden."

Frieda beobachtete Paula dabei, wie sie das Baby sorgfältig in die Babytrage legte und zwei Gurte über ihm schloss. „Und du? Wie geht es dir?"

„Mir geht es auch gut. Ich habe mein Kind wieder und es lebt."

„Trotzdem siehst du müde aus."

Paula sah sie lange über ihr noch nicht angerührtes Frühstück hinweg an. „Es gibt Nächte, in denen ich mehrmals hintereinander aufwache, aufstehe und zur Wiege laufe, nur um sicherzugehen, dass Klein-Ole noch da ist."

„Das kann ich gut verstehen."

„Henrik will nicht, dass Ole bei uns im Bett schläft."

„Aber das Babybett steht im Schlafzimmer?"

„Ja. – Dabei hat die ganze Familie sich so viel Mühe mit der Ausstattung des Kinderzimmers gegeben. – Trotzdem kann ich nicht …"

„Vielleicht solltest du mit jemandem darüber reden, Paula. Versprich mir, dass du dir Hilfe suchst, falls deine Angst während der nächsten Wochen nicht weniger wird. – Es ist nicht gut, sein Kind nicht mehr aus den Augen lassen zu können. Nicht für dich, nicht für deine Ehe und auch nicht für dein Kind."

„Ich weiß. Eine solche Mutter wollte ich auch nie werden."

Eine Pause trat ein, während der sich beide Frauen ihrem Frühstück widmeten. Klein-Ole nuckelte, weiter vor sich hinträumend, an seinem Schnuller.

„Warum ausgerechnet Klein-Ole?", fragte Paula plötzlich sehr leise. „Und warum haben sie ihn mir lebendig zurückgegeben?"

„Klein-Ole lebt, weil Henrik sein leiblicher Vater ist", antwortete Frieda ebenso leise.

Paula sah sie ungläubig an. „Wer hätte es denn sonst sein sollen?"

„Das versucht die Polizei fieberhaft herauszufinden. Offenbar probiert jemand, Babys zu zeugen, ohne dass es die zukünftigen Schwangeren mitbekommen. Alle werdenden Mütter sind davon überzeugt, leibliche Kinder ihrer Partner auszutragen. Aber leider stimmt das nicht bei allen."

„Ich verstehe nicht, was du da gerade erzählst", kam es fassungslos von Paula.

„Für mich sieht es so aus, als hätte auch bei dir jemand versucht, mit seinem Samen für eine Schwangerschaft zu sorgen. Dass er keinen Erfolg damit hatte, hat Klein-Oles Leben gerettet."

„Klein-Ole ist Henriks Kind. Das stand nie in Frage. Ich habe mit keinem anderen Mann geschlafen. Niemals würde ich Henrik hintergehen."

„Das weiß ich, Paula. Und ganz bestimmt wissen das auch Henrik und seine Familie."

Der Blick, den Paula ihr zuwarf, verdeutlichte Frieda, dass der von der Polizei erbetene Vaterschaftstest nicht ohne Folgen für die junge Ehe geblieben war. „Die Polizei wird aufklären, wie jemand auf die Idee kommen konnte, Henrik sei nicht Klein-Oles leiblicher Vater. Du trägst auf keinen Fall die Schuld daran."

„Ich hoffe, dass sie es bald tut", kam es noch leiser von Paula.

„Ist etwas vorgefallen, bevor du schwanger wurdest? Du warst doch kurz vorher im Krankenhaus."

Paula nickte. „Wenige Wochen, bevor ich festgestellt habe, dass ich schwanger bin, war ich in Hamburg in einer Klinik. Mir wurde eine kleine Zyste entfernt. Meine Frauenärztin meinte, sie verhindere möglicherweise das Einnisten der befruchteten Eizelle. – Henrik und ich hatten vor Klein-Ole schon eine Weile erfolglos versucht, ein Kind zu bekommen."

„Wenige Wochen vor deiner Schwangerschaft, sagst du? Wie lange vorher?"

„Ich musste am zweiten Januar in Hamburg sein. Ich weiß das noch, weil ich dafür nüchtern ins neue Jahr gefeiert habe. – Von meiner Schwangerschaft habe ich Ende Februar erfahren. Also muss Klein-Ole ungefähr zwei bis drei Wochen nach dem Eingriff gezeugt worden sein. – Wir haben uns so gefreut, als wir den ersten positiven Schwangerschaftstest gesehen haben."

Frieda sah ihr an, dass sie kurz davor war, in Tränen auszubrechen. „Eurem Baby geht es gut, Paula", versuchte sie, ihr Gegenüber zu trösten. „Und es besteht nicht der geringste Zweifel daran, dass Henrik sein leiblicher Vater ist. – In ein paar Monaten werdet ihr alles vergessen haben, das in den letzten Wochen passiert ist."

Paula beugte sich zum freien Stuhl, auf den sie die Babyschale gestellt hatte, und legte eine Hand auf den Bauch ihres schlafenden Kindes. Ein vorsichtiges Lächeln kehrte auf ihr Gesicht zurück.

„In welcher Klinik wurde die Zyste entfernt?", kam Frieda auf den eigentlichen Grund für das Treffen zurück.

„Im Universitätsklinikum."

„Ambulant?"

„Nein, ich hatte eine Vollnarkose und musste eine Nacht bleiben."

Wieder trat eine kurze Pause ein, die Frieda unterbrach, indem sie den Kellner rief und die Rechnung bezahlte.

„Ihr habt einen wunderbaren kleinen Sohn", sagte sie zum Abschied. „Ich bin sicher, dass ihn euch niemand mehr wegnehmen möchte. Genießt die Zeit zusammen und macht euch nicht zu viele Gedanken über das, was war. – Und wann immer du jemanden zum Reden brauchst, Paula, melde dich bei mir."

Rantum - Morsum

Nachdenklich fuhr Frieda Söncksen durch die verschneite Landschaft von Keitum nach Rantum zurück. Die weiße Hülle, die der Winter über den Spuren der Zivilisation ausbreitete, erfreute sie normalerweise, aber heute erinnerte ihr Aussehen sie nur an die weißen Decken, in die die Entführer ihre zurückgegebenen Opfer gewickelt hatten.

In Westerland waren die Straßen bereits vom Schnee befreit. Die weiten Felder wichen Gebäudereihen mit kleinen Vorgärten und Parkplätzen, auf denen der noch verbliebene Schnee bereits grau und schmutzig aussah. Frieda verstand nicht, warum es immer mehr Sylter Bürger in die Inselhauptstadt zog. Ihr Herz ging jedes Mal auf, wenn sie aus den Fenstern des alten, kleinen und nachweislich sanierungsbedürftigen Familiensitzes in Rantum sowohl das Wattenmeer als auch die Nordsee sehen konnte.

Im Süden Westerlands gewannen die Dünen allmählich die Oberhand über die Landschaft; Friedas geliebte Dünen, die sie jungfräulich weißüberpudert wortlos, aber lautstark zu einem Spaziergang einluden. Leider hatte sie keine Zeit, ihre Gedanken von der Natur ordnen zu lassen, so wie sie es sonst tat, wenn sie etwas beschäftigte. Die Dünen mussten warten, das

Meer und der Strand würden auch noch da sein, wenn das Mysterium der unerklärlichen Vaterschaften gelöst war.

Zuhause angekommen, entschied sich Frieda, es noch einmal bei Johanna Christiansen zu versuchen. Auch wenn sie während der Vorsorgetermine nicht warm miteinander geworden waren, hoffte sie, dass die unglückliche Mutter mit ihr reden würde.

Gleich beim ersten Versuch erreichte sie die junge Frau. Nachdem sie Ihren Namen genannt und Johanna an die zwei Vorsorgetermine in der Praxis der Frauenärztin erinnert hatte, trat Stille ein.

„Als einzige Hebamme der Insel bin ich von der Sylter Kriminalpolizei um Unterstützung bei den Gesprächen mit den Eltern der entführten Babys gebeten worden", log Frieda und hatte sofort ein schlechtes Gewissen. „Das Ermittlungsteam verfolgt eine neue Spur und ist auf Ihre Mithilfe angewiesen, Johanna."

„Sind weitere Babys verschwunden?"

„Noch nicht." Frieda überlegte, was sie von dem, das Brunner ihr im Vertrauen mitgeteilt hatte, weitergeben sollte. „Die Polizei ist mittlerweile davon überzeugt, dass Ihr Baby von den gleichen Tätern entführt wurde, wie die drei Säuglinge, von deren Verschwinden Sie sicher aus der Presse wissen. Und das Ermittlungsteam befürchtet, dass noch weitere Babys entführt werden könnten. Seiner Einschätzung nach werden die Entführer mit ihren Verbrechen fortfahren, bis sie überführt sind."

Frieda hörte Johanna Christiansen laut atmen.

„Es tut mir so leid, dass ich Ihnen durch meine Fragen zusätzlichen Kummer bereite."

„Nein", kam es gefasst von ihrer Gesprächspartnerin. „Nein, fragen Sie. Wenn es mir Janina lebend zurückbringt ... – Ich will, dass die Täter gefasst und bestraft werden. Warum haben sie ausgerechnet Janina …" Schluchzen klang durch die Leitung. „Ich will, dass die Täter dafür bestraft werden, was sie

Björn angetan haben. Und kein weiteres Elternpaar soll das erleiden müssen, was Daniel und ich im Moment durchleben."

„Sie sind sehr tapfer, Johanna." Frieda ließ eine kurze Pause entstehen. „Die Polizei ist der Meinung, dass der Grund für die Entführung ihrer Tochter im Vorfeld Ihrer Schwangerschaft liegt. In einer gynäkologischen Behandlung vielleicht. Leider habe ich dazu in meinen Unterlagen über Janina und Sie keine Information gefunden. Gab es etwas, von dem wir wissen sollten?"

Frieda konnte fast hören, wie die junge Frau mit sich rang. Dann antwortete sie zögerlich: „Ich weiß nicht, ob Daniel einverstanden wäre, wenn ich darüber rede."

„Ihre Offenheit kann helfen, Ihre Tochter wieder zu Ihnen zurückzubringen."

„Aber es hatte nichts mit mir zu tun. – Ich meine, es war eigentlich kein gynäkologischer Eingriff. Nicht das, wonach Sie gefragt haben."

„Vielleicht stelle ich auch noch nicht die richtigen Fragen. Die Polizei geht im Moment nur einer Idee nach. – Ich verspreche Ihnen, dass ich den Inhalt unseres Gesprächs für mich behalte, wenn ich zum Ergebnis komme, dass er dem Ermittlungsteam nicht weiterhelfen wird."

Wieder erschien es Frieda, als hörte sie ihre Gesprächspartnerin denken. „Daniel kann keine Kinder zeugen. Ich meine, nicht auf natürlichem Weg. Er wusste es schon, als wir uns kennenlernten, hat mir aber nichts gesagt. Er hatte eine ..." Johanna stockte.

„Sie müssen mir nicht mehr erklären", unterbrach Frieda sie.

„Ich wollte aber unbedingt ein Kind. Hätten wir keine Lösung gefunden, hätte ich mich wahrscheinlich von ihm getrennt."

„Sie haben also eine Lösung gefunden", wiederholte Frieda die vage Formulierung Johannas. „Ist Daniel nicht der leibliche Vater Ihrer Tochter?" Dass sie die Antwort auf die letzte Frage bereits durch Brunners Indiskretion kannte, wollte sie der jungen Frau gegenüber noch nicht einmal andeuten.

„Doch, das ist er. Nur musste ihm beim Urologen der Samen entnommen werden. Zur passenden Zeit bin ich damit schwanger geworden."

„Oh", entfuhr es Frieda und sofort bereute sie es. „Ich glaube, das ist gar nicht so ungewöhnlich", versuchte sie ihre Reaktion abzumildern. „Schon ab Dreißig nimmt die Fruchtbarkeit bei Männern ab. Ab Fünfunddreißig wird eine Schwangerschaft von Jahr zu Jahr unwahrscheinlicher. Männer leben in der Überzeugung, sie seien bis ins hohe Alter in der Lage Kinder zu zeugen. Aber in Wahrheit nimmt ihre Fruchtbarkeit aus unterschiedlichsten Gründen mit zunehmendem Alter rapide ab. Das geht jedem Mann so und es passiert immer früher."

„Damit hat ihn der Urologe auch zu beruhigen versucht."

„Dann ist Janina durch eine künstliche Befruchtung entstanden?"

„Ja", kam als einsilbige Antwort.

Frieda konnte sich vorstellen, was damit alles nicht gesagt worden war. Auch wenn die intrauterine Insemination ein schonendes, schmerzloses Verfahren war, blieb sie immer noch eine künstliche Befruchtung, die in der Frauenarztpraxis stattfand. Von dem Traum einer Empfängnis während eines zärtlichen Liebesaktes in romantischer Atmosphäre war sie weit entfernt. Aber bei Johanna hatte sie zumindest den Kinderwunsch erfüllt. Und bei Charlotte und Frank Lehmann ebenso; oder auch für immer zerstört.

„Wissen Sie, in welchem Labor das Sperma Ihres Partners aufgehoben und vorbereitet wurde?"

„Nein, danach habe ich nie gefragt", kam es fast gleichgültig von Johanna. „Die Polizei hat Daniel um eine DNA-Probe für einen Vaterschaftstest gebeten", setzte sie nach einer kurzen Denkpause nach. „Ist Daniel nicht Janinas Vater?"

Frieda hatte den Eindruck, dass Johanna Christiansen all-mählich den Hintergrund ihrer Fragen begriff.

„Ich kenne das Ergebnis dieses Tests nicht", log sie erneut.

„Glaubt die Polizei, dass eine Verwechslung mit dem Sperma passiert ist? Ist das der Grund, weshalb Janina entführt wurde?"

Frieda kam nicht dazu, etwas zu antworten.

„War es bei den anderen Babys auch so?", fragte Johanna mit sich überschlagender Stimme weiter. „Ist Janina vielleicht bereits tot? Hat man sie nur deshalb entführt, weil jemand ihr Blut wollte?"

„Johanna, das steht alles überhaupt nicht fest." Frieda wusste, dass sie Brunner so schnell es ging beichten musste, was sie getan und damit verursacht hatte. „Es war sehr wichtig, dass Sie mir von Ihrer künstlichen Befruchtung erzählt haben. Im Moment kann ich nicht mehr tun, als Ihnen dafür zu danken und Ihnen zu versichern, dass diese Information uns der Ergreifung der Entführer mit Sicherheit nähergebracht hat. Die Täter werden bestraft. Dafür wird die Kriminalpolizei von Sylt in jedem Fall sorgen. Das verspreche ich Ihnen."

Auch wenn das Telefonat mit Johanna Christiansen eine neue Möglichkeit offenbart hatte, wie es einem skrupellosen Mann gelingen konnte, mit seinem Sperma eine nichtsahnende Frau schwanger werden zu lassen, war Frieda ganz und gar nicht zufrieden mit sich. Eine bereits ängstliche Mutter in noch größere Panik zu treiben, war nicht ihr Ansinnen gewesen. Aber genau das hatte sie getan. Wahrscheinlich machte ihr Telefonat es Brunner unmöglich, ein weiteres Gespräch mit der Mutter der kleinen Janina zu führen. Möglicherweise beschwerten sie und ihr Partner sich sogar offiziell über Brunners inoffizielle Mitarbeiterin.

Für den restlichen Tag standen keine Termine mit werdenden oder frischgebackenen Müttern an. Kein lachendes Baby würde ihre Laune wieder heben und ihr schlechtes Gewissen in den Hintergrund drängen. Aber mit Brunner konnte und wollte Frieda jetzt noch nicht sprechen.

Sie überlegte, ob sie vielleicht doch den Trost von Dünen und Meer suchen sollte, dann fiel ihr ein, dass es ein Baby gab, für das sie eine gewisse Verantwortung übernommen hatte: Freya Nissen. Bei diesem Wonneproppen würde es nicht aufdringlich wirken, wenn sie unangemeldet zu ihm fuhr. Heinrich hatte sie geradezu aufgefordert, seine Tochter so oft es ihr möglich war zu besuchen. Theresa Blum gegenüber würde sie einfach behaupten, sich ein paar Tipps für das kommende Wochenende holen zu wollen.

Erleichtert griff Frieda nach ihrer großen Handtasche und verließ das Haus. Ein lachendes Baby wartete auf sie.

Auch wenn sie es ernst gemeint hatte, als sie Heinrich gegenüber behauptete, sie werde zwei Monate lang einfach nur Freyas Mutter sein, war Ella Wessel doch erleichtert, endlich ein paar Stunden für sich und ihre Arbeit zur Verfügung zu haben.

Freya war von Theresa auf einen Ausflug in die Villa Kunterbunt mitgenommen worden. An diesem Nachmittag wurden dort mit den Kleinkindern der Insel Weihnachtsplätzchen gebacken. Eine schöne Tradition, fand Ella, zumal sie selbst die Kunst des Backens nicht beherrschte. Natürlich war Freya noch viel zu klein, um sich an der Zubereitung der Kekse zu beteiligen, aber nach Ellas Meinung war die Veranstaltung eine gute Gelegenheit, ihrem Kind zum ersten Mal zu zeigen, dass es noch mehr Wesen auf der Insel gab, die keine Erwachsenen waren. Mit Sicherheit waren die Plätzchen, die Theresa nach Morsum mitbringen würde, auch nicht halb so lecker wie die, die Heinrichs Haushälterin bereits gebacken hatte, aber dafür gab es eine Lösung.

Marlene war kurz nach dem Mittagessen zu ihrem Mann zurückgekehrt und Heinrich kam selten vor 20:30 Uhr nach

145

Hause. Das Morsumer Anwesen der Familie Nissen gehörte für die nächsten Stunden ihr allein. Gänzlich ungestört konnte sie sich wieder in einen Teil des wissenschaftlichen Betriebs der Stadt Hamburg verwandeln.

Zufrieden nahm Ella an dem Schreibtisch in der Bibliothek Platz und stellte ihre Aktentasche vor sich auf die Oberschenkel. Die lederne Klappe anzuheben und den Laptop herauszunehmen, würde dem Öffnen der Büchse der Pandora gleichkommen, das wusste sie. Wenn sie ihren Computer in Betrieb nahm, war die Idylle im Haus vorbei. Es erwartete sie der normale Wahnsinn, der mit jedem unvorsichtigen Blick in einen über Tage nicht bearbeiteten elektronischen Postkorb auf jeden Nutzer einströmte. Allein die Weiterleitung von bislang nicht erledigten E-Mails und das Ablehnen von Terminanfragen würden sie wahrscheinlich bereits die Ruhe der nächsten Stunden kosten. Und die wirklich wichtigen Aufgaben, wie etwa die Überarbeitung ihres Vorlesungsskripts für das nächste Semester würden ihr auch noch die Nachtruhe stehlen. Aber dennoch konnte Ella nicht anders; mit einer entschlossenen Bewegung hob sie die Klappe an, entnahm der Tasche den Laptop und öffnete seinen Deckel.

Noch bevor der Computer die Eingabe des Passworts forderte, klingelte es an der Haustür. Ella klappte den Laptop wieder zu und eilte zum Eingang. Brunners Hebamme, die Heinrich am vergangenen Sonntag zu ihrer Unterstützung während der Wochenenden engagiert hatte, stand vor der Tür und lächelte sie durch den Spion an.

„Frieda? Waren wir verabredet?"

„Nein, wir waren nicht verabredet. Ich hatte nur gerade Zeit und dachte, ich kann sie mit Freya und Theresa Blum verbringen. – Falls es dir keine Umstände macht, natürlich nur."

„Die beiden sind nicht zuhause."

Ella ließ die Angebetete ihres Bruders dennoch eintreten und ging ihr voran in die Küche. „Darf ich dir einen Kaffee anbieten? Oder einen Tee?"

Ein solches Angebot abzulehnen, war wohl nicht möglich, dachte Frieda Söncksen, schon gar nicht bei der Schwester des Mannes, in den sie ein klein wenig verliebt war.

„Kaffee, bitte", antwortete sie.

An den alten Eichentisch gelehnt, von dem sie wusste, dass der Hausherr darauf das Licht der Welt erblickt hatte, sah sie Ella bei der Zubereitung des Kaffees zu. Eine elegante Frau, die Heinrich zur Mutter seines Kindes auserkoren hatte, viel eleganter als alle Frauen zuvor, mit denen sie ihn gesehen hatte. Und eine Frau, die offensichtlich nur wenig Interesse daran hatte, ihr eigenes Kind selbst großzuziehen. Ob sie irgendeine Art von Deal mit Heinrich eingegangen war? Geheiratet hatten sie wegen des gemeinsamen Kindes ja nicht. Aber wäre es für den bereits recht reifen zukünftigen Vater nicht sinnvoller gewesen, eine deutlich jüngere Mutter für seinen gewünschten Nachwuchs zu suchen? Wie alt war Brunners Schwester wohl?

„Ich habe den Eindruck, du hast die Strapazen der späten Schwangerschaft gut überstanden, Ella", fiel Frieda mit der Tür ins Haus. „Ist Freya dein erstes Kind?"

Freyas Mutter drehte sich zu ihr um und brach in lautes Lachen aus. „Frieda, kann es sein, dass du mich gerade fragen wolltest, wie in drei Teufels Namen Heinrich und ich auf die Idee gekommen sind, in unserem vorgerückten Alter noch ein Kind zu bekommen?"

Frieda wurde rot. „Ich …, nein, ich wollte nicht …", stotterte sie und setzte sich auf einen der Holzstühle am Tisch.

„Ich bin dir nicht böse, Frieda. Du möchtest wissen, auf wessen Kind du aufpassen sollst. Außerdem kennst du Heinrich schon bedeutend länger als ich und hast sicher eine eigene Meinung zu ihm als Vater. – Aber wenn ich dir deine Frage beantworten soll, schlage ich vor, dass ich auch ein paar Geheimnisse von dir erfahre. Vielleicht bietet uns unser heutiges Zusammentreffen die passende Gelegenheit, uns etwas besser kennenzulernen. Wäre das in Ordnung für dich?"

„Gern." Frieda sah Brunners Schwester dankbar an und nickte heftig. „Was möchtest du wissen, Ella?"

Die nächste Stunde und zwei bis vier Tassen Kaffee lang schufen die beiden Frauen eine Basis zwischen sich, indem sie die wichtigsten Eckdaten und Erlebnisse aus ihrem Leben preisgaben. Frieda kam schnell zu dem Ergebnis, dass ihr Gegenüber ihr intellektuell weit überlegen war, auch wenn Ella sie das nicht spüren ließ. Gab es eine solche Diskrepanz auch zwischen Brunner und ihr selbst? Und wie hatte Heinrich eine derartige Frau für sich gewinnen können?

Fast als hätte sie ihre unausgesprochene Frage erraten, sagte Ella: „Heinrich habe ich kennengelernt, als ich an einem Wendepunkt in meinem Leben stand. Ich hatte mich gerade von meinem Mann getrennt. Um Abstand zwischen ihn und mich zu bringen, bin ich für ein paar Wochen nach Sylt gereist und meinem Bruder gehörig auf die Nerven gegangen. Als wir beide es nicht mehr aushielten zusammenzuwohnen, hat Heinrich mich aufgenommen. Und dann ist es eben passiert."

„Also war Freya kein Wunschkind?"

Wieder lachte Ella laut auf. „Nein, bei mir ganz bestimmt nicht. Aber jetzt würde ich sie nicht mehr hergeben wollen."

„Eigentlich hat alles dagegengesprochen, dass du von Heinrich schwanger wirst. Ich betreue Eltern, die deutlich jünger sind als du und er – bitte, entschuldige – und die wer weiß was anstellen mussten, um ihren Kinderwunsch erfüllt zu bekommen. Und bei euch ist es einfach so passiert."

Ella nickte abwartend.

„Ich weiß, dass ich mit dieser Frage eine Grenze überschreite, aber ich muss sie trotzdem stellen: Ist es absolut ausgeschlossen, dass Freyas leiblicher Vater ein anderer ist als Heinrich?"

„Absolut, ja", antwortete Ella und brach erneut in lautes Lachen aus. „Direkt bist du ja. Dann will ich es auch sein: Ich hatte mir Heinrich als One-Night-Stand ausgewählt. Nicht, um Brunner damit zu ärgern oder mir etwas zu beweisen. Wir haben einfach den gleichen Humor. Und ich musste mir keine Sorgen machen, dass er sich direkt in mich verliebte. Das daraus eine Freundschaft wurde und ein gemeinsames Kind entstand, hat mich sehr überrascht. Eine neue Partnerschaft wollte ich nie eingehen und ich tue es auch jetzt nicht. – Und nun zu deiner Frage: Heinrich war seit langer Zeit der erste Mann, dem ich zur Zeugung eines Kindes nahe genug gekommen bin. Ich war frisch getrennt von einem Mann, dem ich nie untreu war, obwohl wir während der letzten Jahre noch nicht einmal mehr das Schlafzimmer geteilt hatten. Es ist absolut ausgeschlossen, dass ein anderer Mann als Heinrich Freyas Vater ist."

„Danke für deine Offenheit."

„Für Heinrich hat sich mit Freya ein Herzenswunsch erfüllt. Ihn mit seiner Tochter zusammen zu sehen, ist unfassbar schön. Die beiden scheinen jede Sekunde ihrer gemeinsamen Zeit zu genießen. Das ist auch der Grund, weshalb ich es überhaupt übers Herz bringe, Freya bei ihrem Vater auf Sylt zu lassen, während ich in Hamburg arbeite. In der Vorlesungszeit werde ich lediglich bei ihr sein können, wenn es der Hochschulbetrieb erlaubt. – Schau mich nicht so an, Frieda. Ich bin zu alt, um mein Leben noch einmal auf ein Kind auszurichten; das habe ich vor vielen Jahren bei meinem Sohn getan. Heinrich wünscht sich nichts sehnlicher als für Freya da zu sein. Ich trete gern ein wenig in den Hintergrund, solange ich mein Kind in guten Händen weiß."

„Diesem Umstand verdanke ich dann wohl meine Wochen-end-Anstellung."

„Ich mag dich, Frieda. Ich glaube, du wirst eine gute Ergänzung zu Heinrich, Marlene und Theresa sein."

Erneut spürte Frieda, dass sie rot wurde.

„Außerdem hoffe ich, dass du dich nicht von dem Benehmen meines Bruders abschrecken lässt. Er ist ein guter Kerl und ein exzellenter Polizist, aber absolut hilflos, wenn es darum geht, einer Frau in angemessener Art seine Zuneigung zu zeigen. Entweder er übertreibt und verschreckt damit jedes weibliche Wesen spätestens während des dritten Dates oder er ist zu vorsichtig. Wenn du ihn magst, dann sei nachsichtig mit ihm und gib nicht zu früh auf."

„Wir hatten noch kein drittes Date."

Beide brachen in lautes Lachen aus.

„Aber ich glaube, ich mag ihn wirklich", gestand Frieda. „Hoffentlich kann ich bald ein wenig mehr Zeit mit ihm verbringen, außerhalb unserer Berufe. Mein Herz urteilt immer viel zu schnell, dabei habe ich noch so viele Fragen, die er mir zuerst einmal beantworten sollte."

„Ich halte es nicht für das größte Glück, einen Menschen ganz enträtselt zu haben. Ein größeres Glück ist es noch, bei dem, den wir lieben, immer neue Tiefen zu entdecken."

Irritiert sah Frieda ihre neue Vertraute an.

„Oh ja, das kennst du noch nicht von mir. Manchmal verstecke ich mich und meine Gefühle hinter den Worten berühmter Menschen. In diesem Fall war es ein Zitat von Fjodor Michailowitsch Dostojewski."

„Ich verstehe."

„Was ich damit sagen wollte, war in etwa: Hör auf dein Herz und nicht auf deinen Verstand, wenn es um meinen Bruder geht." Ella sah sie ernst an. „Du tust ihm gut. Ich hoffe, das schafft er auch bei dir."

Frieda wusste nicht, was sie darauf erwidern sollte.

„Falls ihr noch Nachwuchs plant, bleibt euch ja nicht mehr viel Zeit", revanchierte sich Ella scherzhaft für die zuvor gegen sie gerichteten Äußerungen.

Erneut hatte Frieda den Eindruck, rote Wangen zu bekommen. Bisher wusste sie noch nicht einmal, ob Brunner genauso in sie verliebt war wie sie in ihn. An gemeinsame Kinder hatte sie wahrlich noch nicht gedacht.

„Glaubst du, dass dein Bruder gern eigene Kinder hätte?" So unangenehm ihr das Thema war, soweit es sie und Brunner anging, so passend führte es zu der Frage, die sie Ella noch stellen wollte.

„Zumindest hat er früher immer von einer großen Familie geträumt. Und er ist ein sehr guter Patenonkel für meinen mittlerweile fast erwachsenen Sohn."

„Sollten wir je so weit kommen, dein Bruder und ich, dann werde ich dich bestimmt um Rat fragen, was ich tun kann, um in meinem hohen Alter noch schwanger zu werden."

Ellas Lachen erklang erneut und brachte sogar Frieda zum Lachen, obwohl ihr gar nicht danach war.

„Der einzige Tipp, den ich dir geben kann, ist die Verhütung abzusetzen, bevor du es versuchst", antwortete Ella, immer noch lachend.

„Ein guter Ratschlag, das höre ich immer wieder." Frieda sah Ella grinsend an. „Du hast also für deinen Mann, der nichts mehr von dir wollte, verhütet? Und in dem Moment hast du aufgehört, als du dich von ihm getrennt hast?"

„Klingt etwas planlos, das stimmt", gab Ella zu. „Ehrlich gesagt, hatte ich völlig vergessen, dass bei mir noch eine Spirale eingesetzt war. Ich hatte die Besuche bei meiner Frauenärztin etwas vernachlässigt. Erst der Beginn meines neuen Lebens hat mich wieder zu ihr geführt. Sie hat mich darauf aufmerksam gemacht, dass die Entfernung der Spirale lange überfällig war. Der Eingriff wurde im Rahmen einer Hysteroskopie durchgeführt."

„Durch deine Frauenärztin?"

„Nein, für die Gebärmutterspiegelung musste ich ins Krankenhaus."

„Ins Hamburger Universitätsklinikum?"

„Ja. – Es gibt sicher einen Grund, weshalb du das so genau wissen willst, Frieda. Was ist los?"

„Eine Theorie bisher, mehr nicht. Auch Paula Lornsen wurde im Universitätsklinikum Hamburg behandelt, bevor sie schwanger wurde."

„Und ihr Mann ist wissenschaftlich nachgewiesen der leibliche Vater ihres Kindes", kam es nun sehr betont von Ella. „Mein Aufenthalt im Universitätsklinikum Hamburg zwingt mich also nicht, daran zu zweifeln, dass Heinrich Freyas leiblicher Vater ist."

„Das stimmt, Ella. Das wollte ich damit auch nicht sagen. Aber es bringt mich dazu, mir ernsthafte Gedanken wegen der Sicherheit Freyas zu machen. – Sollten sie und ihr Kindermädchen nicht schon lange zurück sein?"

Ein Blick auf die Uhr an der Küchenwand verriet Ella Wessel, dass es erst 16:26 Uhr war. Theresa war mit Freya direkt nach dem frühen Mittagessen losgefahren und hatte zwei vorbereitete Fläschchen für sie mitgenommen. Nach Ellas Einschätzung bestand noch kein Grund, unruhig zu werden.

„Sie kehren bestimmt gleich zurück", erwiderte sie. „Wie lange können sich kleine Kinder auf Aktivitäten wie Plätzchenbacken konzentrieren?"

„Hast du die aktuelle Ausgabe der Sylter Nachrichten?", kam als Gegenfrage von Frieda.

Ella stand auf, ging zum Altpapierbehälter und kam mit einem leicht zerknitterten Exemplar der Tageszeitung zurück an den Tisch. „Schau du hinein, ich habe meine Lesebrille drüben auf dem Schreibtisch liegengelassen."

„Ich weiß, dass das Kleinkinder-Backen hier angekündigt wurde." Frieda nahm den Papierstapel entgegen und suchte den Lokalteil. Schnell blätterte sie die wenigen Seiten durch, dann stockte sie. „So hatte ich es in Erinnerung." Sie zeigte auf die Veranstaltungsliste. „Das Backen hat um 12:00 Uhr begonnen und sein Ende war für 15:00 Uhr angekündigt. Ich glaube nicht, dass die Veranstaltung viel länger gedauert hat, denn das würde Überstunden für die Betreuerinnen bedeuten."

Ein erneuter Blick auf die Uhr an der Wand bestätigte Ella, dass sie sich zuvor nicht verlesen hatte: Die Zeiger waren ein wenig weitergerückt und standen nun auf 16:34 Uhr.

„Ich rufe Theresa an. Es gibt bestimmt eine Erklärung für ihre verspätete Rückkehr."

Frieda sah ihr zu, während sie mit ihrem Handy hantierte.

Niemand meldete sich an Theresa Blums Mobiltelefon. Weder sie selbst noch ihre Mailbox nahmen das Gespräch an, um Ella die Gelegenheit zu geben, ihrer Sorge Ausdruck zu verleihen.

„Sollen wir Heinrich Bescheid geben?", wollte Frieda wissen.

Ella schüttelte den Kopf. „Nein, ihn beunruhigen wir erst, wenn wir wissen, dass es wirklich einen Anlass dazu gibt."

Ihr Herz pochte unangenehm in ihrer Brust. Schon einmal hatte sie befürchtet, ihre kleine Tochter sei verschwunden. Damals hatte sie wohlbehalten bei Heinrich im Restaurant darauf gewartet, dass er sie nach Hause brachte. Bestimmt gab es auch dieses Mal eine derartig unschuldige Erklärung. So musste es sein.

Frieda sah sie nur abwartend an und schwieg.

Ella unterdrückte die Angst, die sich allmählich wieder in ihr breit machte. Sie hatte versprochen, auf Freya aufzupassen. Also trug sie auch die Schuld, falls ihr etwas passiert war. Heinrich würde es bestimmt nie so ausdrücken, aber sie allein war jetzt dafür verantwortlich, ihr Kind wiederzufinden. Sie musste

Freya wohlbehalten nach Morsum zurückbringen. Bestimmt war die Kleine immer noch bei Theresa und damit in Sicherheit. Niemand versuchte sie zu entführen oder ihr auch nur ein Haar zu krümmen.

Sie spürte Friedas Blicke auf sich ruhen.

Die Angst ließ sich nicht mehr unterdrücken. Sie würde es sich nie verzeihen, falls nun auch ihr Baby ein Opfer der Entführer geworden war.

„Ich fahre zur Villa Kunterbunt, Frieda. Bestimmt ist dort noch jemand, der mir sagen kann, wann Freya und Theresa gegangen sind. Vielleicht sind sie gerade auf dem Weg hierher und der Akku von Theresas Handy ist einfach nur leer. Bestimmt müssen wir uns keine Sorgen machen."

Immer noch schwieg Frieda.

„Du weißt doch bestimmt, wo die Villa Kunterbunt ist. Würdest du mich bitte begleiten?" Verzweifelt suchte Ella nach ihrem Autoschlüssel, bis ihr einfiel, dass sie ihren Wagen Theresa geliehen hatte.

„Wir brauchen ein Taxi", sagte sie und hantierte erneut an ihrem Handy. „Ich habe gerade kein Auto."

Frieda schüttelte den Kopf und griff nach ihrer Tasche. „Mein Wagen steht vor der Tür. Ich fahre."

Polizeiwache Westerland

Ein langer, anstrengender Arbeitstag ging zu Ende. Unzufrieden sah Kriminalhauptkommissar Brunner einem langweiligen Abend entgegen, der keinen Ausgleich dazu bringen würde. Als sein Handy klingelte und das Display Frieda Söncksens Nummer anzeigte, verspürte er unerwartete Freude. In Erwartung eines fröhlichen, ihn aufheiternden Telefonats meldete er sich und wurde sofort eines Besseren belehrt.

„Freya ist verschwunden", lautete Friedas erster Satz.

„Was hast du gesagt? Meine Nichte ist verschwunden?"

„Ja. Theresa Blum hat sich heute Mittag zusammen mit ihr bei Ella verabschiedet, um zum ‚Weihnachtsplätzchenbacken mit Kindern' in die Villa Kunterbunt zu fahren. Dort ist sie auch gewesen. Gegen 14:30 Uhr, vielleicht auch etwas früher hat sie sich wieder verabschiedet. Aber sie ist nicht nach Morsum zurückgekehrt. Und auf dem Handy ist sie auch nicht erreichbar."

„Wie ist sie unterwegs?"

„Mit Ellas Audi."

„Habt ihr mit Heinrichs Haushälterin gesprochen? Vielleicht weiß sie, wo wir Frau Blum finden können?"

„Nein, daran habe ich nicht gedacht. Und deine Schwester ist kaum ansprechbar vor lauter Panik."

„Was sagt Heinrich?"

„Bei ihm ist Freya auch nicht."

„Ihr habt ihm also bereits erzählt, dass seine Tochter seit fünf Stunden unterwegs ist, ohne dass Ella weiß, wo sie sich aufhält?"

„Ja. Wir hatten die Hoffnung, dass Theresa zu ihm ins Restaurant gefahren ist."

„Frieda, obwohl seine Tochter verschwunden ist, hat sich Heinrich noch nicht bei mir gemeldet. Das ist nicht gut. Bitte tue mir den Gefallen und fahre mit Ella zu ihm. Haltet ihn davon ab, etwas zu unternehmen, das er vielleicht später bereut."

„Was sollte er denn unternehmen?"

„Ich weiß es nicht. Aber seit eurem Anruf wird er nicht untätig gewesen sein."

Nachdem Frieda versprochen hatte, zu tun, was sie konnte, um seinen Freund von Dummheiten abzuhalten, bat sie Brunner noch, in jedem Fall eine Liste aller Angestellten der gynäkologischen Abteilung des Hamburger Universitätsklinikums zu besorgen. Es sei wichtig und bestimmt der Mühe wert, verriet sie ihm lediglich. Brunner legte auf, ohne ihre Motivation dafür erfahren zu haben. Seine beginnende Panik unterdrückend, rief er sein Team zu sich ins Büro und eröffnete ihm den neuesten Vermisstenfall.

„Noch wissen wir nicht, ob meine Nichte Freya wirklich von den gesuchten Tätern entführt wurde", versuchte er sich selbst zu beruhigen.

„Oder ob sie überhaupt entführt wurde", kam es flüsternd von Nils Persson, dem Küken des Teams. „Nach fünf Stunden Abwesenheit würden wir doch normalerweise noch nichts unternehmen."

„Wenn du meinst, dass wir nur deshalb etwas tun, weil das Baby meine Nichte ist, Nils, dann irrst du. In der aktuellen Situation geht auf dieser Insel kein Kind im Alter unter sechs Wochen verloren, ohne dass ich umgehend und persönlich nach ihm suche."

Bei Brunners ungewohnt deutlichem Tadel schien Persson sich fast hinter seinen Kollegen verstecken zu wollen.

„Wenn das jetzt klar ist, verteile ich die Aufgaben", kam es streng von Brunner. „Sobald jemand ein Ergebnis hat, meldet er sich sofort auf meinem Handy."

Alle sahen konzentriert zu ihm.

„Nils, du kümmerst dich um das Auto, in dem das Baby seinen Wohnort verlassen hat." Brunner reichte ihm einen grünen Klebezettel, auf dem das Kennzeichen und das Modell des Audi standen. „Bevor Nachfragen kommen, das ist der Wagen meiner Schwester. – Ich will, dass jeder Polizist, jeder Taxifahrer, einfach jeder, den wir zentral ansprechen können, nach diesem Wagen sucht. Wir können nur hoffen, dass er sich noch auf der Insel befindet. – Die Autoverladestation hat Kameras, das Fährterminal auch. Du weißt, was ich von dir erwarte."

Brunner wandte sich an Jens Bredel, den zweitjüngsten seines Teams: „Du besorgst ein Foto von Theresa Blum und alle Informationen, die du über sie finden kannst. Vor allem interessiert mich, wer der angeblich kranke Freund ist, für den sie von Hamburg nach Sylt zurückgezogen ist. – Sobald du das

Foto vorliegen hast, gib eine Kopie an Nils weiter. Sie kann für die Auswertung der Kameraaufnahmen wichtig sein."

„Deine Aufgabe ist etwas heikel", sprach Brunner Peer Larson an. „Du hängst dich ans Telefon und besorgst mir eine vollständige Liste des Personals der gynäkologischen Abteilung der Hamburger Universitätsklinik. Ich brauche eine Aufstellung ab Mitte letzten Jahres bis heute. Solltest du Schwierigkeiten wegen des Datenschutzes oder Ähnlichem bekommen, wende dich direkt an unseren Chef, den Ersten Polizeihauptkommissar Peter Streeb. Er wird wissen, was zu tun ist."

Zögernd blieben die drei Polizisten, die mit Aufgaben versorgt waren, im Raum stehen.

„Los jetzt. Wer bereits etwas zu tun bekommen hat, macht sich an die Arbeit", herrschte Brunner sie ungeduldig an.

„Eike, du marschierst mit Martin los und befragst alle Teilnehmer des heutigen Weihnachtsplätzchenbackens in der Villa Kunterbunt", sprach er seinen Stellvertreter und den letzten verbliebenen Kollegen Martin Peltzer an. „Ich bin sicher, dass der Veranstalter eine Liste aller Teilnehmer hat. Irgendjemand muss etwas gesehen oder mit Theresa Blum gesprochen haben. Noch wissen wir nicht einmal, ob sie ebenfalls entführt wurde oder eine der Täterinnen ist. – Nehmt am besten auch eine Kopie des Fotos mit, das Jens gerade besorgt. Und wundert euch nicht, Frau Blum passt von ihrem Aussehen her durchaus auf die Personenbeschreibung, die Silke Reinke uns gegeben hat."

„Und du? Was machst du?" Eike Hansen sah kritisch zu seinem Chef. „Bist du nicht persönlich viel zu involviert, um noch klar zu denken?"

„Überlass das mal mir", zischte Brunner ihn an.

„Ich habe es nur gutgemeint."

„Ich weiß, Eike." Brunner bereute seine heftige Reaktion. „Ich weiß, aber ihr als Väter seid doch genauso angegriffen von der Brutalität der Täter wie ich. Lass uns das jetzt nicht diskutieren. Es muss so gehen. – Verschwindet und bringt mir etwas, mit dem wir einen großen Schritt vorwärtskommen."

Morsum

Nach Ellas Anruf hielt Heinrich Nissen nichts mehr im Restaurant. Sofort stürmte er zu seinem Auto und raste nach Hause. Dass er bei der Fahrt von Wenningstedt nach Morsum niemanden verletzte, verdankte er lediglich dem Umstand, dass an diesem bereits dunklen Winternachmittag die Straßen weitestgehend leer waren.

Noch vom Auto aus rief Heinrich Marlene an und bat sie zusammen mit ihrem Mann Tamme umgehend zu ihm zu kommen. Sie erwarteten ihn bereits, als er vor seinem Haus vorfuhr. Von Ellas silbernem Audi und ihren Insassinnen war nichts zu sehen; Theresa und Freya waren nicht nach Morsum zurückgekehrt.

Heinrich war gerade dabei, mit Marlene zusammen Theresas Zimmer nach einem Hinweis zu durchsuchen, der ihren derzeitigen Aufenthaltsort verriet, als Friedas Kleinwagen, dicht gefolgt von einem Streifenwagen, die Einfahrt herauffuhr. Das knirschende Geräusch des Kieses vor dem Eingang ließ Heinrich hastig die Zimmerinspektion unterbrechen und zur Haustür laufen. Er öffnete die Tür, noch bevor einer der Ankömmlinge klingeln konnte.

„Sie ist nicht hier", schrie er. „Freya ist weg und ich habe nicht die geringste Ahnung, wo ich nach ihr suchen soll."

Er eilte auf Brunner und die ihn begleitenden Uniformierten zu. „Was tut die Polizei, um dieser Kindermörder endlich habhaft zu werden? Was tust du, Brunner? Du persönlich?"

Fast hätte Heinrich seinen Freund am Mantel gegriffen und geschüttelt, dann aber hieb er mit voller Wucht seine Faust auf das Dach des Streifenwagens.

„Heinrich", rief Ella und hielt seinen Arm fest. „Wenn du auf jemanden wütend sein willst, dann auf mich. Ich habe Theresa mit Freya wegfahren lassen. Nur weil ich froh war, ein paar Stunden für mich zu haben, bin ich leichtsinnig geworden. Ich war so egoistisch, dass es mir egal war, wohin Theresa mit unserer kleinen Tochter wollte. Deshalb trage ich die Schuld an ihrem Verschwinden."

„Nein, ihr beiden", widersprach Marlene in sanftem Tonfall und sah dabei noch kleiner und älter aus als sonst. Blass stand sie neben Tamme und klagte sich selbst an: „Ich war es, die euch Theresa Blum ins Haus geholt hat, deshalb bin ich für alles verantwortlich. Ich habe Freya in ihre Hände gelegt."

„Das hilft doch niemandem weiter", versuchte Frieda die drei Verzweifelten zu beruhigen. „Auch ich habe viel zu spät verstanden, dass Freya in Gefahr ist. Aber deshalb trage ich nicht die Verantwortung für ihr Verschwinden. Und ihr ebenso wenig. – Lasst uns ins Haus gehen und überlegen, was wir als Nächstes tun können. Es sind alle da, die wir brauchen, um die Kleine schnellstmöglich wiederzufinden."

„Alle sind hier außer Theresa Blum." Heinrich wollte nicht aufhören, auf jemanden wütend zu sein. Würde er das tun, müsste er sich seiner eigenen Schuld und seiner Panik stellen. Und das würde ihn lähmen, das wusste er. Wut war eine gute Triebfeder, Wut hielt ihn wach, machte ihn schnell und aufmerksam. Angst hingegen …

„Ich werde sie finden und ihr antun, was sie meiner Tochter angetan hat", wütete er weiter. „Theresa Blum wird sich noch wünschen, mir niemals begegnet zu sein."

Niemand erwiderte etwas, während sie ins Haus gingen und rund um den großen Eichentisch in der Küche Platz nahmen. Die beiden Bereitschaftspolizisten, die den Kriminalhauptkommissar nach Morsum begleitet hatten, wollten sich wieder in den Streifenwagen setzen und dort auf ihren Einsatz warten, aber Tamme Abelung winkte auch sie ins Haus.

Aufgeregt durcheinander diskutierend saß die Runde in der Küche. Niemand hörte dem anderen zu, bis Brunner sich laut räusperte und das Wort ergriff.

„Hört auf", schrie er fast. „Wir müssen ruhig bleiben und so schnell es geht herausfinden, ob Theresa Blum Täterin oder Opfer ist. Nur so können wir sicher sein, in die richtige Richtung zu ermitteln."

„Wieso soll sie ein Opfer sein?", fragte Marlene irritiert.

„Bei der vierten Entführung eines Babys ist ein Mann getötet worden, der wahrscheinlich völlig unbeteiligt war. Er hatte nur das Pech, mit dem gesuchten Baby unterwegs zu sein. Bei Frau Blum kann der Fall genauso liegen."

„Theresa ist mit meinem Auto weggefahren", kam es schnell von Ella. „Ich habe es ihr zur Verfügung gestellt. Seit 12:30 Uhr ist sie im Audi zusammen mit Freya unterwegs. Ihr müsst mein Auto zur Fahndung ausschreiben."

Heinrich stöhnte kurz auf. „Das hat dein Bruder hoffentlich längst veranlasst. Aber falls unser ehemaliges Kindermädchen oder die anderen Täter klug sind, haben sie die Insel bereits vor Stunden verlassen. Zumindest haben sie den Wagen weggeschafft."

Brunner sah Heinrich gekränkt an. „Natürlich suchen wir nach Ellas Audi. Leider wurde er bisher weder an der Autoverladestation noch am Fährterminal gesichtet. Aber jeder Streifenwagen, jedes Taxi, jeder Einsatzwagen der Feuerwehr und des Rettungsdienstes ist informiert. Ich erfahre es sofort, falls jemand den Wagen sieht."

„Eine Sackgasse." Heinrich schaffte es nicht länger, seine Ungeduld zu zügeln. „Ellas Audi ist eine Sackgasse. Vertut eure Zeit nicht damit, den Wagen zu finden. – Was unternehmt ihr noch?"

„Meine besten zwei Mitarbeiter sind gerade dabei, eine Spur von der Villa Kunterbunt aus zu suchen. Ein anderer durchleuchtet Theresa Blum und ihr Umfeld. Ein weiterer besorgt eine Liste aller Angestellten des Universitätsklinikums Hamburg."

„Des Universitätsklinikums? Warum das?" Heinrich war immer noch unzufrieden mit den Aktivitäten der Polizei, aber offenbar hatte Brunner etwas herausgefunden, an das er bisher nicht gedacht hatte.

„Frieda hat mich darum gebeten", erhielt er als einzige Antwort von Brunner.

„Ja, das stimmt", sprang ihm Frieda sofort zur Seite. „Am Montag habe ich mitbekommen, dass Brunner die Väter der entführten Kinder um DNA-Proben für einen Vaterschaftstest gebeten hat. Und dass die Ergebnisse auch bereits vorliegen. Der nach drei Wochen nahezu wohlbehalten zurückgegebene Säugling Ole Lornsen ist tatsächlich der leibliche Sohn von Henrik Lornsen. Der tot aufgefundene Säugling Max Lehmann hingegen hat einen anderen Vater als bisher angenommen. Beim dritten Säugling ist der Vater wegen einer Samenspende unbekannt – ein Vaterschaftstest konnte damit nicht stattfinden. Und der vierte Säugling hat, wie der zweite, ebenfalls einen anderen Vater als den Partner der Mutter."

„Sind der tote Säugling zwei und das vierte, noch verschwundene Baby miteinander verwandt?", fragte Heinrich nach. „Und habt ihr euch diese Frage auch bei Baby drei gestellt?"

„Bei Baby vier konnten wir nur mit einer DNA-Probe arbeiten, die uns die Mutter gegeben hat. Danach lautet die Antwort allerdings ‚Mit hoher Wahrscheinlichkeit mit Max Lehmann verwandt'", kam es verhalten von Brunner.

„Und Baby drei?"

„Auch hier zeigt die von der Mutter zur Verfügung gestellte DNA-Probe, dass es höchstwahrscheinlich ein Verwandtschaftsverhältnis zu Max Lehmann gibt."

„Die Verbindung zwischen den Babys ist also wirklich der Vater." Heinrich verbot sich, diesem Gedankengang konsequent bis ans Ende zu folgen.

„Beziehungsweise die Möglichkeit, dass ein uns noch unbekannter Mann der Vater ist", tat es stattdessen Frieda. „Nur das ist eine Erklärung für die Blutentnahmen."

Frieda machte eine Pause. Als sie weitersprach, sah sie ausschließlich Brunner an. „Deshalb habe ich versucht herauszufinden, wie es dieser Unbekannte schaffen konnte, ohne das Wissen der zukünftigen Mütter Kinder mit ihnen zu zeugen."

„Du hast also mit allen infrage kommenden Müttern gesprochen?", kam es ungläubig von ihm.

Frieda nickte stumm und wurde rot.

Heinrich warf einen Blick zu Ella und ihm wurde sofort klar, dass Frieda auch mit ihr gesprochen hatte. Freya war entführt worden, weil ein anderer Mann hoffte, sie sei seine Tochter.

Wie war das möglich? Nein, es war nicht möglich. Es konnte nicht sein. Absolut ausgeschlossen war es. Musste es sein. Freya war seine eigene Tochter. Ohne jeden Zweifel war sie es. Etwas anderes war nicht denkbar. Aber wie konnte dann trotzdem ein Fremder auf die Idee kommen, dass es anders war?

„Ich will wissen, was das mit dem Universitätsklinikum Hamburg zu tun hat", forderte er mit belegter Stimme. Er räusperte sich. „Jetzt sofort will ich verstehen, wie jemand annehmen kann, Freya sei sein Kind und nicht meines."

„Ich weiß es nicht", erwiderte Ella zurückhaltend. „Auf diese Frage habe ich noch keine Antwort gefunden."

„Frieda!" Heinrich fixierte die Hebamme mit seinem Blick, bis sie schließlich seufzte.

„Im Moment verfolge ich nur eine Idee", gab sie zu.

„Sprich, verdammt!"

„Wenn ich mir vorstelle, dass jemand diese Idee tatsächlich umgesetzt hat, gruselt es mich. Das wäre menschenverachtend, den Kindern und den Eltern gegenüber. – Aber Paula Lornsen, die Mutter des ersten entführten Kindes wurde kurz vor ihrer Schwangerschaft in der gynäkologischen Abteilung dieser Klinik behandelt. Und Ella ebenfalls."

„Paula Lornsens Baby ist das leibliche Kind ihres Mannes", schien Ella Heinrich und sich selbst beruhigen zu wollen. „Es ist also nicht das Produkt einer heimlichen Befruchtung mit fremdem Sperma. – Auf etwas anderes kann deine Idee doch nicht hinauslaufen, so unvorstellbar das auch klingt."

„Geht so etwas?" Marlene sah fassungslos zu Frieda.

„Wenn man skrupellos genug ist, kann man es probieren. Nur wird es nicht bei jedem Versuch erfolgreich verlaufen. Deshalb muss man die Babys testen, die zeitlich passend auf die Welt kommen, nachdem man es bei deren Müttern versucht hat. Und wenn man die Säuglinge nicht im Zugriff hat, muss man sie eben zuvor entführen."

Am liebsten wäre Heinrich aufgesprungen und aus der Küche gelaufen. Nur mit Mühe zwang er sich, ruhig am Tisch sitzen zu bleiben.

Seine Freya sollte das Produkt einer heimlichen, illegalen Besamung Ellas sein? Was hatte man Ella dafür angetan? Und warum wusste sie nichts davon? Oder hatte sie es gewusst oder zumindest geahnt, aber nie etwas gesagt?

An diesem Punkt seiner Gedanken angekommen, sprang er doch auf, setzte sich aber sofort wieder.

Seine geliebte Freya sollte nicht seine leibliche Tochter sein? Nein, das durfte nicht wahr sein. Konnte nicht wahr sein. Freya war seine Tochter. Ohne jeden Zweifel war sie es. Aber was war Ella im Universitätsklinikum passiert? Und warum wusste sie nichts davon?

„Warum warst du in der Klinik?", fragte er und bemühte sich um einen ruhigen Tonfall. „Und wann genau? Wie lange, bevor du festgestellt hast, dass du schwanger bist?"

Ella erzählte von ihrem Eingriff und dass er auf ihre Bitte hin unter Vollnarkose stattgefunden hatte.

„Du warst also eine Nacht lang auf der gynäkologischen Station?" vergewisserte sich Heinrich. „Und das war Paula Lornsen auch?"

Ella und Frieda nickten nacheinander.

„Was ist mit den anderen Müttern, Brunner? Und warum gibt es nur entführte Babys auf Sylt?"

Der Kriminalhauptkommissar sah ihn nicht an, während er antwortete: „Ich kann dir nur sagen, dass wir bisher lediglich eine Säuglingsentführung auf dem Festland ermitteln konnten, die in unser Schema passt. Die hat allerdings bereits vor etwa einem Jahr stattgefunden und es gab eine Lösegeldforderung, was eigentlich dagegenspricht, dass sie zu unseren Fällen gehört."

„Wieso passt sie dann ins Schema?" Heinrich schaffte es nicht mehr, seine Ungeduld zu zügeln. Was glaubte Brunner eigentlich, wie viel Zeit sie hatten, Freya wohlbehalten aufzuspüren?

„Weil der Säugling ebenfalls nur fünf Wochen und vier Tage alt war, als er verschwand. – Und bevor du fragst, er blieb verschwunden. Das Baby ist nicht an seine Eltern zurückgegeben worden, obwohl sie das geforderte Lösegeld bezahlt haben."

„Eine Lösegeldforderung hat es bei den Babys der letzten Wochen aber doch nie gegeben, oder?", stellte Tamme zum ersten Mal eine Frage.

„Das stimmt", antwortete Heinrich anstelle von Brunner. „Aber vielleicht war sie auch beim Festlandbaby nicht ernst gemeint."

Er wandte sich erneut an Frieda. „Was ist mit den anderen Frauen? Wie wollte man ihnen einen fremden Mann als Vater ihrer Kinder unterjubeln?"

Ein weiterer Seufzer war zu hören, bevor Frieda antwortete. „Es ist nach wie vor nur ein Gedankenspiel, Heinrich, mehr nicht."

„Wir haben keine Zeit zu verlieren", drängte er sie. „Sprich!"

„Ihr wisst bereits, dass Charlotte und Frank Lehmann sich ein wenig helfen lassen mussten, um schwanger zu werden. Franks Sperma wurde aufbereitet, also vitaler gemacht, bevor es Charlotte von ihrem Gynäkologen direkt in die Gebärmutter gespült wurde. – Ähnlich war es auch bei Johanna Christiansen und ihrem Partner."

„Und diese Aufbereitung findet wahrscheinlich nicht in der Arztpraxis statt", ergänzte Heinrich ungeduldig.

„Richtig. Dafür gibt es auf Reproduktion spezialisierte Labore."

„Leider kennen wir immer noch nicht die Namen dieser Labore", gab Brunner zu. „Wenn es bei beiden künstlichen Befruchtungen dasselbe Labor war, haben wir eine weitere Gemeinsamkeit gefunden."

Frieda griff nach ihrer großen Handtasche und stand auf. „Charlotte Lehmanns Gynäkologen habe ich nicht angerufen. Er hätte mir wahrscheinlich keine Auskunft gegeben. Stattdessen habe ich Frau Lehmann gebeten, selbst nachzufragen. Ich weiß aber nicht, ob sie es getan hat. Nach unserem Telefonat war sie in keiner guten Verfassung. Sie hat sich auch nicht bei mir zurückgemeldet. – Hilf mir bitte, Brunner. Ruf du sie an und sprich mit ihr."

Brunner erhob sich ebenfalls. Sie verließen die Küche, um sich einen ruhigen Ort zum Telefonieren zu suchen.

„Die Zeit vergeht und wir sind noch keinen Schritt weiter." Heinrich starrte unruhig sein Handy an.

Warum meldete sich keiner seiner Schnüffler? Eine Handvoll Leute hatte er losgeschickt, den Ort auf Sylt aufzuspüren, an dem das notwendige Equipment vorhanden war, um inoffizielle Blutuntersuchungen durchzuführen. Die Babys waren auf Sylt verschwunden und dort auch wieder aufgetaucht. Dass sie oder ihr Blut zwischendurch die Insel verlassen haben sollten, leuchtete ihm nicht ein. Da es außerhalb des Klinikverbunds, zu dem die Nordseeklinik gehörte, auf Sylt kein offizielles Labor gab, musste es doch auffallen, wenn entsprechende Ausrüstung und das notwendige Verbrauchsmaterial auf der Insel transportiert oder entsorgt wurden.

„Vielleicht hätte ich Theresa heute morgen nicht so intensiv nach ihrer Familie ausfragen dürfen", unterbrach Marlene seine Gedanken. „Vielleicht wäre sie sonst nicht mit Freya davongelaufen."

„Das ist Unsinn", versuchte Heinrich seine Ersatzmutter zu beruhigen. „Du hast das Ganze höchstens um ein paar Tage beschleunigt. Freya ist fast schon fünf Wochen alt. Es wurde also Zeit, ihrer habhaft zu werden, falls sie wirklich von den gleichen Tätern entführt wurde."

„Außerdem ist noch nicht erwiesen, dass nicht auch Theresa gewaltsam mitgenommen wurde", warf Ella ein. „Vielleicht ist ihr sogar etwas Schlimmes passiert."

Brunner und seine vorübergehende Assistentin betraten wieder die Küche und setzten sich.

Sein Freund sah Heinrich ernst an, bevor er sprach. „Es gibt in ganz Schleswig-Holstein einschließlich Hamburg nur ein Labor, das auf Reproduktionsmedizin spezialisiert ist, und das ist das Labor im Universitätsklinikum Hamburg. Neben den Aufträgen aus dem Klinikum selbst werden dort auch Untersuchungen und Behandlungen für Externe, also Arztpraxen und sogenannte Kinderwunschkliniken durchgeführt."

„Es laufen also alle Fäden im Universitätsklinikum Hamburg zusammen", brachte Frieda die Information auf den Punkt.

Heinrich war schon vor ihren Worten aufgesprungen. „Warum habt ihr das nicht selbst herausgefunden, Brunner? War es tatsächlich nötig, dass Frieda dich auf diese wichtige Spur setzt?"

Brunner reagierte nicht.

„Sobald wir wissen, wer in der fraglichen Zeit im Klinikum gearbeitet hat, kriegen wir die Entführer", setzte Heinrich nach.

„Mach deinen Leuten Dampf. Es kann doch nicht derartig viel Zeit benötigen, ein paar Personallisten zu erstellen. Vor allem, wenn das Leben eines oder mehrerer Babys davon abhängt."

„Die Listen zu erstellen, wahrscheinlich nicht. Aber sie herauszugeben, leider schon. Der Verantwortliche des Klinikums hat uns unmissverständlich mitgeteilt, dass wir ohne ein offizielles Herausgabeverlangen der Staatsanwaltschaft nichts von ihm bekommen. – Ich habe schon meinen Vorgesetzten darauf angesetzt. Wir sind dran."

„Uns läuft die Zeit davon", schrie Heinrich ihn nun an. „Verstehst du das nicht?"

Brunner ließ sich weiterhin nicht provozieren.

„Wenn ihr das nicht schafft, …", setzte Heinrich nach.

„Was ist, wenn wir das nicht schaffen?", kam es nun doch fast ebenso laut von Brunner. „Willst du dann nach Hamburg fahren und in die Personalabteilung einbrechen?"

Heinrich gönnte ihm nur einen herablassenden Blick, bevor er aufstand und die Küche verließ. Natürlich würde er nie einen solchen Weg einschlagen. Nach Hamburg zu fahren und die Personalakten zu durchsuchen war viel zu zeitraubend. Aber kannte er nicht jemanden, der im Klinikum arbeitete? Oder jemanden, der es vielleicht schaffte, auf anderem Weg an die Personallisten heranzukommen?

Nervös lief er durch sein Arbeitszimmer. Verzweifelt versuchte er, sich zu konzentrieren.

Was gerade in seiner Küche passierte oder besprochen wurde war ihm egal. Frieda war es gewesen, die die Suche nach Freya einen guten Schritt nach vorn gebracht hatte, Frieda und nicht Brunner oder die Organisation der Kriminalpolizei hinter ihm. Wieder einmal erwies sich die Polizei als zu langsam. Darauf zu warten, dass sie seine Tochter fand, kam nicht in Frage. Ihm musste jemand einfallen, der in Hamburg weiterhelfen konnte. Freya befand sich in den Händen von Entführern, deren Interesse nicht darin lag, sie ihm wohlbehalten zurückzugeben. Er selbst musste die Verbrecher finden, bevor sie auch nur Hand an sein Dütji legen konnten. Er war Freyas Vater. Er trug die Verantwortung für seine kleine Tochter.

Sein Telefon klingelte. Endlich.

Als Heinrich auch nach einer Viertelstunde Wartezeit nicht in die Küche zurückkehrte, stand Kriminalhauptkommissar Brunner auf. Es brannte ihm unter den Nägeln, seinen Kollegen bei der Überzeugung der Staatsanwaltschaft zu helfen. Die Theorie, die Frieda entwickelt hatte, klang überaus schlüssig. So schnell es ging wollte er sie zusammen mit seinem Team weiter ausarbeiten. Und dann bekämen sie auch die Personalliste des Universitätsklinikums ausgehändigt, da war er sich sicher.

Nachdem er der klugen Hebamme ausgiebig gedankt hatte, konnte er nicht umhin, sie und alle anderen Anwesenden vor weiteren eigenmächtigen Aktionen zu warnen. „Von nun an ist ausschließlich die Kriminalpolizei dafür verantwortlich, Freya gesund und munter hierher zurückzubringen. Jede unabgestimmte Aktion von euch kann ihr Leben gefährden. Bitte merkt euch das."

Niemand widersprach.

Brunner verabschiedete sich und ließ sich von den beiden Streifenbeamten ins Kommissariat fahren. Noch vom Einsatzwagen aus rief er sein Team zusammen. Es gab keine weitere Minute zu verlieren, egal wie spät es bereits geworden war. Dieses Mal ging es um Freya, seine Nichte.

Durch ihr Verschwinden war er persönlich betroffen. Wenn er auch immer bestritten hätte, dass dies einen Unterschied für die Intensität seiner Ermittlungen machen könnte, jetzt wusste er es besser. Keinen seiner Mitarbeiter würde er nach Hause entlassen, bevor sie nicht wussten, wo Freya gefangen gehalten wurde.

Heinrich Nissen hörte die Haustür hinter Brunner zufallen und den Streifenwagen abfahren. Auf diesen Moment hatte er gewartet, um zu Ella, Frieda, Marlene und Tamme in die Küche zurückzukehren.

„Es kann sein, dass ich in Kürze jede Frau und jeden Mann brauche, der die Insel kennt", sagte er, während er sich wieder zu ihnen setzte. „Seid ihr dabei?"

Alle vier nickten stumm und forderten ihn durch ihre Blicke auf, seine Frage zu erklären.

„Ich habe einen Hinweis erhalten, der nahelegt, mit der Suche nach Freya in Kampen zu beginnen", blieb Heinrich vage.

„Sollen wir dort von Tür zu Tür gehen und nach ihr fragen?" Tamme schien es mit diesem Vorschlag ernst zu meinen.

Heinrich hob abwehrend die Hände. „Auf keinen Fall. Damit würden wir Freya nur in Gefahr bringen."

Erneut nickten alle stumm.

Einer seiner Spitzel hatte einen Gärtner aufgetrieben, der sich daran erinnerte, vor ein paar Monaten für mehrere Tage einen unbekannten LKW in Kampen gesehen zu haben. Er habe eine Beschriftung gehabt, die wie ein Labor oder Krankenhaus geklungen habe. Aber was genau auf den Seitenwänden stand, konnte der Gärtner nicht sagen. Solange Heinrich nicht mehr hatte als diese vage Erinnerung, konnte er noch keinen Plan für Freyas Befreiung entwickeln. Ihm fehlte die genaue Adresse, vor der der Wagen gestanden hatte, und auch die Sicherheit, dass die Beobachtung des Zeugen überhaupt etwas mit Freyas Verschwinden zu tun hatte. Vielleicht war mit diesem Wagen etwas anderes als Laborequipment geliefert worden. Vielleicht war alles harmlos. Aber vielleicht hatte er nun auch eine Spur gefunden, der er folgen konnte, um Freya wohlbehalten wiederzubekommen.

„Was sollen wir dann tun?", unterbrach Marlene seine Überlegungen.

Fast hätte Heinrich sie gebeten, weitere vertrauenswürdige Helfer zu akquirieren, aber dann fiel ihm ein, dass auf diesem Weg Theresa Blum in sein Haus gekommen war. Freyas Kindermädchen war kein Opfer, da war er sich eigentümlich sicher. Sie gehörte zu den Entführern. Nur warum hatte er das nicht früher bemerkt? Warum hatte seine sonst so gute Menschenkenntnis bei ihr versagt? Dem musste er später nachgehen. Jetzt war vorrangig, das verschwundene Kindermädchen schnell zu finden.

„Was weißt du über Theresa Blum?", fragte er Marlene. „Wie bist du auf sie gekommen, als ich dich gebeten habe, dich nach einem Kindermädchen für Freya umzusehen?"

„Ihre Eltern waren fast Nachbarn hier in Morsum. Ich kenne Theresa seit ihrer Geburt und kann es immer noch nicht glauben, dass sie zu den Entführern gehören soll."

„Du hast erzählt, sie sei nach dem Tod ihrer Eltern aufs Festland gezogen. Wer wohnt heute in ihrem Elternhaus?"

„Theresa hat es verkauft." Marlene stand auf, nahm Stift und Zettel aus einer der Schubladen des Küchenschranks und schrieb einen Straßennamen darauf. „Es kann nicht viel Geld gebracht haben; das Haus war alt und winzig klein. – Du wirst Theresas Eltern gekannt haben, das Haus vielleicht auch. Das ist die Straße." Sie reichte Heinrich den Zettel. „Die genaue Hausnummer weiß ich nicht, aber das Gebäude steht noch. Die neuen Besitzer haben es lediglich ein wenig erweitert; sein Alter und sein ursprünglicher Charakter sind noch zu erkennen."

Heinrich nickte. Die Hausnummer und den Namen des aktuellen Besitzers herauszufinden, sollte ihn nicht mehr als ein paar Minuten kosten. Warum hatte er das nicht getan, bevor er Freya in die Obhut einer Unbekannten gegeben hatte?

„Theresa Blums Anschrift in Hamburg hast du sicher auch, Marlene."

„Ja, natürlich. Die hast du in deinen Akten. Wir haben einen Arbeitsvertrag mit ihr abgeschlossen, erinnerst du dich nicht?"

Erneut nickte Heinrich stumm.

„Kennst du jemanden im Universitätsklinikum in Hamburg, der uns mit den Personallisten weiterhelfen kann?", fragte er nach kurzem Nachdenken Ella. „Ich möchte vor allem wissen, ob Theresa Blum jemals dort tätig war und mit wem zur gleichen Zeit."

„Ich denke bereits die ganze Zeit darüber nach, wen ich ansprechen kann. Die Personalabteilung der Universität ist – soweit ich weiß – eine andere als die des Klinikums."

„Es wäre gut, wenn du jemanden findest", setzte Heinrich eindringlich nach. „Sonst haben wir nur deinen Bruder, um an die Personallisten zu kommen."

Ella sah ihn nachdenklich an.

„Ich glaube, mehr können wir im Moment nicht tun. Geht nach Hause und legt euch schlafen." Er sah auf die Küchenuhr. „Ihr müsst müde sein; es ist bereits kurz vor Mitternacht. – Aber behaltet bitte eure Telefone in der Nähe, damit ich euch anrufen kann, wenn ich euch brauche."

Kampen

Leise ließ Heinrich Nissen seinen Wagen am nördlichen Ende des Hobokenwegs auslaufen und stellte ihn vor dem letzten der wie geklont wirkenden Reetdach-Monstren ab. Diese Neubauten hatten nur noch wenig mit den ursprünglich bescheidenen Sylter Katen gemein, die für sie hatten weichen müssen. Er war schon längere Zeit nicht mehr in Kampen gewesen und die Entwicklung der Bebauung gerade entlang dieser Straße hatte ihn noch nie interessiert. Soweit er es nun und im Dunkel des sehr frühen Morgens erkennen konnte, wurden fast alle Grundstücke von überdimensionierten Friesenwällen abgeschirmt, die sich bemühten, kaum einen Blick auf mehr als die Dächer der dahinterliegenden Häuser zu gestatten. Ab und zu öffneten sich Sichtachsen, die wahrscheinlich im Tageslicht die Gleichförmigkeit der Millionenanwesen noch unterstrichen hätten.

Nachdenklich stieg er aus seiner M-Klasse und schloss die Tür.

Was wollte er hier eigentlich? Was versprach er sich davon, nachts und im Stockfinstern die teuerste Straße Sylts entlangzulaufen? Wahrscheinlich würde der erste Bewohner des Hobokenwegs, der die Anwesenheit eines nächtlichen Spaziergängers mitbekam, nicht eine Sekunde zögern, die Polizei zu rufen. Auf dieser Straße ging man nicht zu Fuß. Und noch weniger blieb man vor jedem Grundstück kurz stehen und warf einen eindringlichen Blick auf das Haus. Wer hier außerhalb seiner Luxuskarosse unterwegs war, musste ein Tourist sein – tagsüber – oder ein Dieb und Einbrecher – in der Nacht. In jedem Fall war dieser Jemand ein fremder Eindringling und damit für die eigene luxuriöse Abgeschiedenheit der Besitzer potenziell gefährlich.

Auch wenn die Erinnerung des Gärtners in Bezug auf das genaue Aussehen des LKWs verschwommen war, in Bezug auf die Straße, in der er gestanden hatte, war sie klar. Gerade weil es der Hobokenweg gewesen war, hatte der Laster seine Aufmerksamkeit erregt.

Langsam setzte Heinrich einen Fuß vor den nächsten, hielt immer wieder kurz an, lauschte und sah sich um. Dunkelheit und Stille umhüllten ihn wie ein kalter, feuchter Mantel. Schwer lasteten sie auf ihm und ließen seine Sorge um Freya mit jedem Schritt anwachsen.

Was glaubte er damit zu erreichen, diese Straße entlangzugehen? Nur vereinzelte Lichter strahlten von den Häusern bis zu ihm. Falls überhaupt jemand in einem der Anwesen zuhause war, dann schlief er jetzt bestimmt. Falls Freya hier irgendwo in eine fremde, weiße Decke gehüllt in einem fremden Babybett lag, dann schlief auch sie hoffentlich. Es war das Beste, wenn sie möglichst wenig davon mitbekam, wo sie sich aufhielt und was mit ihr passierte.

An diesem Punkt seiner Gedanken angekommen, erreichte Heinrich das südliche Ende des Hobokenwegs.

Nein, das Beste wäre es, wenn er seine Tochter jetzt auf seinen Armen halten könnte. In seinem warmen Haus und nicht hier mitten auf dem Hobokenweg. In Sicherheit und nicht mit dem Risiko von skrupellosen Entführern und Mördern niedergeschlagen zu werden, falls er sie entdeckte.

Auch wenn Brunner sich mit der Schilderung von Björn Lantings Verletzungen sehr zurückgehalten hatte, wusste Heinrich, dass der junge Mann brutal misshandelt und sein Schädel mit mehreren Schlägen zertrümmert worden war. Die Gefährlichkeit der Entführer zu unterschätzen, würde ihm nicht im Traum einfallen.

Langsam drehte er sich um und blickte die Straße entlang, über die er gerade noch gegangen war. Immer noch beherrschte nahezu undurchdringliche Dunkelheit die Nacht. Kein

Babygeschrei verriet ihm, wo seine Tochter gefangen gehalten wurde. Kein Licht gewährte ihm einen Einblick in ein Labor. Kein abgestellter LKW erregte seine Aufmerksamkeit, nicht Ellas Audi, keine Stapel von weißen Pappkartons, kein auffälliger Müll, nichts.

Was wollte er hier eigentlich? Was versprach er sich davon, mitten in der Nacht eine dunkle, leere Straße entlangzulaufen? Hatte er tatsächlich gehofft, der Himmel würde ihm ein Zeichen schicken? Seine innere Verbundenheit mit Freya würde ihm signalisieren, welche Tür er aufbrechen musste, um sich sein Kind zurückzuholen?

Theresa Blum wusste, dass sie einen Fehler gemacht hatte. Und dieser Fehler ließ sie kein Auge zumachen. Verärgert über sich selbst und gleichzeitig in Sorge um die Babys im Haus saß sie am Fenster des Gästeschlafzimmers unter dem Dach und blickte in die Dunkelheit hinter dem Haus.

Warum hatte sie ausgerechnet auch noch Freya Nissen hierhergebracht? Gab es etwas, das sie jetzt noch tun konnte, um das Schicksal ihres Mündels zu beeinflussen? Oder waren es ausschließlich ihre Gene, die nun über Freyas Zukunft bestimmten?

Ein dunkler Schatten zog langsam über die Straße. Als sie genauer hinsah, bemerkte sie eine wuchtige, menschliche Gestalt, die hinter dem Grundstück stehen blieb und einen Blick auf das gegenüberliegende Haus warf. Da draußen stand ein Mann, da war sie sich sicher, ein Mann, der, hätte er sich umgedreht, zu ihr hinauf ins Fenster hätte sehen können.

Im ersten Moment erschrak sie. Dann wurde ihr bewusst, dass sie in einem vollständig dunklen Zimmer saß. Der Mann konnte sie nicht sehen, falls er sich zu ihr umdrehte. Aber sie hatte ihn gesehen. Und sie hatte ihn erkannt. Sogar von hinten war seine Silhouette unverwechselbar. Im sanften Licht der einzigen Laterne der Straße hatte sie Heinrich Nissen erkannt, der die Häuser nach seiner Tochter Freya abzusuchen schien.

Westerland

An diesem Morgen erinnerte sich Michael Brunner erschreckend gut an seinen Traum, als er schweißgebadet aufwachte. Erst war ihm die Hebamme Frieda erschienen, danach seine Nichte Freya.

Frieda hatte ganz in seiner Nähe in einem goldenen Kreis aus Licht gestanden und ihn liebevoll angesehen. Sein Herz hatte jubiliert bei ihrem Blick. Dann war ihre Miene traurig geworden. Einen großen weißen Karton, der ihm vorher in ihrem Umfeld nicht aufgefallen war, hatte sie ihm plötzlich entgegengehalten. Schweigend hatte er ihr den Pappkarton abgenommen und war damit von ihr weggegangen. Den Karton eng an seine Brust gedrückt, hatte er sich selbst beim Gehen zugesehen, fast als schwebte er über der Szenerie. Hinter ihm war allmählich der warme, goldene Kreis verschwommen. Friedas Erscheinung in dessen Mitte war erloschen. Vor ihm hatte sich eine trostlose Dunkelheit ausgebreitet, die mit jedem Schritt bedrückender wurde. Und dann war er plötzlich allein gewesen; von Frieda verlassen, mit dem kalten, weißen Karton zurückgeblieben, der Dunkelheit und einer alles beherrschenden Traurigkeit schutzlos ausgeliefert. Ohne den Deckel anheben zu müssen, hatte er im Traum geahnt, dass dieser ein totes Baby verbarg. Ohne in den Karton sehen zu müssen, hatte er gewusst, dass der tote Säugling Freya war.

Nach dem Aufwachen voller Schrecken duschte Brunner lange und kalt. Es war nur ein Traum gewesen, ein dummer, unrealistischer Traum.

Während seine Kaffeemaschine arbeitete, fasste er sich ein Herz und rief Frieda an. Auch wenn er sie damit weckte, er musste ihre Stimme hören und wissen, dass es ihr gutging.

Seinen frühen Anruf nahm sie tatsächlich noch im Bett liegend an, aber sie war ihm deshalb nicht böse. Seinem Vorschlag, sich abends in Westerland zu treffen, stimmte sie ohne Zögern zu.

In jedem Fall würde der Tag besser enden, als er begonnen hatte, dachte Brunner, während er seine erste Tasse Kaffee trank. Die Erinnerung an seinen Traum verblasste allmählich, sein Verstand gewann wieder die Oberhand. Es würde ein guter Tag werden, entschied er, während er sich die Jacke zuknöpfte.

Schwungvoll stieg er die Treppe hinab und verließ das Haus.

„Schon sehr bald werden wir Freya Nissen wohlbehalten zu ihren Eltern zurückbringen", murmelte er mehrfach vor sich hin, während er zu Fuß den Weg ins Kommissariat zurücklegte. „Schon sehr bald."

Wie fast immer war er der erste seiner Abteilung im Büro. Ein verschlossener Briefumschlag lag auf seinem Schreibtisch, braun, im DIN-A5 Format, unscheinbar und handschriftlich an ihn adressiert.

Brunner öffnete das Couvert und hielt erfreut die Luft an: Drei Bögen mit Namen und Daten waren sein Inhalt. Das Universitätsklinikum musste noch während der Nacht der Staatsanwaltschaft die Personallisten ausgehändigt haben und ein besonders aufmerksamer Kollege hatte die dringend benötigten Informationen umgehend per Boten zu ihm geschickt.

Eilig überflog Brunner die Namen. ‚Theresa Blum' konnte er auf keiner der bedruckten Seiten entdecken.

Er griff nach dem Telefon und rief Heinrich an. Nach nur einem Klingeln meldete sich sein Freund.

„Heute Morgen lagen die Personallisten des Klinikums auf meinem Tisch", sagte Brunner sofort und sparte sich eine höfliche Begrüßung. „Theresa Blums Name steht nicht darauf. Zu keinem Zeitpunkt während der letzten achtzehn Monate war sie eine Mitarbeiterin der Gynäkologie des Universitätsklinikums Hamburg."

„Das kann nicht sein", kam es sofort von Heinrich.

„Vielleicht müssen wir doch davon ausgehen, dass sie unschuldig ist. Dann allerdings dürfte sie in großer Gefahr schweben, falls sie überhaupt noch lebt."

Ein undifferenziertes Grummeln war durch die Leitung zu hören.

„Ellas Wagen ist nach wie vor verschwunden", setzte Brunner nach.

„Vergiss den Wagen", antwortete Heinrich unwirsch.

Brunner untersagte sich eine Erwiderung.

„Was sind eure nächsten Schritte? Was tut die Polizei, um meine Tochter aus den Händen dieser Verrückten zu befreien?"

„Sobald meine Mitarbeiter im Büro sind, werde ich alle Namen der Personalliste zwischen ihnen aufteilen. Wir werden nicht eher ruhen, bis wir die vollständige Liste durchgearbeitet haben. Da Frau Blum nicht dabei ist, muss es eine andere Person sein, die zu den Entführern gehört. – Die Personalliste ist im Moment unsere beste Chance, einen der Täter zu identifizieren."

„Das müssen doch einige Hundert Namen sein."

„Nein", widersprach Brunner. „Es sind ja nur die Mitarbeiter der gynäkologischen Abteilung. Wenn ich richtig gezählt habe, sind es einundneunzig Frauen und Männer, die wir überprüfen werden."

Erneut hörte Brunner undifferenziertes Grummeln durch die Leitung.

„Versprichst du mir, dass du uns die Ermittlungen überlässt, Heinrich?"

„Ich kann nicht untätig herumsitzen, während das Leben meiner Tochter in Gefahr ist."

„Das verstehe ich."

Stille trat ein.

„Und was gedenkst du, stattdessen zu tun?", fragte Brunner vorsichtig nach. Er war sich nicht sicher, ob er die Antwort hören wollte.

„Ich finde das Labor auf der Insel."

„Welches Labor?" Brunner ahnte die Antwort bereits. Auch er hatte einen ähnlichen Einfall gehabt.

„Egal ob es Zufall oder Teil des Plans ist, auf jeden Fall sind mindestens fünf der möglichen Kinder unseres skrupellosen Möchtegern-Vaters auf Sylt aufgetaucht. Und dort sind sie auch entführt worden. Die zwei, die bislang zurückgegeben wurden, sind ebenfalls hier auf der Insel abgelegt worden. Das spricht dafür, dass alles auf Sylt stattfindet. Dafür muss es auf der Insel die Möglichkeit geben, die notwendigen Blutuntersuchungen durchzuführen – und was auch immer bei geeignetem Blut passiert."

„Das klingt plausibel."

„Also gibt es ein Labor auf der Insel. Ein Privatlabor und jemanden, der weiß, was er dort zu tun hat."

„Wie finden wir beide?", fragte Brunner.

Heinrichs ungeduldiges Grummeln erklang erneut. „Über ungewohnte Lieferungen, ungewohnten Müll – ich weiß es nicht."

„Bestimmt durchsuchst du bereits die ganze Insel. Ich werde dich nicht bitten, das zu stoppen, denn eine ähnliche Schlussfolgerung habe ich auch gezogen. Aber versprich mir, dass du mir sofort Bescheid gibst, sobald du das Labor gefunden hast. Und dass nichts von dem, was du aktuell veranlasst oder selbst tust, illegal ist."

Brunner hörte ein trockenes, kurzes Auflachen. „Die letzte Nacht bin ich durch Kampen gelaufen, um zu sehen, ob mir dort etwas auffällt", antwortete ihm sein Freund. „War das in deinen Augen bereits illegal?"

Brunner ignorierte den Sarkasmus. „Warum ausgerechnet Kampen?"

„Ein Tipp. Hobokenweg. Aber vielleicht ist er nichts wert."

„Ausgerechnet dort bist du mitten in der Nacht herumspaziert? Ein Wunder, dass niemand meine uniformierten Kollegen gerufen hat."

„Ich weiß."

„Was sollte das? Dachtest du, du spürst es, sobald du dich dem Aufenthaltsort deiner Tochter näherst?"

„Und wenn es so wäre? – Ich kann nicht zuhause im Bett liegen, während sich meine kleine Freya hilflos in den Händen skrupelloser Entführer befindet."

„Ich weiß", erwiderte nun Brunner und beendete das Gespräch.

Kampen

Natürlich, ausgerechnet wenn sie es eilig hatte, versperrte ihr eine Baustelle den Weg. Es war bereits 16:50 Uhr, Frieda Söncksen hatte noch einen Besuch bei einer ihrer ‚Mütter' vor sich und das Treffen mit Brunner war für 19:00 Uhr verabredet.

Ungeduldig betrachtete sie ein paar Sekunden lang den monströsen Kran, der für sie unerwartet vor einem Neubau am Heideweg den Großteil der Straße blockierte. Fußgänger und Radfahrer kamen leicht an ihm vorbei, aber Kraftfahrzeuge würden warten müssen, bis er seine Arbeit für den Tag eingestellt hatte. Diese Feststellung schienen vor ihr bereits andere Autofahrer gemacht zu haben; entlang des sonst weitestgehend friedlichen Heidewegs standen zwischen dem Wattweg und der Baustelle nahezu Stoßstange an Stoßstange wild gemischt

Klein-, Luxus- und Handwerkerwagen. Es war nicht eine Lücke frei, in der auch noch ihr Auto Platz gefunden hätte.

Ihre ‚Mutter', zu der sie auf dem Weg war, würde ihr eine kleine Verspätung nicht übelnehmen, da war Frieda sich sicher. Aber wollte sie wirklich darauf warten, den Engpass neben dem Kran passieren zu können, und damit riskieren, ihre unverhoffte Verabredung mit dem immer noch so scheuen Kriminalhauptkommissar zu verpassen? Seit seinem frühen Telefonanruf fieberte sie dem Wiedersehen mit ihm entgegen.

Die Entscheidung fiel Frieda nicht schwer. Rasch legte sie den Rückwärtsgang ein und fuhr couragiert zwischen den abgestellten Fahrzeugen die etwa hundertfünfzig Meter zurück bis auf den Wattweg. Der Hobokenweg war die Parallelstraße; er würde hoffentlich nicht ebenfalls gesperrt sein.

Nach etwa zweihundert Metern auf dem Hobokenweg bog sie nach links in eine kurze Sackgasse ein. Nur wenige Meter vor dem Ende der geteerten Straße stellte sie ihren Wagen ab. Zu Fuß setzte sie ihren Weg auf dem schmalen Pfad fort, der bis zum Heideweg führte, nur wenige Hausnummern von ihrem Ziel entfernt.

Allen drei Babys ging es gut. Sie hatte ihnen ein leichtes Beruhigungsmittel in die Milch gemischt und nun schliefen sie tief und fest.

Seit wenigen Stunden war Freya eines der Babys in diesem Haus. Bisher waren die beiden Männer nicht zurückgekehrt, deshalb wussten sie nicht, dass Theresa Blum auch diesen Säugling bereits nach Kampen mitgenommen hatte, ein paar Tage früher als geplant. Spätestens in zwei Stunden würden sie wieder da sein; in weiblicher Begleitung, wie sie angekündigt hatten. Spätestens dann musste sie ihnen ihre spontane Tat eingestehen, die sie selbst mittlerweile für einen Fehler hielt.

Roland schien es besser zu gehen, seitdem sein Vater mit der Therapie begonnen hatte. Richard war von der Genesung seines Sohns überzeugt und auch Theresa meinte, die ersten Fortschritte zu erkennen. Aber was war der Preis für Rolands Gesundheit? Wie viel junges Blut war noch notwendig? Wie viele Babys gab es noch, die dafür in Frage kamen?

Seitdem sie wusste, welches Maß an Bösem bereits in diesen Mauern geschehen war, ängstigte sich Theresa in dem großen Haus. Und dass das Ende der Verbrechen noch nicht erreicht war, machte es nicht besser. Niemals wieder würde sie es schaffen, sich hier wohlzufühlen; sie würde es auch nicht mehr versuchen. Als gemütliches Zuhause war der Prachtbau nie gedacht gewesen, dafür fehlte Richard jedes Empfinden. Trotz der überdimensionierten Räume, der zweietagigen Unterkellerung mit Schwimmbad und Fitnessbereich, der teuren Einrichtung und der luxuriösen Ausstattung wollte sie hier nicht wohnen. Dem Haus fehlte jede persönliche Note. Auf Theresa wirkte es eigentümlich seelenlos.

Nach Wärme suchend, umklammerte sie mit beiden Händen ihren Teebecher. In Gedanken in ihrer kleinen Dachgeschosswohnung in Hamburg sitzend, sah sie aus dem Fenster ihres Schlafzimmers in den hinteren Garten des ungeliebten Anwesens und auf das prächtige Haus gegenüber.

Wen die beiden Männer wohl in Hamburg abgeholt hatten? Gab es vielleicht eine Frau in Richards Leben, die sie bislang nicht kennengelernt hatte? Noch eine Frau, die in die furchtbaren Machenschaften der beiden Männer eingebunden war? So wie sie selbst? Oder hatten Roland und Richard ein weiteres Baby entführt? Ohne ihre Mithilfe. Es warteten doch bereits zwei und mit Freya nun drei Kinder darauf, getestet und vielleicht wieder freigelassen zu werden.

Seit der Nacht, in der Roland neben ihr aufgewacht war, sie nicht erkannt hatte und aggressiv geworden war, schlief Theresa in einem eigenen Zimmer. Auch wenn Richards Therapie bereits erste Erfolge zeigte, traute sie sich noch nicht, wieder neben seinem Sohn in einem Bett zu schlafen.

Würde Roland je wieder der Mann werden, in den sie sich vor langer Zeit verliebt hatte? War er es jemals gewesen? Immerhin hatte er damals bereits gewusst, wie es um ihn stand, und sie nicht eingeweiht. Und sein Vater machte ihr mit jedem neuen Tag mehr Angst. Würde Roland werden wie er, sobald es ihm wieder besser ging?

Theresa blinzelte eine Träne weg und blickte weiter in den Garten hinab.

Gleich mussten die beiden Männer zurückkommen und Freyas Schicksal war besiegelt. Falls die Kleine tatsächlich Richards Kind war, würde sie ihren Aufenthalt in diesem furchtbaren Haus nicht überleben. Aber war es nicht viel wahrscheinlicher, dass ihr leiblicher Vater Heinrich Nissen hieß? Die Verbindung zwischen ihm und Freya war unübersehbar. In dem Fall könnte die Kleine weitestgehend unbeschadet das Haus verlassen. Theresa selbst würde dafür sorgen, dass Heinrich seine Tochter lebend zurückerhielt.

Während sie versuchte, sich mit den Erinnerungen an ihren ehemaligen Arbeitgeber und dessen innigen Umgang mit dem Baby Mut zu machen, sah Theresa einen roten Kleinwagen direkt gegenüber von ihrem Fenster anhalten. Eine Frau stieg aus, die sie sofort erkannte. Es war Frieda, Frieda Söncksen. Die Sylter Hebamme, die Heinrich zu Freyas Versorgung an den Wochenenden engagiert hatte, war soeben in der Nähe des Aufenthaltsorts ihres verschwundenen Schützlings erschienen. Ihren Wagen hatte sie genau dort geparkt, wo vor wenigen Stunden noch Heinrich Nissen gestanden hatte. Konnte das ein Zufall sein?

Unwillkürlich duckte sich Theresa, obwohl sie wusste, dass auch am Tag ihr Gesicht hinter der Fensterscheibe kaum zu erkennen sein konnte. Als sie sich wieder aufrichtete, war die Hebamme aus ihrem Blickfeld verschwunden. Lediglich ihr Wagen stand immer noch auf der gegenüberliegenden Straßenseite.

Was hatte es zu bedeuten, dass erst Heinrich und dann Frieda hierhergekommen waren? Waren sie ihr und Freya bereits so dicht auf den Fersen?

Die ‚Mutter‘ hatte nicht nur Verständnis dafür, dass ihre Hebamme sich verspätete, sie verkündete auch fröhlich, keinerlei Probleme mit ihrer Schwangerschaft zu haben. Nach einer Stunde und zwei Tassen Kaffee verabschiedete sich Frieda Söncksen mit gutem Gewissen und eilte zurück zu ihrem Wagen.

Sie würde es schaffen, pünktlich zu sein. Wenn jetzt nicht noch etwas Unvorhergesehenes passierte, musste sie Brunner nicht eine Sekunde warten lassen.

Fröhlich vor sich hin summend, schritt sie zügig auf ihren Wagen zu. Um ihn herum herrschte nahezu Dunkelheit. Nur die Straßenlaterne, die auch den Fußweg zwischen Heideweg und Hobokenweg beleuchtete, warf einen Lichtschein auf ihr Auto. Erst wenige Schritte vor ihrem Ziel erkannte sie den weißen Karton, der auf dem Autodach stand; ein großer, weißer Karton mit einer bunten Beschriftung auf der Seite, wie ihn Brunner beschrieben hatte.

Im ersten Moment wollte sie den Kriminalhauptkommissar anrufen, dann setzte sich ihr Instinkt durch, Leben zu retten. Sie ließ ihre Handtasche fallen, lief die letzten zwei Meter zum Wagen und umklammerte die Kiste, als könne sie sich sonst wieder in Luft auflösen. Drei Sekunden dauerte es, bis sie den Mut aufbrachte, den Pappkarton etwas zu sich zu kippen und den Deckel vorsichtig anzuheben. Sogar in der Dunkelheit schien die weiße Decke, die sich darunter zeigte, zu leuchten.

‚Eine weiße Decke hat Brunner auch bei den anderen beiden Säuglingen erwähnt‘, dachte Frieda. ‚Lieber Gott, bitte lass darin ein lebendes Baby liegen.‘

Ganz langsam ließ sie erst den Deckel vor sich auf die Straße rutschen, dann stellte sie den Karton darauf ab. Als nächstes schloss sie ihr Auto auf und öffnete die Tür. Im Licht der Innen-raumbeleuchtung nahm sie vorsichtig das weiße Bündel aus dem Karton und bettete es auf den Fahrersitz. Kein Schrei war zu hören, kein Laut, der ihr gezeigt hätte, dass in dem weißen Stoff ein lebendes, atmendes, gesundes Baby verborgen war. Ganz sanft zog sie die Enden der Decke auseinander und eine weiße Mütze wurde sichtbar. Darunter hervor lugten dunkle, fast schwarze Haare, wie sie Freya bereits besaß.

Frieda wagte nicht, zu atmen, während sie den Kopf des Ba-bys gänzlich freilegte.

Es war Freya. Vor ihr lag die nicht einmal fünf Wochen alte Tochter Heinrich Nissens. Und sie lebte, wie ihr das flache, aber gleichmäßige Atmen des Säuglings bewies.

Freya war zurück. Freya lebte.

Frieda konnte ihr Glück kaum fassen. Vor lauter Erleichte-rung brach sie in Tränen aus.

Morsum

Allein für die Tatsache, dass sie ihn vor Brunner angerufen hatte, würde Heinrich Nissen Frieda Söncksen immer dankbar sein. Der zeitliche Vorsprung, den sie ihm damit verschafft hatte, ermöglichte ihm, Freya in Kampen abzuholen, bevor die Polizei eintraf. Mit ihrem Vorgehen hatte Frieda verhindert, dass seine Tochter von Brunner in die Nordseeklinik gebracht wurde und dort erst einmal eine Nacht bleiben musste.

Niemand durfte das Dütji von nun an anfassen, ohne dass Heinrich unmittelbar danebenstand. Freya war wieder bei ihm; auch in Morsum konnte sie ärztlich untersucht werden. Er würde seine Tochter nie wieder aus den Händen geben.

Natürlich wusste Heinrich, dass er diesen Vorsatz für höchs-tens ein paar Stunden durchhalten konnte und wahrscheinlich auch sollte, aber im Moment war ihm danach, nicht für eine

Sekunde den Hautkontakt mit Freya abreißen zu lassen. Obwohl er Ella versprochen hatte, bei ihm sei ihr gemeinsames Kind in Sicherheit, war Freya nur wenige Tage später entführt worden. Seine wehrlose Tochter noch einmal leichtfertig in Gefahr zu bringen oder zuzulassen, dass sie sich irgendwann einmal selbst einem Risiko aussetzte, war im Moment undenkbar. Genau aus diesem Grund konnte er das Dütji erst einmal nicht wieder aus der Hand geben.

Freya war vor einer halben Stunde kurz aufgewacht und hatte etwas getrunken. Ob sie ihn dabei tatsächlich erkannt hatte, wusste Heinrich nicht, aber er bildete sich ein, sie hätte ihn angelächelt. Laut der Kinderärztin, die den Säugling noch schlafend und auf dem Küchentisch liegend untersucht hatte, ging es seiner wunderbaren Tochter gut. Noch nicht einmal Einstichstellen von einer Blutentnahme oder Sedierung hatte die Ärztin an ihr feststellen können. Offenbar war Freya zurückgegeben worden, bevor etwas anderes mit ihr passiert war, als sie mit einem leichten Sedativum in der Milch zum Schlafen zu bringen.

Mittlerweile saßen alle Anwesenden in der Küche. Auf dem Herd stand ein sanft blubbernder Topf, in dem Marlene einen ihrer für Notfälle stets verfügbaren Eintöpfe aufwärmte. Ihr Mann Tamme saß auf der linken Seite des Tisches und schwieg. Ella saß ihm gegenüber und blickte dankbar lächelnd zu ihrer schlafenden Tochter und deren Vater, der wie immer den Platz an der Stirnseite des Tisches eingenommen hatte. Offenbar war Ella der Meinung, Heinrich hätte etwas Wichtiges zu der Rückkehr ihrer Tochter beigetragen. Er wusste es besser.

Frieda flitzte unruhig durch die Küche, flüsterte ab und zu ein paar Worte mit Marlene, deckte mit ihrer Hilfe den Tisch und schien keine Ruhe zu finden.

Brunner fehlte noch in der Runde.

185

„Warum hat man ausgerechnet mir Freya aufs Auto gestellt?", flüsterte Frieda Heinrich zu, als sie wieder einmal an ihm vorbeilief. „Warum in Kampen? Warum so schnell?"

„Weil du dort warst", antwortete Heinrich laut. „Setz dich oder bleib irgendwo stehen. Aber renn nicht weiter durch die Küche, als bestünde der Fußboden aus heißen Kohlen."

„Ist es passiert, weil ich mich mit Brunner treffen wollte? Dem für die Untersuchung dieser Entführungen zuständigen Kriminalhauptkommissar?"

„Wo bleibt der Mann überhaupt?", erwiderte Heinrich, ohne ihre Frage zu beantworten. Brunner hatte seiner Meinung nach am wenigsten getan für Freyas rasche Rückkehr. Friedas Anwesenheit in Kampen war der ausschlaggebende Grund gewesen. Ihr hatte er zu danken, nicht seinem Freund, dem für die Aufklärung des Verbrechens zuständigen Polizisten.

Fragend blickte er zu Ella. „Hat dein Bruder dir am Telefon mitgeteilt, wann er hier sein wird?"

Ella blickte auf die Uhr. „Gib ihm noch ein paar Minuten, Heinrich. Bestimmt klingelt es gleich."

„Ob er mir böse ist?", kam die nächste unsinnige Frage von Frieda, die Heinrich ignorierte.

„Warum sollte er das sein?", antwortete ihr Ella stattdessen. „Du hast doch nichts falsch gemacht."

„Irgendwie habe ich den Eindruck, mich zu sehr eingemischt zu haben. Und so froh ich bin, Freya wieder hier zu sehen, so sehr beunruhigt es mich, dass die Entführer ausgerechnet mich dafür ausgesucht haben, sie zurückzugeben."

„Für genau diesen Umstand bin ich besonders dankbar", widersprach ihr Ella in sanftem Tonfall. „Die Entführer hätten Freya auch auf einem Auto abstellen können, das wochenlang nicht benutzt wird." Ihr Lächeln schloss jetzt auch Frieda ein. „Stellt euch vor, Freya hätte die Nacht im Freien verbringen müssen."

Es klingelte und Tamme verließ die Küche, um den noch fehlenden Gast hereinzulassen. Frieda folgte ihm hektisch.

Der Tag endete eindeutig besser als er begonnen hatte. Als Tamme die Eingangstür des alten Gutshauses in Morsum vor Michael Brunner öffnete, stand Sylts einzige aktive Hebamme hinter dem alten Herrn und lächelte den Neuankömmling zaghaft an.

Schnell betrat Brunner das Haus. An Tamme vorbei ging er direkt auf Frieda zu. Er zögerte kurz, dann schloss er sie fest in seine Arme. Erleichtert stellte er fest, dass sie seine Umarmung erwiderte.

„Danke", flüsterte er. „Vielen Dank, dass du immer genau dort bist, wo man dich braucht."

Nur ungern ließ er sie los.

„Wo ich dich brauche", setzte er noch etwas leiser hinzu und suchte ihren Blick.

Tamme stand neben ihnen und räusperte sich. Offensichtlich wartete er darauf, dass Brunner ihm seine Jacke reichte und sich zum Hausherrn in die Küche gesellte. „Es sitzen bereits alle rund um den gedeckten Tisch und warten auf dich."

Frieda hatte noch kein Wort gesagt. Stumm griff sie nach Brunners Hand und ging mit ihm zu den Wartenden.

Das Licht in der Küche war gedämmt. Der große Esstisch sah einladend aus mit seinem blauweißen Geschirr. Erst jetzt bemerkte Brunner, wie hungrig er war.

Heinrich saß vor Kopf der Tafel, in seinen Armen lag friedlich schlafend Freya. Ella hatte den Platz an seiner rechten Seite eingenommen und schien ihren Blick nur für eine kurze Begrüßung von den beiden abwenden zu können. Marlene stand am Herd, drehte den Eintretenden den Rücken zu und rührte in einem großen Topf. Und Frieda war immer noch dicht an Brunners Seite und hielt seine Hand.

Der Tag endete definitiv deutlich besser, als er begonnen hatte.

„Wir haben sie wieder", sagte Ella leise, während sie ihren Bruder ein zweites Mal kurz ansah. „Es geht Freya gut. Die Kinderärztin hat keine Spuren eines medizinischen Eingriffs an ihr festgestellt. Wir haben unsere Kleine unversehrt zurückbekommen."

Ohne Friedas Hand loszulassen, stellte sich Brunner neben seine Schwester, legte seine noch freie Hand auf ihre Schulter und blickte ebenfalls auf Heinrich und das schlafende Baby auf seinem Arm.

„Die Ärztin hat mich angerufen, nachdem sie bei euch war", flüsterte er. „Ich finde keine Worte dafür, wie erleichtert ich bin."

Heinrich sah zum ersten Mal hoch, seitdem Brunner sein Haus betreten hatte. „Erleichtert oder erstaunt?"

„Beides, wenn du es unbedingt ausgesprochen haben musst", erwiderte Brunner immer noch flüsternd. „Was hast du getan, um Freya nach nur einem Tag zurückzuerhalten?"

„Vielleicht sind Frieda und ich den Entführern zu nahegekommen."

„Durch deinen nächtlichen Spaziergang in Kampen?" Brunner merkte, dass er seine ungläubige Frage lauter als beabsichtigt gestellt hatte.

„Psst", kam es sofort von Ella. „Bitte streitet jetzt nicht miteinander. Wir haben Freya wohlbehalten wiederbekommen. Ist das nicht das Wichtigste heute Abend?"

Gern hätte Brunner ihr widersprochen, aber er verstand sie nur zu gut. Wäre er nicht dafür verantwortlich gewesen, zwei weitere Kinder wohlbehalten zu ihren Eltern zurückzubringen, hätte er ebenfalls ihre Position eingenommen.

„Ella hat recht", ergriff Heinrich das Wort. „Heute Abend ist mir wirklich nicht danach zumute, mich mit dir zu streiten, Brunner. Lass uns alles Weitere auf morgen verschieben. – Falls du das nicht akzeptieren kannst, dann lass dir von Marlene einen Teller Suppe einpacken und zieh dich damit in dein Büro oder wohin auch immer zurück. – Andernfalls bist du herzlich willkommen, mit uns zusammen etwas zu essen und auf Freyas Rückkehr in unsere Mitte anzustoßen."

Marlene hatte bereits begonnen, die Teller auf dem Tisch großzügig mit ihrem Eintopf zu füllen. Tamme öffnete zwei Flaschen mit offenbar selbstgebranntem Schnaps.

„Mein Beitrag zu diesem Festessen", kam es von dem alten Herrn. „Die waren eigentlich für unsere goldene Hochzeit bestimmt, aber da haben wir sie dann doch nicht geöffnet. Seitdem warten sie auf den passenden Anlass. Wenn der am heutigen Abend nicht gekommen ist, weiß ich es nicht. – Auf die kleine Freya und ein langes, gesundes Leben für uns alle!"

DONNERSTAG, 21. DEZEMBER 2023

Morsum

Wie jeden Morgen wachte Heinrich Nissen auch an diesem Tag weit vor Sonnenaufgang auf. Er hatte nur wenige Stunden geschlafen, fühlte sich aber vital und streitbar wie lange nicht mehr.

Ausnahmsweise lag an seiner linken Seite Ella. Sie schlief noch. Rechts neben dem Bett stand die altmodische Wiege aus der Küche, darin befand sich friedlich vor sich hinträumend Freya. Ihren weichen, grünen Frottee-Strampler hatte er noch vor zwei Stunden auf der Haut seiner Arme gespürt; das leergenuckelte Fläschchen, nach dem das Dütji zu der Zeit verlangt hatte, stand zusammen mit einem nicht ausgetrunkenen Glas Selbstgebranntem zwischen ihnen auf dem Nachttisch.

Heinrich setzte sich auf, streckte seinen rechten Arm aus und berührte ganz zart die Wange seiner Tochter. Warm und samtig spürte er ihre Haut an seinen Fingerspitzen. Nur mühsam konnte er sich zurückhalten, Freya hochzunehmen und an sich zu drücken. Nach dem entsetzlichen, viel zu langen Tag ihrer Abwesenheit würde er wieder lernen müssen, sie loszulassen, das wusste er, aber heute war es noch zu früh dafür. Die nächsten Stunden gehörten ihr und ihm. Heute würde einer der wenigen Tage werden, an denen ,der Rinderbaron von Sylt' sich nicht um seine Geschäfte kümmerte. An diesem Donnerstag existierte für ihn ausschließlich seine kleine Familie.

Verbunden mit einem stillen Seufzen ließ Heinrich das Baby in der Wiege liegen, stand auf und betrat sein Badezimmer. Unter der Dusche stehend, dachte er an die Gespräche des vergangenen Abends zurück. Sie hatten es tatsächlich geschafft, nicht über die polizeilichen Ermittlungen zu sprechen, auch wenn es sowohl Brunner als auch ihm selbst schwergefallen war.

Mindestens zwei entführte Babys warteten noch darauf, wieder zu ihren Eltern zurückkehren zu dürfen. Beide würden mit Sicherheit sterben, wenn die Entführer nicht rechtzeitig gefunden wurden. Einen Abend lang nicht über ihre Rettung nachzudenken, war ein Luxus, den Brunner sich kaum gönnen konnte. Nur sehr einsilbig hatte er sich an der Unterhaltung beteiligt, während Heinrich nahezu gar nicht gesprochen hatte.

Auf seinem Arm liegend und an seine Brust geschmiegt, hatte Freya gestern Abend einige Stunden in ihrer Mitte geschlafen. Nachdem sie schließlich lautstark ein Fläschchen und eine saubere Windel gefordert hatte, war sie von Ella in die altmodische Wiege gelegt worden und Heinrich war mit seinem Stuhl neben das alte Möbel gerutscht. Wieder einschlafend, hatte das Dütji einen Finger seiner Hand, die er in die Wiege gelegt hatte, so festgehalten, dass er sie nicht hatte wegnehmen wollen. Erst nach einigen Minuten hatte Freya ihn losgelassen und Heinrich hatte sich zurück an den Tisch setzen können.

Kurz vor Mitternacht hatte sich die Runde aufgelöst. Brunner war zusammen mit Frieda in ihrem Wagen davongefahren und Marlene hatte ihren kurzen Heimweg zusammen mit Tamme zu Fuß angetreten. Freya, Ella und er waren allein in seinem alten Bauernhaus zurückgeblieben. Alle drei gemeinsam hatten in seinem Schlafzimmer die Nacht verbracht.

Leises Poltern aus der Küche verriet Heinrich, dass Marlene bereits wieder im Haus und bei der Arbeit war. Bestimmt würde es auch nicht mehr lange dauern, bis Brunner vor der Tür stand oder wenigstens anrief. Mit dem Versprechen, sich am nächsten Morgen auszutauschen, hatten sie sich in der Nacht voneinander verabschiedet.

Er betrat die Küche und legte seiner alten Haushälterin zur Begrüßung einen Arm um die Schulter. „Hat Tamme dich gestern gut nach Hause gebracht?", fragte er, ohne eine Antwort zu erwarten. „Heute werde ich den ganzen Tag hier sein. Du kannst also gern wieder nach Hause gehen und dich ausruhen. Es waren zwei anstrengende Tage für uns alle."

„Setz dich und iss etwas, solange du noch deine Hände frei hast, um Messer und Gabel zu halten", antwortete Marlene und spielte darauf an, dass er seine Tochter am Vorabend nicht hatte loslassen wollen.

Heinrich gab ihr einen angedeuteten Kuss auf den Scheitel und tat, wie ihm aufgetragen worden war. Nach wenigen Minuten erklang aus dem Schlaftrakt des erweiterten Bauernhauses leises Babygeschrei.

Marlene sah Heinrich streng an. „Du bleibst sitzen und lässt Ella ein paar Minuten Zeit mit ihrem Kind. Die beiden werden bestimmt gleich hierherkommen."

„Bin ich ein schlechter Vater?", fragte Heinrich.

„Nein, das wollte ich damit ganz bestimmt nicht sagen. Aber du hast Glück, mit Ella eine sehr großzügige Mutter an deiner Seite zu haben."

Noch bevor Mutter und Tochter die Küche erreicht hatten, klingelte das Telefon in Heinrichs Büro. Er ging hinüber und nahm den Anruf an.

„Brunner, ich rufe in einer Minute zurück", informierte er den Kriminalpolizisten, nachdem dieser sich gemeldet hatte, und legte den Hörer wieder auf. Sich für längere Zeit ins Büro zurückzuziehen, ohne Freya an seiner Seite zu wissen, kam für diesen Tag nicht in Frage. Er würde sie in ihrer Wiege in sein Arbeitszimmer mitnehmen müssen.

Mit schnellem Schritt lief er in sein Schlafzimmer. Von Freya und Ella war nichts zu sehen. Sogar die Wiege fehlte. Eisiger Schrecken zog durch seine Glieder, aber schnell beruhigte er sich wieder.

‚Sie sind im Kinderzimmer', ging ihm durch den Kopf. ‚Natürlich sind sie dort. Freya wird eine neue Windel brauchen.'

„Ella", rief er. „Wo steckt ihr?"

Keine Antwort erklang. Das Kinderzimmer war leer.

Im Laufschritt erreichte er die Küche. Einträchtig beugten sich Marlene und Ella über die Wiege.

„Psst", machte Ella. „Deine Tochter braucht Ruhe."

Heinrich atmete erleichtert durch und nickte.

„Nach nur wenigen Tropfen Milch ist sie sofort wieder eingeschlafen. Hast du sie heute Nacht eine ganze Flasche trinken lassen?"

Erneut nickte Heinrich stumm.

„Dann wundert es mich nicht, dass sie keinen großen Frühstückshunger hatte."

„Dein Bruder hat gerade angerufen. Ich muss ihn zurückrufen." Heinrich zögerte. „Wenn Freya jetzt schläft, würde ich sie gern in mein Büro mitnehmen."

Ella sah ihn lächelnd an. „Schon die alten Chinesen wussten: ,Das Juwel des Himmels ist die Sonne, das Juwel des Hauses ist das Kind.'"

Heinrich sah sie irritiert an.

„Geht ihr beiden nur. Bevor dein Haus mir zu dunkel oder ärmlich vorkommt, folge ich euch."

Polizeiwache Westerland – Streifenwagen

Ungeduldig wartete Kriminalhauptkommissar Brunner auf den Rückruf seines Freundes. Die wenigen Stunden der letzten Nacht, die er im Bett gelegen hatte, waren schlaflos und grübelnd vergangen.

Hinter ihm an der Wand seines Büros hing immer noch die Collage, die er zusammen mit Eike Hansen erneuert hatte. Vor ihm auf seinem Schreibtisch lagen eine rote und fünf graue Mappen aus Pappe, für jedes entführte Kind ein schmaler Ordner mit viel zu wenig Ermittlungsergebnissen als Inhalt. Nach kurzem Zögern legte Brunner drei der grauen Pappordner zur

Seite, den ‚Fall Ole Lornsen', den ‚Fall Max Lehmann' und den ‚Fall Freya Nissen'.

Das Telefon klingelte. Brunner erwartete die Stimme seines Freundes zu hören, aber stattdessen meldete sich eine ihm unbekannte Frau. „Moin, hier ist die Rettungsleitstelle der Westerländer Feuerwehr. Wir sollten Bescheid geben, falls wir einen Audi A3 mit dem Kennzeichen HH-EW1342 finden."

„Sie haben den Wagen entdeckt?"

„So ist es, den Wagen und eine schwer verletzte Insassin. Der Notarzt ist bereits bei ihr."

„Wo?" Brunner stand von seinem Stuhl auf und angelte nach seiner Jacke am Kleiderständer. „Wo steht der Wagen?"

„Nördlich des Flughafens. Direkt gegenüber vom Parkplatz des Marine-Golf Clubs. Für die Kollegen vom ersten Einsatztrupp war es nicht zu vermeiden, nach Sonnenaufgang auf ihn aufmerksam zu werden."

„Sagen Sie denen, dass sie an dem Wagen nichts mehr anfassen sollen."

„Unsere Einsatzkräfte werden in jedem Fall die verletzte Frau bergen und an den Notarzt übergeben."

„Versuchen Sie, so wenig wie möglich an dem Wagen zu verändern, bis ich da bin. Das ist wichtig. Es können zwei Menschenleben davon abhängen."

„In Ordnung", kam es gelassen von der Mitarbeiterin der Rettungsleitstelle. „Ich gebe es so weiter. Aber das eine Menschenleben im Wagen versuchen wir zuerst zu retten."

Noch im Streifenwagen sitzend, der ihn zu dem angegebenen Segment des Zauns rund um das Flughafengelände fuhr, erreichte Kriminalhauptkommissar Brunner der Rückruf von Heinrich.

„So, jetzt habe ich Zeit, mit dir zu reden, Brunner. Das Dütji liegt wohlbehalten in seiner Wiege direkt neben meinem Schreibtisch. Solange von dort keine Unterbrechung kommt, sollten wir die Zeit nutzen und überlegen, wie wir auch noch die anderen beiden Babys lebend zurückbekommen."

„Wir?", entwich Brunner, ohne dass er es unterdrücken konnte.

„Wir!", wiederholte Heinrich betont.

Der Wagen hielt hinter einem Krankenwagen an und Brunner öffnete die Tür. „Jetzt muss ich unser Telefonat abbrechen. Sofort. Ich melde mich, sobald ich wieder im Büro bin."

Morsum

Freya auf dem Arm haltend, betrat Heinrich Nissen die Küche. Außer Marlene war niemand mehr dort.

„Geh nach Hause zu Tamme", bat Heinrich sie erneut. „Bitte ruh dich einen Tag lang aus. Deiner Lieblings-Enkelin geht es gut, wie du siehst." Er grinste. „Und mir auch, solange ich sie im Arm halten kann."

„Ich hatte wirklich Angst, es würde uns erneut versagt, deine Tochter aufwachsen zu sehen, Heinrich."

Er schwieg, während seine Ersatzmutter sich verstohlen eine Träne wegwischte.

„Geh nach Hause", forderte er sie schließlich ein weiteres Mal auf. „Ich freue mich, wenn wir uns morgen früh wiedersehen."

Sie warf einen prüfenden Blick auf Vater und Tochter, knotete dann ihre Schürze auf. „Gut. Wie du meinst. Tamme wird zwar erstaunt sein, mich so schnell wiederzusehen, aber …"

Nachdem er Marlene verabschiedet hatte, ging Heinrich hinüber in die Bibliothek. Wie erwartet, saß Ella hinter dem schmalen Schreibtisch und war in ihre Unterlagen für die Universität vertieft. Heinrich setzte sich in einen der Sessel vor dem Ofen und sah ihr eine Weile zu.

„Ich brauche deine Hilfe", unterbrach er sie schließlich.

Ella blickte auf.

„Du wolltest doch einen Kontakt zur Personalabteilung des Universitätsklinikums herstellen."

„Ja, das wollte ich versuchen", kam es zögerlich von Ella.

„An die Unschuld von Theresa Blum kann ich nicht glauben. – Bitte finde für mich heraus, ob sie innerhalb der letzten zwölf Monate außerhalb der Gynäkologischen Abteilung im Klinikum angestellt war. Vielleicht hat sie dort auch nur ein Praktikum gemacht. Falls Theresa irgendwo im Klinikum tätig war, brauche ich den genauen Zeitraum und die Abteilung, in der sie ihr Unwesen getrieben hat."

„Hat Brunner nicht …?"

„Dein Bruder hat lediglich nach den Personallisten der gynäkologischen Abteilung gefragt. Dort war Theresa Blum nicht beschäftigt."

„Dann sprich mit ihm wegen der anderen Abteilungen. – Wir haben unsere Tochter wohlbehalten zurückbekommen. – Die Kriminalpolizei ist dafür verantwortlich, die Täter zu überführen."

„Freya ist zurück. Das ist richtig. Und Klein-Ole Lornsen ebenso. Aber was ist mit den anderen Eltern, die ihre Babys noch nicht oder nur tot zurückerhalten haben? Was ist mit den Säuglingen, die vielleicht in den nächsten Tagen oder Wochen noch entführt werden? – Und willst du nicht auch wissen, warum Freya überhaupt ins Visier der Entführer geraten ist? Was dir vielleicht während deines Aufenthalts im Universitätsklinikum Hamburg angetan wurde?"

„Ob ich das wissen will, Heinrich? Willst du es wirklich erfahren? Bist du dir sicher?"

„Natürlich will ich alles wissen", antwortete Heinrich unwirsch.

„Lass es mich mit Goethe sagen: ‚Mit dem Wissen kommt der Zweifel.'"

„Zweifel? - Ella, du bist viel zu klug, als dass du dauerhaft den Kopf in den Sand stecken könntest. Ich auf jeden Fall kann das nicht. – Und wenn es dir nicht um Klarheit wegen unseres Kindes geht, geht es immer noch darum, weitere Babys davor zu beschützen, brutal und skrupellos als Blutbank genutzt zu werden."

Ella schwieg.

Heinrich ließ ihr die Zeit, über seine Worte nachzudenken.

Schließlich zog sie ein Blatt unter den Unterlagen hervor, die vor ihr auf der Tischplatte lagen. „Theresa Blum hat in der Chirurgie gearbeitet", sagte sie und reichte Heinrich das Stück Papier. „Ein ganzes Jahr lang war sie dort angestellt. Bis vor etwa sechs Monaten."

„Du hast also bereits nachgefragt." Heinrich war verärgert, dass Ella ihn nicht früher darüber informiert hatte. „Seit wann weißt du es?"

„Diese Information habe ich heute morgen in meiner Inbox gefunden."

„Wo liegen die Berührungspunkte zwischen Chirurgie und Gynäkologie?"

„Der Aufwachraum und die Intensivstation sind es auf jeden Fall. Beide Bereiche werden von allen Abteilungen nach Operationen mit Vollnarkose genutzt."

„Dein Eingriff fand unter Vollnarkose statt, nicht wahr?"

„Ja."

„Dann könntest du Theresa Blum begegnet sein, ohne dich daran zu erinnern."

„Ja."

Beide schwiegen wieder und hingen ihren eigenen Gedanken nach.

Freya war definitiv seine Tochter, beschwichtigte sich Heinrich. So wie er sich mit diesem kleinen Wesen verbunden fühlte, konnte es nicht anders sein. Er wollte es nicht zulassen, daran zu zweifeln. Und auf keinen Fall wollte er sich vorstellen, dass jemand versucht hatte, Ella während ihrer Vollnarkose und ohne ihr Wissen mit fremdem Samen schwanger werden zu lassen. Aber warum war seine Tochter entführt worden, wenn nicht aus genau diesem Grund?

„Bitte, Heinrich, lass Brunner die weiteren Ermittlungen führen", riss Ella ihn aus seinen Gedanken. „Je länger ich über die ganze Geschichte nachdenke, desto fester bin ich davon überzeugt, dass Freya nur durch deine Nachforschungen in Gefahr geraten ist."

„Glaubst du das wirklich?"

„Ja. Eine andere Erklärung habe ich nicht. – Freyas Verschwinden war eine Warnung an uns. Mit ihr haben die Entführer uns daran erinnert, dass auch wir ein Baby haben, dem etwas Schlimmes passieren kann. – Bitte Heinrich, lass deine privaten Nachforschungen ruhen."

„Ella, mach die Augen auf. Unser Kind ist entführt worden, weil du genau zu der Zeit im Krankenhaus behandelt wurdest, in der Theresa Blum dort ihr Unwesen getrieben hat. – Vielleicht hat diese Frau die Arbeit als unser Kindermädchen nur aufgenommen, damit sie Freya zur richtigen Zeit verschwinden lassen konnte."

„Aber warum hat sie dann …?"

„Warum sie uns unsere Tochter nach einem Tag völlig unversehrt wiedergegeben hat, willst du wissen?"

Ella sah ihn nur stumm an.

„Genau wegen meiner privaten Nachforschungen lebt Freya noch. Ich bin davon überzeugt, dass mindestens einer der Entführer in Panik geraten ist, nachdem erst ich und später auch noch Frieda in Kampen aufgetaucht sind."

„Aber dann hätten sie uns unsere Kleine doch zurückgegeben, damit du aufhörst, nach ihr zu suchen. – Bitte, Heinrich, überlass alles Weitere meinem Bruder."

„Ich soll tun, wozu die Unmenschen, die unser wehrloses Kind entführt haben, mich zwingen wollen? Das sind skrupellose Verbrecher. Mörder sogar. Niemals werde ich mich solchen Menschen unterwerfen." Heinrich sah die Mutter seines Kindes wütend an. „Das kannst du nicht ernsthaft von mir erwarten."

Ella hatte ihren Blick erneut auf den Schreibtisch gesenkt.

„Jetzt, da Freya wieder in Sicherheit ist, werde ich umso intensiver nach den Verbrechern suchen, die ihr etwas antun wollten. Niemand, der meine Familie …"

An diesem Punkt angekommen, wurde Heinrich vom Klingeln seines Mobiltelefons unterbrochen.

Ella erhob sich und nahm ihm das mittlerweile unruhig gewordene Baby ab.

„Das ist dein Bruder", sagte er nach einem Blick auf das Display. „Soll ich hier mit ihm telefonieren, damit du mitbekommst, ob er etwas Neues über die Entführer deiner Tochter herausgefunden hat?"

Schweigend blieb Ella neben ihm stehen, Freya sanft im Arm wiegend.

Heinrich meldete sich und aktivierte die Freisprecheinrichtung des Telefons. „Deine Schwester hört mit."

„Gut. Dann muss ich die traurigen Neuigkeiten nicht zweimal erzählen."

„Traurige Neuigkeiten?", unterbrach ihn Ella.

„Leider ja. Dein Wagen ist zwar wieder aufgetaucht, aber er wird dir bis zum Abschluss der Ermittlungen nicht zur Verfügung stehen. Falls du ihn überhaupt jemals wieder nutzen möchtest."

„Lag ein totes Baby darin?", riet Heinrich.

„Nein," widersprach ihm Brunner. „Eine halbtote Frau. – Wir haben Theresa Blum darin gefunden, schwer verletzt und nicht mehr ansprechbar. Der Notarzt hat sie mit dem Hubschrauber nach Kiel bringen lassen."

„Hatte sie einen Unfall mit dem Wagen?", fragte Ella.

Heinrich wunderte sich über die Naivität der sonst so klugen Mutter seiner Tochter.

„Frau Blum ist brutal zusammengeschlagen worden", kam umgehend die schonungslose Antwort ihres Bruders. „Einen Frontalzusammenstoß mit einer Dampflock hätte sie besser überstanden als die heftigen Schläge, denen sie ausgesetzt war."

Ella sah Heinrich erschrocken an. „Wer tut so etwas?"

„Wahrscheinlich derselbe, der auch Björn Lanting erschlagen hat", vermutete er.

„Dann ist Theresa unschuldig an Freyas Entführung. Sie war den Tätern genauso im Weg wie Björn Lanting. – Dass sie in der fraglichen Zeit in der chirurgischen Abteilung des Universitätsklinikums gearbeitet hat, ist reiner Zufall."

„Das muss es nicht heißen", widersprach ihr Heinrich. „Vielleicht ist diese Brutalität auch nur die Reaktion ihrer Komplizen darauf, dass sie uns Freya zurückgegeben hat."

„Der wahrscheinliche Zeitpunkt des Angriffs auf sie spricht für deine These, Heinrich", mischte sich Brunner wieder in das Gespräch ein. „Laut Notarzt kann sie den Schlägen erst vor ein paar Stunden ausgesetzt gewesen sein. Seit Freyas Entführung sind aber mehr als vierzig Stunden vergangen. Warum hätten die Entführer so lange damit warten sollen, sie zu beseitigen, wenn sie Freya doch schon in ihrem Besitz hatten?"

„Gibt es Spuren, die zu ihren Komplizen oder deren Aufenthaltsort auf der Insel führen?"

„Bislang nicht. Aber Ellas Wagen wird jetzt zur Spurensicherung nach Flensburg gebracht, wo er bis zur letzten Schraube auseinandergenommen wird. – Falls die Täter Spuren hinterlassen haben, finden wir sie."

„Ja, falls …" Heinrich glaubte nicht daran, dass es bei Ellas Wagen anders sein sollte als bei den Dingen, die die Verbrecher zuvor bereits der Polizei hinterlassen hatten.

„Jeder Täter macht irgendwann einen Fehler", kam es sofort von Brunner. „Es gibt kein perfektes Verbrechen. Uns ist dieser Fehler bisher nur noch nicht aufgefallen."

Ein kurzer Moment der Stille trat ein, den Brunner unterbrach, indem er auf eine Bemerkung von Ella zurückkam: „Hast du vorhin gesagt, dass Frau Blum zur passenden Zeit in der chirurgischen Abteilung des Klinikums angestellt war? Wie seid ihr an diese Information gelangt?"

„Ich habe meine Beziehungen in der Universität genutzt", gab Ella zu.

„Und wann wolltest du mir davon erzählen?", fragte ihr Bruder verärgert.

„Sie weiß es erst seit einer Stunde, Brunner", verteidigte sie Heinrich sofort, wahrscheinlich, weil er ihr den gleichen ungerechtfertigten Vorwurf gemacht hatte. „Was ist mit dem Labor des Universitätsklinikums?", wechselte er das Thema. „Habt ihr dort einen Ansatzpunkt für weitere Ermittlungen gefunden?"

„Bislang nicht, aber wir haben die Hoffnung noch nicht aufgegeben."

„Braucht ihr auch dort eine Aufstellung der Mitarbeiter der letzten zwölf Monate?"

„Nein, Ella. Vielen Dank. Die haben wir bereits vorliegen. Und sie ist sehr kurz. Offenbar schafft es der Laborleiter, sein Team statisch und auch effizient zu halten."

„Das bedeutet?", fragte Heinrich ungeduldig nach. „Kannst du mir die Liste schicken? Besitzt jemand, der darauf steht, eine Immobilie auf Sylt? In Kampen womöglich?"

„Das war das erste, das ich untersucht habe. Und die Antwort lautet ‚Nein'. – Ich schicke dir die Liste gleich per E-Mail zu, auch wenn ich das selbstverständlich nie getan habe, falls jemand danach fragt. Dafür musst du mir aber versprechen, sofort Bescheid zu geben, falls mein Team und ich etwas übersehen haben. Wenn einer der Menschen auf dieser Liste – es sind vorwiegend Frauen – uns weiterhelfen kann, will ich es wissen. Und zwar, bevor du etwas unternimmst, Heinrich."

„So soll es sein", stimmte Heinrich ihm zweideutig zu.

Eine unmissverständliche Zusicherung, vor jeder Aktion die Polizei zu informieren, konnte und wollte er nicht abgeben. Seinen Freund ohne Not zu belügen, missfiel ihm.

Morsum

Theresa Blum hatte die Nacht im Krankenhaus nicht überlebt. Die Nachricht von ihrem Tod erhielt Heinrich Nissen zwei Stunden früher als sein Freund, Kriminalhauptkommissar Brunner. Allerdings kostete sie ihn ein großzügiges Abendessen für seinen Spitzel vor Ort; der Ermittlungsleiter der Polizei erhielt die Information von seinen Festlandkollegen kostenlos.

Das Ableben von Freyas ehemaligem Kindermädchen, vor allem auch die Brutalität, mit der es herbeigeführt worden war, verdeutlichten Heinrich, dass die Gefahr für ihn und seine Familie weiterhin bestand. Sobald die Entführer mitbekamen, dass er ihnen immer noch auf den Fersen war, musste er mit einem Vergeltungsschlag rechnen. Einen Angriff auf sich selbst konnte er riskieren, aber das Leben von Freya und Ella in Gefahr zu bringen, kam nicht in Frage.

Schnell stand sein Plan fest. Sein Haus musste ein sicherer Rückzugsort werden für alle, die einen solchen benötigten. Während der Zeit, die er brauchte, um das Versteck der Entführer offenzulegen und die Verbrecher unschädlich zu machen, musste sein Zuhause eine unüberwindbare Festung sein.

Ohne sich vorher mit Ella darüber abzustimmen, rief Heinrich bei ‚safeST' an, dem Sicherheitsunternehmen, das ihm für seine Restaurants während besonders stark frequentierter Sommerwochen regelmäßig Personal zur Verfügung stellte. Zwei gut ausgebildete Sicherheitskräfte sollten ab sofort rund um die Uhr in seinem Haus in Morsum seine kleine Familie bewachen.

Das nächste Telefonat ging nach Rantum. „Frieda, ist bei dir alles in Ordnung?", fragte er direkt nach der Begrüßung.

„Ja, natürlich. Warum fragst du? Ist etwas passiert?"

„Ellas Audi ist gestern von der Feuerwehr entdeckt worden. Darin saß Theresa Blum, brutal zusammengeschlagen, nicht mehr bei Besinnung. Trotz aller Bemühungen der Ärzte ist sie heute Nacht im Krankenhaus gestorben."

„Wie entsetzlich."

„Ihre Angreifer haben den Wagen so abgestellt, dass er kurzfristig gefunden werden musste. Ich verstehe das als Warnung an mich, vielleicht an uns beide. Wir sollen die Füße still- und uns von den Entführern fernhalten."

Heinrich hörte ein bitteres, kurzes Lachen am anderen Ende der Leitung. „Da drohen sie ja genau dem Richtigen", kam es von Frieda. „Dein Ruf scheint nicht bis zu diesen Verbrechern durchgedrungen zu sein."

„Frieda, was hältst du davon, zusammen mit deiner Mutter und deiner Großmutter für ein paar Tage zu mir nach Morsum zu ziehen?"

Stille trat ein.

„Glaubst du wirklich, dass wir in Gefahr sind?"

„Ich kann es nicht ausschließen."

Wieder wurde es still in der Leitung.

„Vielen Dank für dein Angebot, Heinrich. Ich werde den beiden die Situation erklären und die Entscheidung ihnen überlassen. Aber egal, ob ich Angst habe oder nicht, ich selbst kann mich nicht verstecken, bis Brunner die Entführer festgenommen hat. Meine ,Mütter' brauchen mich. Du selbst solltest am besten wissen, wie überlebenswichtig die Unterstützung durch eine Hebamme sein kann."

„Dann lass mich für dich eine Begleitung engagieren. Du solltest im Moment nicht allein auf der Insel unterwegs sein."

„Einen Bodyguard meinst du?"

„Nenn ihn, wie du magst. – Komm mit Henni und Wiebke zu mir, damit ich dafür sorgen kann, dass euch nichts passiert."

Nach kurzem Überlegen versprach Frieda, spätestens zum Mittagessen zusammen mit den beiden älteren Damen bei ihm zu erscheinen.

Nachdem sie das Gespräch beendet hatte, bestellte Heinrich zwei weitere Sicherheitskräfte nach Morsum. Nur so konnte er gewährleisten, dass niemand außer ihm ohne Schutz seinen Hof verlassen musste.

Rantum – Kampen

Der telefonische Hilferuf erreichte sie, während Frieda Söncksen gerade das Gepäck für die zwei Übernachtungen bis Weihnachten ins Auto packte. Ohne auf die Nummer des Anrufers zu achten, nahm sie das Gespräch an.

„Eine schwierige Geburt steht bevor", informierte sie der Mann am Telefon. „Da aktuell kein Notarzt zur Verfügung steht, bittet die Besatzung eines Rettungswagens um Unterstützung von einer Hebamme. Die Sanitäter fühlen sich überfordert, weil die Schwangere bereits unter heftigen Wehen leidet, ihr Baby aber nicht richtig liegt. Einen Transport in ein Krankenhaus mit Geburtsstation wollen sie angesichts des fortgeschrittenen Geburtsprozesses nicht mehr riskieren."

Frieda ließ sich die genaue Adresse geben und versprach, sofort loszufahren. Eine Hausgeburt hatte sie seit Jahren nicht mehr begleitet; nervös packte sie alle Utensilien zusammen, die sie während der nächsten Stunden möglicherweise benötigen könnte.

„Bitte ruft euch ein Taxi und fahrt damit nach Morsum", verabschiedete sie sich von ihrer Mutter und Großmutter, während sie das Gepäck wieder aus dem Wagen wuchtete. „Wir treffen uns dann später dort. Sollte es bei mir länger dauern, melde ich mich."

In Kampen angekommen, hatte Frieda Schwierigkeiten, die angegebene Hausnummer im Hobokenweg zu finden. Erst ein Mann in signalbunter Einsatzbekleidung, der am Eingang einer Stichstraße stand und winkte, wies ihr den Weg. Diese Sackgasse war Frieda bislang nie aufgefallen, wenn sie durch Kampen gefahren war. Verwinkelt und so schmal, dass kein Krankenwagen in ihm Platz gefunden hätte, ohne allen Anwohnern die Zufahrt zu versperren, endete der geteerte Weg nach einer scharfen Linkskurve direkt vor der gesuchten Adresse.

Erleichtert atmete Frieda auf. Ein wenig hatte sie befürchtet, zu dem Haus gerufen worden zu sein, vor dem sie bei ihrem letzten Besuch in Kampen ihren roten KIA geparkt hatte.

Achtlos stellte sie den Wagen direkt vor dem geschlossenen Einfahrtstor des Grundstücks ab und griff nach ihrer großen Handtasche; ihre umfangreich zusammengepackten Utensilien blieben erst einmal im Kofferraum. Bevor sie sich keinen Eindruck von der in Not geratenen Schwangeren verschafft hatte, wusste sie nicht, was sie von ihrer Ausrüstung wirklich benötigte. Eilig stieg sie aus und lief auf die offenstehende Eingangstür zu. Im Türrahmen wartete bereits ein zweiter Rettungssanitäter und winkte sie herein.

„Gut, dass Sie so schnell kommen konnten", begrüßte er sie und ließ sie eintreten.

Hinter Frieda betrat, etwas atemlos vom Verfolgen ihres Wagens, auch der erste Sanitäter das Haus. Leise schloss er die Eingangstür hinter sich und blieb an die Tür gelehnt stehen.

„Die junge Dame befindet sich in einem der Schlafzimmer im Souterrain", setzte der Sanitäter, der im Haus gewartet hatte, seine Rede fort. „Es wird eine Erleichterung für sie sein, bei der bevorstehenden Geburt eine kundige und erfahrene Hebamme an ihrer Seite zu wissen."

Seine Stimme und seine Wortwahl veranlassten Frieda, ihn aufmerksam zu mustern. Vor ihr stand ein schlanker, glattrasierter Mann mit grauen Schläfen und einem eleganten

Seitenscheitel. Durch die schmalen Gläser einer teuer aussehenden Brille erwiderte er ruhig ihren kritischen Blick. Dieser souveräne Mann entsprach nicht ihrer bisherigen Erfahrung mit gestressten Rettungssanitätern. Überaus gepflegt, fast schon etwas zu eitel auf sie wirkend, war sein Alter von mindestens fünfzig Lebensjahren gut cachiert, aber dennoch erkennbar. Zu alt, zu teuer zurechtgemacht und zu sehr auf seine Erscheinung bedacht, fasste sie rasch ihren ersten Eindruck zusammen. Ihr Gegenüber war der ungewöhnlichste Rettungssanitäter, dem sie bislang begegnet war.

„Im Souterrain?", überspielte sie ihre Verwirrung mit einer Nachfrage.

„Ja, die junge Dame wartet unten auf Sie, Frau Söncksen", bestätigte der Grauhaarige und schritt, ihr voran, die Treppe hinab.

„Ist jemand bei ihr?" Die Vorstellung, die beiden Sanitäter hätten eine Gebärende vollständig alleingelassen, um zu zweit die herbeigerufene Hebamme in Empfang zu nehmen, kam ihr absurd vor.

„Nein, aber ganz allein ist die werdende Mutter ja bereits seit etwa neun Monaten nicht mehr", antwortete der Grauhaarige, ohne sich zu ihr umzudrehen. „Wir wären gern bei der jungen Dame geblieben, aber wir mussten sichergehen, dass Sie wohlbehalten hierherfinden."

Falls seine erste Bemerkung ein Scherz gewesen sein sollte, gelang es Frieda nicht, ihn lustig zu finden.

„Wo steht denn Ihr Rettungswagen?", stellte sie eine der Fragen, die sich ihr allmählich aufdrängten. Mit jeder Stufe, die sie hinabstieg, verstärkte sich das Gefühl, dass etwas in diesem Haus und mit den beiden Sanitätern nicht stimmte.

„Sie sind daran vorbeigefahren", erwiderte der jüngere der beiden, der dicht hinter ihr die Treppe hinunterging. „Wir haben ihn direkt vor der Abzweigung abgestellt. Als Signal für Sie, quasi. Hätten wir ihn vor dem Haus stehen gelassen, wäre für Sie und Ihr Auto, so klein es auch sein mag, kein Durchkommen gewesen."

Frieda erwiderte nichts. Ein Rettungswagen war ihr nicht aufgefallen. War es möglich, dass sie ihn übersehen hatte, weil sie sich zu sehr auf die Hausnummern entlang der Straße konzentriert hatte?

Nur mit Mühe unterdrückte sie den Impuls, die Treppe wieder hinaufzulaufen und aus dem Haus zu flüchten. Ein Sanitäter vor und einer hinter ihr gehend, stieg sie weiter die Treppe hinab.

Wieso hatte sich die Schwangere ausgerechnet ein Schlafzimmer im Souterrain ausgesucht? Schon der Eingangsbereich des Hauses hatte beeindruckende Ausmaße. Soweit sie es hatte erkennen können, ging er an einer monströsen, lodernden, das Zentrum des Erdgeschosses bildenden Feuerstelle vorbei in einen ausgedehnten Wohnbereich über. Sicher gab es auch viele großzügige Zimmer im ersten Stock des Hauses. Dass in diesem großen Gebäude kein Bett in der oberen Etage stehen sollte, schien Frieda undenkbar. Wer oder was sollte sonst dort oben untergebracht sein? Hätte sie ein solches Haus für sich allein gemietet, wäre sie sicher nicht in ein Zimmer ohne Ausblick gezogen.

Unten in einem langen, funktional und kalt beleuchteten Flur angekommen, blickte Frieda auf eine Reihe verschlossener Türen. Leises Stöhnen war zu hören. Es gab also tatsächlich eine Frau in diesem Haus, die ihre Hilfe brauchte.

„Warum sind alle Türen verschlossen?", fragte sie skeptisch und musterte die beiden Männer kritisch. „Haben Sie die werdende Mutter etwa eingeschlossen?"

Polizeiwache Westerland

Kriminalhauptkommissar Brunner war über den Besuch seines Freundes nicht überrascht, auch wenn dieser ihn nicht angekündigt hatte. Während der Jahre ihrer Bekanntschaft hatte ‚der Rinderbaron' nur sehr selten die Polizeiwache aufgesucht, meistens waren sie in einem seiner Restaurants oder bei ihm zuhause zusammengekommen, wenn sie etwas zu besprechen hatten. Aber seitdem Ella bei Heinrich eingezogen war und er nicht mehr allein über sein Heim bestimmen konnte, schienen für ihn Treffen außerhalb seines Reichs deutlich attraktiver geworden zu sein. Ob er sich auf diesem Weg ab und zu für Ella unsichtbar machen wollte? Verdient hatte er es, dass sie ihm auf die Nerven ging; Brunner kannte diesen Zustand nur zu gut. Heinrich hätte kein Verhältnis mit Ella eingehen müssen. Dann wären sie nie gemeinsam Eltern geworden. Und selbstverständlich hätte Heinrich Ella auch nicht bis zum nächsten Semester als Dauergast in Morsum aufnehmen müssen.

Eike Hansen, mit dem er gerade noch gemeinsam zu Mittag gegessen hatte, befand sich im Büro seines Chefs, als Freyas Vater – ohne Begleitung durch einen Bereitschaftspolizisten – durch die offene Tür stürmte.

„Es kann doch nicht sein, dass wir immer wieder in eine Sackgasse geraten", schimpfte Heinrich anstelle einer Begrüßung. „Ich habe mir jeden Namen auf der Personalliste des Labors angesehen, keiner hilft uns weiter."

Brunner wäre am liebsten in seinem Schreibtischstuhl versunken. Lauter und deutlicher hätte sein Freund nicht verkünden können, dass Brunner ihn in die polizeilichen Ermittlungen einband und auch vor der Weitergabe vertraulicher Informationen nicht zurückschreckte.

„Moin", machte sich Eike Hanssen bemerkbar und versuchte den Raum zu verlassen.

„Bleiben Sie", forderte ihn Heinrich schroff auf. „Sie sind doch Brunners Stellvertreter. Vor Ihnen wird er wohl keine Geheimnisse haben. – Wir müssen endlich auf eine Spur kommen, die vielversprechender ist als das aktive und ehemalige Personal des Universitätsklinikums Hamburg und seines Labors. Diese Listen auf jeden Fall sind eine Sackgasse."

Kampen

Die werdende Mutter, die ihre Hilfe benötigte, war nach Frieda Söncksens Einschätzung kaum älter als achtzehn Jahre. Eine Erstgebärende war sie in jedem Fall. Und zurecht verängstigt, wie Frieda beim vorsichtigen Betasten ihres Bauches feststellte.

Die Wehen kamen in immer kürzeren Abständen und die Lage des Kindes war tatsächlich alles andere als optimal. Sein Gesäß schien am weitesten ins Becken der Mutter hineinzuragen; der Säugling hatte sich während der letzten Wochen der Schwangerschaft offenbar nicht gedreht. Eine Geburt mit dieser klassischen Steißlage war nicht nur unangenehm für die Gebärende, sondern auch überaus gefährlich für das Kind. Frieda wunderte sich, weshalb der Frauenarzt nicht bereits vor Wochen die Drehung durch eine äußere Wendung nachgeholt hatte. Jetzt war in jedem Fall ein Kaiserschnitt angeraten.

Dass sie als Hebamme eine solche Operation nicht durchführen konnte, schien die beiden Sanitäter nicht zu interessieren. Und dass das karg eingerichtete Schlafzimmer im Souterrain ihr noch nicht einmal für eine natürliche Geburt als ein geeigneter Raum erschien, nahmen sie ebenfalls nur mit einem Schulterzucken zur Kenntnis. Mit verschränkten Armen stand der Jüngere vor der Zimmertür und versperrte Frieda den Weg nach draußen. Nicht einmal zu ihrer großen Handtasche, die sie vor dem Zimmer hatte stehen lassen, wollte er sie gehen lassen.

„Sie werden mit dieser Situation zurechtkommen müssen", wiederholte der Ältere ein ums andere Mal. „Sie werden das Kind retten, Frau Söncksen. Dafür haben wir Sie hergebeten."

„Unter diesen Bedingungen kann ich das nicht garantieren", widersprach Frieda ihm, mittlerweile verärgert über die Ignoranz der beiden Männer.

„Das sollten Sie aber", kam es sofort von dem Grauhaarigen zurück. „Ihr eigenes Leben hängt davon ab, dass dieses kleine Wesen unbeschadet zur Welt kommt. Und nicht nur Ihres."

Irritiert sah Frieda ihn an und erntete einen abschätzigen Blick.

„Die Entstehung dieses Fötus war ein Wunder; ihn als lebensfähigen Säugling auf die Welt zu bringen, ist ein natürlicher Prozess", sagte er kalt lächelnd. „Wir erwarten von Ihnen nicht mehr, als diese natürliche Geburt zu begleiten. – Ist unsere Meinung von Ihren Fähigkeiten etwa zu hoch?"

Immer noch hatte die Schwangere außer lautem Stöhnen kein verständliches Wort von sich gegeben. Verängstigt klammerte sie sich an Frieda und flehte sie mit aufgerissenen Augen an, sie nicht wieder allein zu lassen.

„Wir brauchen dringend einen Arzt. Und das Krankenhaus muss darüber informiert werden, dass wir in Kürze ein Baby für die Intensivstation einliefern."

„Sie werden Hebamme und Krankenschwester zugleich sein müssen. Genau dafür haben wir Sie hergebeten. Arzt bin ich selbst, auch wenn ich bislang nie praktiziert habe."

Der Ältere wandte sich an sein jüngeres Pendant. „Bring alles aus dem Wagen von Frau Söncksen hierher, das so aussieht, als könnten wir es für die bevorstehende Geburt benötigen. Danach schau, dass du den Schrotthaufen aus der Nähe unseres Hauses entfernst."

„Wirklich alles? Das müssen wir später auch wieder loswerden."

Bei seinen Worten fröstelte es Frieda, aber für Angst hatte sie jetzt keine Zeit. In dieser Situation hieß es ruhig zu bleiben und Prioritäten zu setzen, beides hatte sie während ihrer Ausbildung gelernt.

Es konnte nicht mehr lange dauern, bis sie versuchen musste, das Baby so durch den Gebärmutterhals zu bugsieren, wie es eben lag. Es würde an ihrem Geschick liegen, ob das Neugeborene dabei Schaden nahm oder nicht. Gerade bei Erstgebärenden war die Gefahr groß, dass die schmalen Hüften und das Gesäß des Babys den Durchgang für den deutlich größeren Kopf nicht ausreichend dehnten. Steckte der Kopf des Kindes fest, konnte im Geburtskanal Druck auf die Nabelschnur ausgeübt werden. Dann bestand die Gefahr, dass das Neugeborene nicht mit ausreichend Sauerstoff versorgt wurde.

Beruhigend redete sie auf die Schwangere ein. Außer ängstlichem Murmeln in einer ihr unbekannten Sprache erhielt sie keine Antwort.

„I am Frieda", versuchte sie es in Englisch. „I am here to help you with the birth of your child."

"Frieda?", kam es fragend zurück.

„Yes, my name is Frieda."

"Iveta", stöhnte die fremde Schwangere. „I am Iveta." Dann schrie sie erneut vor Schmerzen auf und griff noch fester nach der Hand der Fremden an ihrer Seite.

Während die Wehe andauerte, überlegte Frieda, wie sie am besten vorgehen sollte. Viel Hilfestellung konnte sie von einem Mediziner, der nie praktiziert hatte, wohl nicht erwarten. Sie selbst würde also Baby und Mutter unbeschadet durch diese Geburt führen müssen.

„Retten Sie das Kind, dann werden wir danach für alles Notwendige sorgen", unterbrach der jüngere Mann ihre Gedanken.

Nach diesen Worten verließ er den Raum, um kurze Zeit später mit dem Schlüssel des KIA in der Hand zurückzukehren.

Mittlerweile war Frieda davon überzeugt, dass keiner der Männer ein ernsthaftes Interesse an der Gesundheit der Mutter hatte. Lediglich das Baby spielte für sie eine Rolle. Sie entschied, den Grauhaarigen an ihrer Seite zu dulden, aber nur im Notfall um Unterstützung zu bitten. Den Jüngeren wollte sie auf keinen Fall bei der Geburt dabeihaben.

Sie zählte eine lange Liste von Utensilien auf, die in ihrem Wagen auf ihre Verwendung warteten. „Diese Sachen brauche ich in jedem Fall. – Und wehe, Sie tun meinem kleinen KIA etwas an."

Morsum

Frieda Söncksens Großmutter und Mutter hatten bereits vor Stunden ihre Gästezimmer in Heinrichs Haus in Morsum bezogen. Die gemeinsame Wartezeit bis zu Friedas Ankunft verbrachten sie damit, die Weihnachtsdekoration, die Tamme aus Heinrichs Keller heraufgetragen hatte, im Haus zu verteilen. Einen Großteil ihrer Bekannten teilten sie mit Tamme und Marlene Abelung und so gab es während des Dekorierens reichlich amüsante Geschichten auszutauschen.

Ella Wessel lauschte begeistert ihren Erzählungen. Besonders die, in denen sie über Ereignisse während der Kindheit und Jugend des nicht anwesenden Hausherrn berichteten, faszinierten sie. Nebenbei versorgte sie Heinrichs Gäste mit Ess- und Trinkbarem und machte sich ab und an ein paar Notizen.

Weder Henni noch Wiebke waren je verheiratet gewesen. Dennoch hatten beide eine Tochter auf die Welt gebracht und ihre Begabung und ihr Wissen an sie weitergegeben. Das Amt der Hebamme von Sylt war seit Generationen an den Nachnamen Söncksen gebunden; ob diese Tradition mit Frieda ausstarb, würde die Natur in Kürze festlegen.

„Dein Bruder ist der erste Mann, den meine Tochter ernsthaft ins Herz geschlossen hat", kam es nachdenklich von Wiebke. „Weißt du, ob es ihm mit Frieda ähnlich geht?"

Ella lächelte nur und schwieg. Welches Recht hatte sie, mit nahezu Fremden über Brunners Liebesangelegenheiten zu spekulieren? Wenn ihr Bruder wollte, dass sie sich einmischte, dann würde er es ihr mitteilen.

„Für eine Tochter wäre es bei Frieda noch nicht zu spät", kam es um einiges indiskreter von Henni. „Sie haben Heinrich für Freya ja auch nicht geheiratet."

Ella lachte laut auf. „Bei mir wäre es auch Bigamie gewesen. Und jetzt, da ich von meinem ersten Ehemann geschieden bin, sehe ich keine Veranlassung, mich ein weiteres Mal an einen Mann zu binden, nur weil wir ein gemeinsames Kind haben."

„Wenn nur alle Frauen dieser Welt in der Lage wären, eine solche Entscheidung zu treffen", kam es zustimmend von Henni.

‚Frieda stammt also aus einer Familie von Feministinnen', dachte Ella. ‚Ob ich meinen Bruder vor ihr warnen sollte?'

Laut fragte sie: „Haben Sie sich nie gewünscht, mit dem Vater von Wiebke verheiratet zu sein und sich die Verantwortung für ihr gemeinsames Kind mit ihm zu teilen? In der Zeit, in der Sie Mutter geworden sind, war das für eine ledige Frau ja nicht gerade einfach."

„Nein", kam es ohne Zögern von Henni. „In dem Jahr, in dem ich der Meinung war, es sei der richtige Moment für ein eigenes Kind, habe ich dafür gesorgt, schwanger zu werden. Mich an einen der Männer zu binden, die ich als mögliche Väter für meine Tochter ausgesucht hatte, war nie mein Plan."

Wiebke Söncksen sah ihre Mutter zärtlich an. „Mir hat ein Vater nie gefehlt."

„Apropos Vater", kam es von Tamme, dem die Überzahl der Frauen im Raum offenbar langsam unangenehm wurde. Die vier Sicherheitskräfte, die auf Heinrichs Bitte hin das Haus und seine Bewohner bewachten, hielten sich stets im Hintergrund auf. „Wann erwarten wir Heinrich zurück? Soll Marlene allmählich das Abendessen vorbereiten?"

Ella sah auf ihre Uhr; es war tatsächlich früher Abend geworden, ohne dass sie gemerkt hatte, wie schnell die Zeit verrann. „Heinrich erwarte ich nicht vor 20:30 Uhr oder 21:00 Uhr. Auf ihn müssen wir nicht warten. – Aber was ist mit Frieda? Wollte sie uns nicht Bescheid geben, falls sie länger als erwartet bei ihrem Notfall bleiben muss?"

Wiebke nickte und zauberte ein Handy aus ihrer umfangreichen Kleidung hervor. „Offenbar hat unsere Kleine die Uhr ein wenig aus den Augen verloren. Ich rufe bei ihr an und frage, ob sie Unterstützung bei ihrer Gebärenden benötigt."

Alle Augen waren auf Friedas Mutter gerichtet, während sie das Handy an ihr Ohr hielt und lauschte.

Nach etwa einer Minute gab sie auf und beendete den Anruf. „Frieda meldet sich nicht. Nur ihre Mailbox nimmt das Gespräch an, aber da spreche ich nichts drauf. Frieda sieht ja, dass ich angerufen habe."

„Kennt ihr die Adresse, zu der sie gerufen wurde?" Ella bemerkte selbst, dass ihre Stimme ängstlicher klang als gewünscht.

„Leider nicht", kam es, jetzt ebenfalls besorgt klingend, von Wiebke. „Sie hat nur vom Hobokenweg in Kampen gesprochen, als sie gefahren ist."

Dieser Straßenname brachte Ella dazu, sich nun wirklich ernsthafte Sorgen zu machen. Heinrichs Tipp für den Ort eines privaten Labors war der Hobokenweg in Kampen gewesen. Und genau in dieser Straße hatte man Frieda den Karton mit Freya auf ihr Auto gestellt. Im Hobokenweg wohnten also möglicherweise die Entführer. Warum war Frieda trotzdem allein dorthin gefahren?

„Wer hat sie wegen des Notfalls angerufen?", fragte sie Henni und Wiebke. „Hat Frieda einen Namen genannt?"

Beide Frauen schüttelten den Kopf. „Sie war so aufgeregt wegen der Möglichkeit, eine Hausgeburt durchführen zu müssen, dass wir sie nicht dabei stören wollten, alles Notwendige zusammenzupacken."

„Wir wissen also weder den Namen der werdenden Mutter noch kennen wir ihre genaue Adresse?"

Erneut nickten Friedas Verwandte.

„Allerdings wissen wir, dass der Notruf von einem Rettungswagen kam", fiel Wiebke ein. „Die Einsatzzentrale unter ‚112' sollte davon wissen und uns die Adresse nennen können."

„Das stimmt." Ella bat um Wiebkes Handy und wählte ‚112'. Als sich jemand meldete, erklärte sie, im Namen der Mutter der Hebamme anzurufen, die sich Sorgen um ihre Tochter machte. Diese sei vor Stunden zu einem Notfall im Hobokenweg in Kampen gerufen worden und melde sich nun nicht mehr auf ihrem Handy.

„Zu Notfällen anderer Leute kann ich Ihnen keine Auskunft erteilen", bekam sie als Antwort. „Für derartige Informationen müssen Sie sich an unsere Zentrale wenden."

„Aber ..." Ella kam nicht dazu, ihren Protest in Worte zu kleiden.

„Bitte machen Sie die Leitung frei für dringende Anrufe", wurde sie ruhig, aber unmissverständlich gebeten. „Oder liegt bei Ihnen ein Notfall vor?"

Ella verneinte und beendete das Gespräch.

Ohne Unterstützung durch die Polizei würde sie an dieser Stelle nicht weiterkommen. Allerdings bedeutete das, ihren Bruder ebenfalls wegen Friedas langer Abwesenheit zu beunruhigen.

Polizeiwache Westerland

„Heinrich ist gerade gegangen", informierte Kriminalhauptkommissar Brunner seine Schwester, nachdem sie sich auf seinem Handy gemeldet hatte. „Falls du ihn suchst, er ist auf dem Weg zurück zu euch."

„Das ist gut, aber deshalb rufe ich nicht an."

Brunner bemerkte, dass Ella nach den richtigen Worten suchte, um den Grund ihres Anrufes zu formulieren. Sofort war er alarmiert. „Was ist passiert?"

„Ich weiß nicht, ob etwas passiert ist. Aber wir machen uns Sorgen um Frieda."

„Ist sie nicht bei euch?" Brunners innere Alarmglocken schrillten jetzt unüberhörbar. „Frieda sollte doch zusammen mit ihrer Mutter und Großmutter zu dir kommen", sagte er fast vorwurfsvoll. „In Morsum wäre sie in Sicherheit, hat mir Heinrich versprochen."

„Ich weiß." Ella gab sich keine Mühe mehr, ihre Sorge zu unterdrücken. „Aber Wiebke und Henni sind ohne sie hergekommen. – In dem Moment, in dem sie gemeinsam losfahren wollten, hat Frieda einen Notruf erhalten und ist nach Kampen geeilt."

„Ausgerechnet nach Kampen?" Brunner konnte es nicht glauben. Nein, er wollte es nicht glauben. Dafür war Frieda viel zu klug. „Sie ist ganz allein und ohne einen der von Heinrich angeheuerten Bodyguards nach Kampen gefahren?"

„Ja", kam es niedergeschlagen von Ella. „Direkt von Rantum aus. Davor war sie auch nicht hier."

„Wie lange ist Frieda schon dort?"

„Vier Stunden mindestens. – Vielleicht auch fünf."

„Und du meldest dich erst jetzt?"

Schnell erzählte ihm Ella alles, was Wiebke und Henni über den Notfalleinsatz ihrer Tochter und Enkelin wussten. Sie schloss mit der Aufforderung, er solle mit der Einsatzzentrale des Rettungsdienstes sprechen.

„Ich rufe gleich zurück." Brunner legte auf und griff nach seinem Diensttelefon.

Morsum

Der Rückruf von ihrem Bruder kam, noch während Ella Wessel die Namen auf der Eigentümerliste überflog, die auf Heinrichs Schreibtisch lag. Zu einem großen Teil gehörten die Immobilien entlang des Hobokenwegs Privatleuten. Nur wenige Eigentümer waren Unternehmen mit kryptischen Abkürzungen oder ihr unbekannten Namen. Die ‚Stephen King GbR' fiel ihr besonders ins Auge. Dass der amerikanische Schriftsteller Grund und Boden auf Sylt besaß, war ihr bislang nicht bekannt gewesen.

Brunner meldete sich und kam sofort zur Sache: „Es gab heute keinen Einsatz eines Rettungswagens, für den eine Hebamme angefordert wurde. Der Anruf bei Frieda war also eine Falle. – Frieda muss sich in den Händen der Entführer befinden und ich habe überhaupt keine Idee, wo das ist." Seine Stimme überschlug sich fast. „Frieda ist in Gefahr und ich allein trage die Schuld daran."

„Du bist bestimmt nicht derjenige, der dafür verantwortlich ist, falls die Entführer sie zu sich gelockt haben", widersprach ihm Ella.

Brunner schwieg.

„Ihr wird kurzfristig nichts passieren. Denk nach, Bruder. Falls Frieda sich tatsächlich im Haus der Entführer befindet, dann bestimmt nur, weil die ihr Können benötigen. Sie werden ihr nichts tun, solange sie auf ihre Mithilfe angewiesen sind. Also haben wir ausreichend Zeit, sie zu finden. Du musst jetzt nur ruhig bleiben. Wir werden Frieda wohlbehalten nach

218

Hause zurückbringen. Ihr wird nichts passieren, das verspreche ich dir."

„Aber wie soll ich sie finden, wenn ich nicht die geringste Spur habe", kam es verzweifelt zurück. „Ich kann doch nicht jede Tür in Kampen eintreten, um festzustellen, ob Frieda dahinter gefangen gehalten wird."

„Denk nach, Bruder, denk nach! Du selbst hast gesagt, dass jeder Verbrecher irgendwann einen Fehler begeht. Und genau diesen Fehler müssen wir aufdecken."

Ihr Bruder beendete ohne jedes weitere Wort das Gespräch.

Gedankenverloren sah Ella auf die Liste vor sich. Eine verschüttete Information in ihrem Gedächtnis schrie danach, ans Tageslicht gezerrt zu werden, aber sie bekam sie nicht zu fassen.

Unzufrieden stand Ella auf und ging zu den im Wohnzimmer Wartenden zurück. Auch schlechte Nachrichten mussten überbracht werden.

Kampen

Schweigend stellte der Jüngling die vollständige Ausrüstung aus Frieda Söncksens Wagen im kleinen Schlafzimmer im Souterrain ab. Danach wechselte er noch ein paar geflüsterte Worte mit dem Grauhaarigen und verschwand.

Leise schloss der nicht praktizierende Arzt die Tür hinter ihm. Einige Sekunden sah er stumm auf Frieda herab, die neben dem Bett kniete und immer noch die Hand der Schwangeren hielt.

„Falls Sie heißes Wasser benötigen", sagte er schließlich und wies auf die zweite Tür des Raums. „Dort finden Sie ein Badezimmer."

Dass er sich nicht anbot, selbst ins Bad zu gehen, bestätigte Friedas Sorge, dass Iveta und sie trotz seiner Anwesenheit auf sich allein gestellt waren. Ob das Baby und seine Mutter die schwierige Geburt überlebten, hing einzig und allein von ihr ab. Er war offensichtlich nur zum Beobachten im Raum geblieben. Oder, um sie zu bewachen.

Jegliche Überlegung, was nach der Geburt mit ihr oder der werdenden Mutter passieren könnte, verbot Frieda sich.

`Konzentration', ermahnte sie sich innerlich. ‚Für die nächsten Stunden gibt es nichts außer Iveta und ihrem Kind.'

Mit lautem Stöhnen schien ihr die Gebärende zuzustimmen.

Nur wenige Minuten hatte Heinrich Nissen in Morsum verbracht und sich vergewissert, dass es allen Gästen auf seinem Anwesen gutging. Dann war er zusammen mit Friedas Mutter wieder in seinen SUV gestiegen und durch die dunkle Nacht nach Kampen gerast.

Langsam fuhren sie nun an allen Grundstücken des Hobokenwegs entlang und sparten auch die beiden Stichstraßen nicht aus. Nirgendwo war Friedas knallroter KIA zu sehen. Schließlich hielten sie am nördlichen Ende der asphaltierten Straße an und stiegen aus dem Wagen.

Schweigend lehnte Heinrich sich an seine M-Klasse und blickte wütend in Richtung Wattweg. Die feuchte Kälte, die, vom Wattenmeer kommend, über Kampen zog, beruhigte ihn nur wenig. Wiebke Söncksen stand dicht neben ihm und schien darauf zu warten, dass er die Initiative ergriff.

Er hatte keine Zeit gehabt, sich zu überlegen, was eine sinnvolle Aktion war, falls Friedas Wagen ihnen keinen Hinweis auf ihren Aufenthaltsort gab. Sofort nachdem Brunner ihm von Friedas Verschwinden erzählt hatte, war ihm klar geworden, dass er sich nicht zusammen mit seinen Liebsten tatenlos in Morsum verschanzen konnte. Frieda allein in den Händen der Kidnapper zu lassen, kam nicht in Frage. Sie hatte ihm seine Tochter zurückgebracht. Damit lag es in seiner Verantwortung, sie ebenfalls wieder in Sicherheit zu bringen. Einen Plan dafür besaß er allerdings noch nicht.

„Soweit ich weiß, haben die Häuser an dieser Straße weitläufige Tiefgaragen", unterbrach Wiebke seine Überlegungen. „Nur weil wir Friedas Wagen nicht sehen können, heißt das nicht, dass er sich nicht in unserer Nähe befindet."

„Das Gleiche gilt für deine Tochter", stimmte ihr Heinrich zu. „Hast du einen Vorschlag, wie wir sie aufspüren können?"

„Es wird uns wohl nichts anderes übrigbleiben, als an jeder Tür zu klingeln." Wiebkes Stimme klang entschlossen.

Heinrich musterte sie kurz, dann schlug er vor: „Wir beginnen in der Stichstraße, in der Friedas Wagen geparkt war, als Freya in einem Karton darauf abgestellt wurde."

„Einverstanden. Und was tun wir, falls uns niemand öffnet?"

„Viel wichtiger ist doch die Frage, was wir tun, falls uns jemand öffnet."

Nach kurzem Überlegen fuhr sich Wiebke mit beiden Händen durchs Haar und zerstörte ihre bis dahin noch makellose Kurzhaarfrisur. Dann öffnete sie ihren Mantel und knöpfte ihn falsch wieder zu. Ihren langen Schal ließ sie achtlos mit einem Ende auf den Boden fallen.

„Sag, du hättest mich auf der Straße herumirren sehen. Ich sei verwirrt und wisse nicht mehr, wie ich heiße und wo ich wohne. Nun wolltest du fragen, ob ich eventuell in dieses Haus gehörte. Wenn du mein Zuhause nicht ermitteln könntest, bliebe dir nur, mich bei der Polizei abzusetzen, was meinen Angehörigen sicher nicht recht sei."

„Gut", stimmte Heinrich erstaunt zu. „Eine sehr gute Geschichte."

Wiebke sanft am Ellenbogen fassend, machte er sich auf den Weg. Der Hausnummer, die am wehrhaften Friesenwall des gegenüberliegenden Grundstücks befestigt war, entnahm er, dass ihnen etwa einhundert Begegnungen mit Klingeln und geschlossenen Gartentoren bevorstanden. Wenn sie auch nur die Hälfte davon in Angriff nehmen mussten, bevor sie einen Hinweis auf Friedas Aufenthalt erhielten, sahen sie einer langen Nacht entgegen.

Kampen – Rantum

Auch wenn das kleine, rote Gefährt nicht den Wagen entsprach, die er bis vor Kurzem regelmäßig hatte fahren dürfen, griff Herbert Grünlich zu.

Das jämmerliche, kleine Auto stand unverschlossen auf einem öffentlichen Parkplatz, sein Zündschlüssel steckte. Rund um die abgestellte Schrottkarre war es dunkel und weit und breit war kein potenzieller Besitzer zu sehen. Worauf wartete er noch? Der Wagen rief geradezu nach ihm. Für die wenigen Kilometer bis zum südlichen Ende der Insel würde er ausreichen. Und wahrscheinlich würde sein rechtmäßiger Besitzer sogar froh sein, diese klapprige Kiste endlich als gestohlen melden zu können. Einen Gefallen tat er dem Eigentümer, da war sich Herbert sicher. Das Auto war bestimmt nur unverschlossen auf dem großen Parkplatz an der Hauptstraße in Kampen abgestellt worden, damit es endlich jemand mitnahm und nach Gebrauch in der Nordsee versenkte.

Seit drei Wochen war Herbert Rentner. Der ausgewachsene Schwips, den er sich während des feuchtfröhlichen Nachmittags im Kreis seiner ehemaligen Kollegen angetrunken hatte, bildete die Grundlage für seinen Griff nach fremdem Eigentum. Die Langeweile seit seinem Abschied von der Arbeit als Chauffeur und der Frust über seine unerwartete Einsamkeit taten ihr Übriges dazu. Und plötzlich saß er in einer fremden Schrottkarre, die weit unter seinem Niveau war, nur weil es so wirkte, als habe sie auf ihn gewartet.

Vorsichtig lenkte Herbert den Wagen vom Parkplatz. Dass er viel zu betrunken war, um noch sicher zu fahren, war ihm bewusst. Aber nun war es wirklich zu spät, um darüber nachzudenken. Alkoholisiert einen Wagen von einem Parkplatz zu entfernen, erschien ihm nicht verbotener, als überhaupt und ohne Erlaubnis des legitimen Eigentümers am Steuer eines fremden Wagens zu sitzen. Seinen Personenbeförderungsschein würde er wohl so oder so verlieren, falls er erwischt würde. Und ohne eigenes Auto brauchte er auch noch nicht einmal mehr seinen Führerschein.

Mit jedem Kilometer, den Herbert sich von der Whiskymeile Kampens entfernte, kam er sich nüchterner vor. Nach und nach fuhr er schneller, bis er im Süden Westerlands mit guten einhundertvierzig Stundenkilometern die Höchstgeschwindigkeit des asthmatisch vor sich hin pfeifenden Kleinwagens erreicht hatte. Die Verkehrsinsel vor Rantum hatte er bereits mehrere tausend Male ohne jeden Zwischenfall umfahren, aber nie mit dieser Geschwindigkeit. Dieses Mal sprang das bauliche Hindernis überraschend vor das gestohlene Auto und brachte es scheppernd dazu, seine Richtung zu wechseln. Mit lautem Quietschen vollführte der rote KIA eine abrupte Wendung um neunzig Grad, schleuderte und kippte auf die rechte Seite. Das Geräusch der noch wenige Meter über den Asphalt schlitternden Karosserie ging Herbert durch Mark und Bein. Krampfhaft hielt er sich am Lenkrad fest, auch als alle vier Räder längst den Kontakt zur Straße verloren hatten.

Als der schleudernde Blechhaufen endlich zum Stehen gekommen war, übergab sich Herbert durch den zusammengestauchten Innenraum und das zersplitterte Fenster der Beifahrertür auf den Asphalt. Mühsam stemmte er sich im oberen Bereich des Wagens fest, löste unter sich seinen Gurt und klappte die Fahrertür nach oben. Stöhnend kletterte er aus dem Wagen und ließ sich schwer auf den zerschrammten Asphalt fallen.

Ihm selbst schien weniger passiert zu sein, als dem kleinen, tapferen Gefährt, das ohne jeden Zweifel jetzt wirklich eine Schrottkarre war.

‚Weg hier', durchfuhr es ihn. ‚Mach, dass du hier wegkommst, bevor die Polizei erscheint.'

Dass sein Unfall unbemerkt geblieben war, konnte Herbert sich nicht vorstellen. Seiner Erfahrung nach gab es auf der kleinen Insel Sylt nichts, das nicht jemand beobachtete. Die Frage war nur, ob das Gesehene den unfreiwilligen Zeugen ausreichend aus seiner Ruhe riss, um deshalb etwas zu unternehmen.

Eilig richtete er sich auf. Ein paar Sekunden musste er sich an den Resten des KIA festhalten, um nicht wieder zu Boden zu sinken. Dann stolperte er los, Schritt für Schritt Richtung Süden.

Rantum

Nervös stieg Kriminalhauptkommissar Brunner aus dem Streifenwagen. Ein Zweierteam der Bereitschaftspolizei hatte ihn zur Unfallstelle in Rantum mitgenommen und die beiden Uniformierten gingen bereits auf das Einsatzteam der Feuerwehr zu, um das weitere Vorgehen abzustimmen. Die Unfallstelle musste abgesichert und der Wagen von der Straße entfernt werden. Die Trümmerteile riefen danach, dass sie jemand zusammenfegte. Aber vor allem musste möglichst schnell die unglückliche Unfallfahrerin gefunden und versorgt werden.

Brunner zögerte, sich dem zerstörten Wagen zu nähern. Starke Scheinwerfer auf dem Dach des Feuerwehrwagens beleuchteten den kleinen, roten KIA, in dem er selbst einige Male zusammen mit Frieda gesessen hatte. Auf der Beifahrerseite liegend, machte das Autowrack den Eindruck, als sei es ein Spielzeuggefährt, das in voller Fahrt von einem Karussell gerutscht war. Dass dieser rote Haufen Blech jemals aus eigenem Antrieb in der Lage gewesen war, zwei gutgebaute, erwachsene Menschen wohlbehalten über die Insel zu kutschieren, schien unmöglich zu sein. Aber Brunner wusste es besser. Der Wagen hatte vielleicht nur die Ausmaße eines Karussellgefährts und ein wenig hätte man sich beim Einsteigen auch für ihn schämen können, aber es war Friedas Wagen. Und wegen der Enge des Innenraums war Brunner als Beifahrer der wunderbaren Fahrerin bei jeder Fahrt deutlich nähergekommen, als er es sonst gewagt hatte. Mit seiner linken Schulter und seinem linken Oberarm hatte er in Kurven regelmäßig ihre rechte Schulter und ihren rechten Oberarm berührt. Aus genau diesem Grund hatte er den Kleinwagen liebgewonnen, der nun vollständig zerstört vor ihm lag.

Der roten Lackspur auf dem Asphalt folgend, ging Brunner vorsichtig auf das Autowrack zu. Er wusste bereits, dass Frieda sich weder im Wagen noch in seiner unmittelbaren Nähe befunden hatte, als die Einsatzfahrzeuge der Feuerwehr dort ankamen. Aber dennoch fürchtete er, durch den Anblick der Zerstörung Gewissheit über eine schwere Verletzung der ihm so sympathischen Frau zu erhalten.

Vor ihm lag definitiv Frieda Söncksens altersschwacher KIA. Und niemand außer ihr wäre auf die Idee gekommen, einen derartig lächerlichen Wagen über die Insel Sylt zu steuern. Wo also war sie? Sie musste sich noch irgendwo in der Nähe der Unfallstelle aufhalten.

Erst hatte er um ihre Freiheit und Sicherheit gefürchtet, weil sie ausgerechnet nach Kampen zu einer angeblichen Geburt gerufen worden war. Nun fürchtete er um Friedas Gesundheit oder sogar um ihr Leben. Wo konnte sie sein, wenn nicht verletzt oder sogar sterbend in einem der Gräben rechts oder links der Straße? Brunner wusste nicht, welche Sorge die schlimmere war. Sein Verstand bemühte sich Lösungen zu finden, aber immer wieder stand ihm die Angst um die Frau im Weg, die es in den letzten Jahren als Einzige geschafft hatte, hinter seinen mühsam errichteten, stacheligen Schutzwall zu gelangen.

So gut sie sich während der Gespräche der letzten Wochen auch verstanden hatten, zu sich nach Hause hatte Frieda ihn bislang nie eingeladen. Ohne Mühe erinnerte sich der Polizist in Brunner an ihre Anschrift, Merret-Lassen-Wai 13 in Rantum, ein kleines, altes Haus direkt hinter dem Deich, wie Frieda ihm erzählt hatte. Wo genau die Adresse lag, wusste er nicht, aber weit entfernt von der Unfallstelle konnte sie nicht sein.

Rasch verschaffte er sich einen Eindruck von dem Zustand des Wagens, vor allem seines Innenraums. Blut konnte er nirgends entdecken, dafür aber Reste von Erbrochenem, die neben dem üblichen säuerlichen Geruch auch deutliche Spuren von Alkohol in seine Nase trieben. War Frieda alkoholisiert gefahren? War das der Grund, weshalb sie ihren Wagen nicht mehr in der Gewalt gehabt hatte?

Frieda hatte auch während ihrer Verabredung im Kaamp-Hüs etwas Alkohol getrunken. Und trotzdem war sie danach mit dem eigenen Wagen gefahren. Hatte sie möglicherweise mit den frisch gebackenen Eltern auf den Nachwuchs angestoßen und war direkt danach nach Rantum gefahren? Aber sie wusste doch, dass dort niemand auf sie wartete. Ihre Mutter und Großmutter befanden sich bei Heinrich in Morsum. War es möglich, dass Frieda diese Tatsache durch die aufregende Geburt und den anschließend genossenen Alkohol vergessen hatte?

Brunner griff nach seinem Handy und wählte Friedas Mobilfunknummer. Noch nicht einmal mehr ihre Mailbox meldete sich; möglicherweise hatte er ihre Speicherkapazität mit seinen besorgten Nachrichten mehr als gefüllt. Irritiert beendete er das Gespräch und ging auf die Einsatzkräfte zu, die mit der Sicherung des Unfallorts gerade fertiggeworden waren.

„Können Sie bitte veranlassen, dass der Wagen auf dem Hof der Westerländer Polizeistation abgestellt wird", bat er den

Feuerwehrmann, der ihm am nächsten stand. „Und packen Sie ihn schnee- und regendicht ein. Ich möchte sichergehen, dass keine Spuren zerstört werden."

Ein fragender Blick traf ihn. Dann nickte der Angesprochene stumm.

„Wie viele Männer sind gerade vor Ort?", setzte Brunner seine Überlegungen fort. „Ich brauche jemanden, der mich zur Adresse der Eigentümerin des Wagens begleitet."

„Wir sind zu viert gekommen", antwortete die Einsatzkraft nun und Brunner war erstaunt, die Stimme einer Frau zu hören. „Jetzt, da die Unfallstelle gesichert ist, werden wir nach Spuren der Insassen suchen. Wir müssen verhindern, dass sie irgendwo über Nacht unentdeckt liegen und möglicherweise an ihren Verletzungen oder an Unterkühlung sterben."

„Ja, ja, natürlich", stotterte er, „aber wahrscheinlich saß lediglich Frieda Söncksen im Wagen." Brunner überlegte, ob er sich entschuldigen musste, weil er die Feuerwehrfrau in ihrer Montur für einen Mann gehalten hatte. Er unterließ es und wendete sich stattdessen an seine uniformierten Kollegen. „Helge, bitte bleib du hier an der Unfallstelle, bis der Wagen zur Polizeiwache geschleppt wird. Rainer, wir beide vergewissern uns, ob Frau Söncksen zu Fuß zuhause angekommen ist. Danach kommen wir wieder her."

Das Haus im Merret-Lassen-Wai mit der Hausnummer 13 war ein kleines Backsteinhaus unter Reet, dem man ansah, dass seine Bewohner es bereits seit Generationen im Besitz hatten. Das Licht der gegenüberliegenden Straßenlaterne fiel auf ausgetretene Natursteinstufen, die zu einer weißgestrichenen Eingangstür aus Holz führten. Die Tür sah stabil und wehrhaft aus, auch wenn sie offensichtlich schon einige Jahrzehnte ihren Dienst tat. Hölzerne Läden verschlossen die Fenster des Hauses; auch sie zeigten Spuren langjährigen Gebrauchs. Rechts neben der Eingangstür stand ein ehemaliger Waschbottich aus

Holz, in dem dekorativ eine weihnachtlich geschmückte Mischung aus Tannen- und Fichtenzweigen steckte. Und statt einer Klingel gab es eine ausgewachsene Schiffsglocke aus Messing, die links neben der Tür an einem geschwungenen Haken hing.

Brunner rüttelte heftig an der Glocke und wurde mit lärmendem Läuten belohnt. Auch als die Glocke verstummt war, war aus dem Inneren des Hauses kein Geräusch zu vernehmen. Er wartete eine Minute und läutete erneut. Wieder erhielt er keinerlei Antwort.

„Für mich sieht es so aus, als hätten alle Bewohner das Haus verlassen", machte sich Polizeiobermeister Müller schließlich bemerkbar. „Als wären sie für ein paar Tage verreist, sogar."

Brunner konnte nicht anders, als ihm recht zu geben. „Fahren wir zurück zur Unfallstelle", befahl er und setzte sich wieder in den Streifenwagen.

Zuhause angekommen war Frieda also nicht. Aber verschwunden sein konnte sie auch nicht. Brunners Sorge verdrängte alle anderen Gedanken. Sie mussten Frieda finden, so schnell es ging, am besten innerhalb der nächsten Minuten. Nur weil auf den ersten Blick keine Blutspuren im Wagen zu erkennen waren, hieß das nicht, dass es der Fahrerin gutging. Nach einem derartig schweren Unfall konnte sie nicht unverletzt sein. Und zusätzlich war sie auch noch leicht angetrunken.

Sylts einzige Hebamme, diese wunderbare, selbstlose Frau, seine Frieda, durfte nicht verletzt durch die Nacht irren.

Sie mussten sie finden, auch wenn es bis zum nächsten Morgen dauerte.

Morsum

Erschöpft, verärgert und immer noch in Sorge um Frieda ließ Heinrich Nissen den Mercedes vor seinem Haus in Morsum ausrollen. Sie hatten Wiebkes Tochter nicht gefunden, obwohl sie den kompletten Hobokenweg abgelaufen und an allen Türen geklingelt hatten. Genauso wenig hatten sie ihren kleinen, roten Wagen entdeckt, in ganz Kampen nicht. Nun war es kurz nach Mitternacht und ihnen blieb nichts mehr zu tun, als auf eine Kontaktaufnahme durch Frieda selbst zu warten.

Wiebke hatte den langen Abend neben ihm gut durchgehalten. Aber als sie schließlich zu Heinrichs Wagen zurückgekehrt waren, war sie sofort auf dem Beifahrersitz eingeschlafen. Auch wenn Friedas Mutter sich mindestens so große Sorgen machte wie er, war der lange Marsch durch das nächtliche Kampen doch zu anstrengend für sie gewesen.

Heinrich schnallte sich und Wiebke ab, stieg aus dem Wagen, umrundete ihn und öffnete vorsichtig die Beifahrertür. Friedas Mutter wachte nicht auf, als sein Handy klingelte, und sie gab auch nur ein leises Brummeln von sich, während er sie aus dem Sitz hob. Ohne auf das fortgesetzte Klingeln seines Telefons zu achten, stapfte Heinrich zusammen mit ihr zur Haustür. Noch bevor er versuchen konnte, zu klingeln, erschien einer der Leibwächter und nahm ihm Wiebke ab. Von seiner Last befreit, kehrte Heinrich zu seinem Wagen zurück, um leise die Autotür auf der Beifahrerseite zu schließen.

Als er sich wieder dem Hauseingang zuwandte, stand Ella in der offenen Haustür. „Ihr habt sie in Kampen nicht gefunden, oder?"

„Nein", antwortete Heinrich, während sie ihn zur Begrüßung in den Arm nahm. „Weder Frieda noch ihren Wagen."

Ella ließ ihn los und schloss die Haustür von innen wieder ab. „Brunner hat gerade angerufen. Seit ein paar Stunden durchsuchen er und seine Kollegen jeden Winkel von Rantum, um Frieda zu finden."

„Die Polizei sucht in Rantum nach ihr?"

„Ja." Ella nickte. „Gegen 19:30 Uhr hat jemand die Einsatzkräfte benachrichtigt, es sei ein roter Kleinwagen an der Verkehrsinsel im Norden Rantums verunglückt. Wie sich schnell herausgestellt hat, war das Friedas KIA."

„Warum hat dein Bruder uns nicht früher Bescheid gegeben?"

„Ich glaube, Brunner ist im Moment nicht er selbst", versuchte Ella eine Entschuldigung für ihn zu finden.

„Und in dem Zustand läuft er jetzt durch das nächtliche Rantum und sucht den verunglückten Fahrer von Friedas KIA?"

„Ja", kam es erneut von Ella. „Bis Mitternacht haben vier Feuerwehrleute und zwei seiner uniformierten Kollegen mitgeholfen. Aber nun haben sie den Einsatz unterbrochen, um die Suche fortzusetzen, sobald es wieder hell ist. Dann wird auch eine Hundestaffel zur Verfügung stehen."

„Wie ich Brunner kenne, wird er nicht aufhören, zu suchen."

„So ist es, Heinrich. Und genau deshalb hat er wahrscheinlich angerufen. Ohne direkt danach zu fragen, hat er uns gebeten, ihn bei der Suche zu unterstützen."

„Es ist kalt und dunkel da draußen. Wenn die Feuerwehr nichts mehr tun kann, was sollen wir tun?"

„Ich weiß es nicht. Aber genauso wenig weiß ich, wie mein Bruder reagieren wird, falls sich später herausstellt, dass Frieda heute Nacht in der Kälte gestorben ist."

Resigniert und müde schloss Heinrich kurz seine Augen. Natürlich hatte Ella recht, sie konnten Brunner nicht alleinlassen. Aber dass jetzt auch noch die Mutter seines Kindes in Gefahr geriet, kam nicht in Frage.

„Du bleibst mit Wiebke und Henni hier im Warmen und Sicheren", befahl er unmissverständlich. „Ich fahre allein zu Brunner. Entweder schaffe ich es, ihn zur Vernunft zu bringen, oder ich bleibe bei ihm."

„Nein, das geht nicht", widersprach Ella. „Er ist mein Bruder und es handelt sich um Frieda, die vermisst wird. Sie ist fast schon so etwas wie eine Freundin für mich geworden. Ich kann nicht tatenlos herumsitzen."

„Dann muss ich hierbleiben. Unsere Tochter werden wir nicht für eine Sekunde aus den Augen lassen, solange sich diese irren Babymörder noch auf freiem Fuß befinden. Entweder bleibst du bei ihr oder ich."

„Für Freya würdest du einen guten Freund verzweifelt und allein durch die Dunkelheit irren lassen?" Ella verzog ihr Gesicht, als bemühte sie sich, nicht in Tränen auszubrechen. „Du bist der beste Vater, den ich mir für meine Tochter wünschen kann, Heinrich", sagte sie sanft und schloss ihn erneut in die Arme. „Ich bleibe hier. Aber bitte pass gut auf dich auf. Freya wird noch lange auf dich angewiesen sein."

So emotional hatte Heinrich Ella bislang nicht erlebt. Betreten schwieg er.

„Nimm die Männer des Sicherheitsdienstes mit, die hier sonst nur auf ihren Einsatz warten", schlug sie, jetzt wieder in normalem Tonfall, vor. „Ich verspreche dir, Freya und mich nicht in Gefahr zu bringen, solange ihr unterwegs seid."

Es dauerte nur eine Viertelstunde, bis Heinrich sich wieder in seinen SUV setzte und davonraste.

Alle Taschenlampen, die Ella Wessel im Haus gefunden hatte, zwei Thermoskannen mit heißem Tee und ein paar belegte Brote hatte sie in einem großen Weidenkorb neben ihn auf den Beifahrersitz gestellt. In einem separaten Wagen folgten ihm zwei der Sicherheitskräfte von ‚safeST'; die beiden weiteren Personenschützer blieben zur Bewachung seines Anwesens in Morsum – davon hatte Heinrich sich nicht abbringen lassen.

Als es im Haus wieder ruhig geworden war, betrat Ella das Kinderzimmer ihrer Tochter. Freya schien von der Unruhe nichts mitbekommen zu haben, friedlich schlafend lag sie in ihrem Bettchen. Ella nahm in dem Sessel Platz, den Heinrich im Zimmer seiner Tochter aufgestellt hatte. Noch während ihr Blick auf dem kleinen Wesen vor ihr ruhte, schlief auch sie ein.

Mit einem Ruck erwachte sie, obwohl es rund um sie dunkel und still war. Es dauerte zwei Sekunden, bis ihr klar wurde, was sie aufgeweckt hatte. Die Information, die bereits am Nachmittag während des Telefonats mit Brunner an die Oberfläche ihres Bewusstseins gelangen wollte, hatte es geschafft, sie aus dem Schlaf zu reißen. Mit einem Mal war sie klar und deutlich in ihre Erinnerung zurückgekehrt und forderte ihre volle Aufmerksamkeit.

Ella wurde es heiß und kalt zugleich. Falls sie sich nicht irrte, hatte sie im Schlaf den Faden entdeckt, dem sie durch das Labyrinth der Verbrechen folgen konnte. Möglicherweise hatte sie genau den Fehler der Täter gefunden, auf den Brunner hoffte. Wahrscheinlich war es nur eine kleine Nachlässigkeit, die aus Eitelkeit passiert war, aber genau dadurch hatte sie ihre Aufmerksamkeit erregt.

Die Eigentümer des Hauses im Hobokenweg mit der Hausnummer 122 waren mit ‚Stephen King GbR‘ angegeben. Bereits am Nachmittag war sie über diesen auffälligen Namen gestolpert, ohne länger darüber nachzudenken. Zu viel war passiert, das sie davon abgehalten hatte. Im Schlaf war ihr Gehirn zu dieser Information zurückgekehrt. Der echte Stephen King hatte ein paar seiner Bücher unter dem Pseudonym Richard Bachman veröffentlicht, Bachman mit nur einem ‚n‘ am Ende. Sie kannte einen Richard Bachmann mit zwei ‚n‘ im Nachnamen. Ihr Dr. Richard Bachmann war der Laborleiter des

Hamburger Universitätsklinikums gewesen, bevor das Laboratorium am Anfang des neuen Jahrtausends ausgegliedert und in eine eigene wirtschaftliche Einheit umgewandelt worden war. Er konnte immer noch etwas mit dem Labor zu tun haben, vielleicht der Chef dieses neuen Unternehmens sein. In der Liste der Angestellten war er dann nur nicht aufgetaucht, weil er als Gründer und Eigentümer der neuen Firmenstruktur nicht zu dem Personenkreis zählte, für den sich die Personalabteilung des Universitätsklinikums verantwortlich fühlte.

Falls sie mit ihrer Vermutung recht hatte, dann würde sie die Tür des Hauses mit der Adresse ,Hobokenweg 122' nicht eintreten müssen; Dr. Richard Bachmann würde sie ihr bereitwillig öffnen. Kennengelernt hatte sie ihn vor fast dreißig Jahren als guten Bekannten ihrer Eltern. Er war der erste Mann, in den sie sich verliebt hatte. Dass sie mit ihm auch ihre ersten sexuellen Erfahrungen machte, hatten sie nie öffentlich werden lassen.

Wenn Heinrich mit seiner Schlussfolgerung richtig lag, dass Richard mit seinem Labor verantwortlich war für die heimliche Befruchtung mehrerer Frauen mit fremdem Samen, dann war sie, Ella Wessel, vielleicht nicht zufällig ein Opfer genau dieser Machenschaften geworden.

Mit jeder Sekunde, die sie damit verbrachte, über ihre neue Hypothese nachzudenken, wuchs Ellas Sorge, mit Freya ein Kind ausgetragen zu haben, dessen leiblicher Vater nicht Heinrich Nissen war. Sie beschloss, das Versprechen, das sie ihm beim Abschied gegeben hatte, zu brechen. Auf seine Rückkehr konnte und wollte sie nicht warten, um den Wahrheitsgehalt ihrer Theorie zu überprüfen. Sie musste sowieso ohne Heinrich nach Kampen fahren. Mit einem Mann an ihrer Seite würde sie keine Gelegenheit haben, in Ruhe mit Richard zu sprechen; die Begleitung durch einen der Bodyguards kam also ebenfalls nicht in Frage.

Richard war kein skrupelloser Mörder, da war sich Ella sicher. Es musste eine andere Erklärung für die Entführung der Babys geben, falls er daran beteiligt war. Vielleicht wusste er nicht, was mit den Säuglingen passierte, bei deren Entstehung sein Labor mitgeholfen hatte. Möglicherweise war ihm noch nicht einmal bekannt, dass etwas Illegales in und mit seinem Labor durchgeführt wurde.

Ella wollte erfahren, worum es bei den Babyentführungen wirklich ging. Und sie musste sichergehen, dass Freya tatsächlich Heinrichs Tochter war. Vorher durfte sie die beiden Männer nicht aufeinandertreffen lassen. Ohne diese Gewissheit, würde sie Heinrich und Richard voreinander beschützen müssen. Für ihre Tochter. Für Heinrich. Und für ihre möglichst unbelastete, gemeinsame Zukunft.

Ihr blieb etwa eine Stunde, bis Marlene ihren Dienst üblicherweise antrat. Bei Heinrichs Haushälterin war Freya in sicheren Händen. Außerdem waren auch noch die beiden ehemaligen Hebammen Wiebke und Henni im Haus. Ihrer kleinen Tochter würde es nicht an Aufmerksamkeit und Zuneigung fehlen, solange sie unterwegs war.

Das Rauschen der Dusche im Bad des Hausherrn überzeugte Ella davon, dass sie nicht auf Marlenes Ankunft warten musste. Dass sie nicht darauf warten konnte, sogar. Heinrich war zurück. Sie musste nach Kampen fahren, bevor er sein Bad verließ, falls sie Richard wirklich allein mit ihren Fragen konfrontieren wollte. Die Gefahr, der sie sich womöglich aussetzte, verdrängte Ella, während sie über die richtige Kleidung nachdachte. Sich hektisch zurechtmachend, versuchte sie, alle guten Erinnerungen an Richard zu reaktivieren.

,Trotz unserer gemeinsamen Vergangenheit werde ich vorsichtig sein', nahm sie sich vor. ,Wenn ich dich nicht reize, wirst du mir nichts tun', sprach sie sich innerlich Mut zu.

Noch bevor die Dusche in Heinrichs Bad abgestellt wurde, verließ Ella leise das Haus.

Ihre Entscheidung war richtig. Ganz allein musste sie sich der Konfrontation stellen. Ein Rückzieher kam nicht mehr in Frage.

Kampen

Die junge Slowakin und sie hatten es geschafft, das Kind lebendig auf die Welt zu bringen. Nach der langen, schmerzhaften Geburt durfte Iveta nur kurz ihren kleinen Sohn in den Armen halten, dann hatte der Grauhaarige ihn ihr abgenommen. Zusammen mit dem Neugeborenen hatte er den Raum verlassen. Mit einem vernehmlichen Knirschen war von draußen die Zimmertür abgeschlossen worden. Iveta und Frieda Söncksen waren auf sich allein gestellt.

Der Säugling lebte. Und bis auf die Spuren der etwas ruppigen Geburt, die in ein paar Stunden verblassen würden, hatte er gesund ausgesehen. Der Kleine hatte ruhig und gleichmäßig geatmet, während er auf der Brust seiner Mutter lag. Frieda glaubte, dass er seinen wenig eleganten Eintritt in die raue Wirklichkeit schadlos überstanden hatte, zumindest hatte sie alles dafür Nötige getan. Ohne die notwendigen Untersuchungen im Krankenhaus jedoch würde sich sein tatsächlicher Gesundheitszustand erst in den nächsten Tagen oder Wochen anhand seiner körperlichen und geistigen Entwicklung zeigen.

Der Zustand seiner Mutter war bedenklich, allerdings weniger physisch als psychisch. Abgekämpft von den Strapazen der Geburt krümmte sie sich auf dem schmalen Gästebett und wimmerte leise, ihr Gesicht von Frieda ab- und der Wand zugewandt. Nach Friedas Überzeugung hatte sie die Geburt gut überstanden, aber den schnellen Verlust ihres Neugeborenen nicht. Mit jeder Minute schien sie sich stärker in ihre eigene Welt zurückzuziehen. Zur Unterstützung bei einem möglichen

Kampf gegen die beiden angeblichen Sanitäter konnte sie die junge Mutter nicht einplanen.

Erschöpft und verzweifelt setzte Frieda sich auf den Fußboden des kleinen Kellerraums, den Rücken fest an die geschlossene Zimmertür gelehnt. Ihren Sitzplatz wählte sie bewusst so, dass die Männer nicht eintreten konnten, ohne sie zur Seite zu schieben. Falls sie einschlief, ehe die beiden Verbrecher zu ihr in den Keller kamen, wollte sie aufwachen, bevor sie den Raum betraten. Sie musste es schaffen, die Kontrolle über die Situation zurückzuerobern. Wenn es die beiden Mörder und Entführer waren, die die weitere Entwicklung bestimmten, würden wahrscheinlich weder Iveta noch sie selbst lebend dieses Haus verlassen; um den Neugeborenen machte sie sich für die nächsten Tage weniger Sorgen. Sie selbst musste wieder die Oberhand gewinnen und ihr Schicksal bestimmen, so wie sie das ihr ganzes bisheriges Leben getan hatte.

Frieda spürte, dass sie weinte. Ein Teil der Tränen war die Folge ihrer Erschöpfung, da war sie sich sicher. Aber den anderen Teil vergoss sie in Erinnerung an das wohlige Gefühl in ihrem Leben, auf das sie so lange gewartet und das sie gerade erst entdeckt hatte. Um dieses Gefühl länger zu erhalten, hätte sie gern ein wenig Kontrolle über ihr Leben abgegeben. Frieda weinte bei dem Gedanken, Michael Brunner nie wieder gegenüberzutreten zu können. Ihm nicht sagen zu können, wie sehr sie ihn mochte und wie wohl sie sich mit ihm fühlte. Ihm niemals so nahe kommen zu können, wie sie es bisher nicht gewagt hatte.

Der Mond war von dichten Wolken verdeckt, die Sonne würde erst in über einer Stunde aufgehen. Ella Wessel bog mit ihrem Ersatzwagen – ihren Audi A3 würde sie sofort verkaufen, wenn die Polizei ihn wieder freigab – von der Hauptstraße in Kampen nach rechts in den Wattweg ein und dann nach links in den Hobokenweg. Dort begann sie, im schwachen Licht der

Straßenlaternen nach der Hausnummer 122 zu suchen. Es war mühsam, die Straße entlangzufahren und gleichzeitig nach den unbeleuchteten Nummern an Friesenwällen und Gartentoren Ausschau zu halten. Bereits zum zweiten Mal fuhr sie nun die komplette Länge des Hobokenwegs von Süden nach Norden ab und konnte keine Hausnummer über Einhundert entdecken.

Sie wendete den Wagen und fuhr zurück in Richtung Wattweg und Ortszentrum. Auf der rechten Seite des Hobokenwegs fiel ihr eine Stichstraße auf, die sie bisher übersehen hatte. Beinahe hätte Ella einen am Straßenrand parkenden Wagen gerammt, während sie versuchte, den Namen der Sackgasse zu lesen. Abrupt hielt sie ihr Auto an, die Beschriftung auf dem Straßenschild der Seitenstraße lautete ebenfalls ‚Hobokenweg'.

An dem Abend, an dem der Karton mit Freya auf Friedas Autodach gestellt worden war, hatte ihr Wagen in einer Abzweigung des Hobokenwegs geparkt. Ella ärgerte sich, dass sie nicht eher auf die Idee gekommen war, nach einer solchen Stichstraße zu suchen.

Rasch lenkte sie ihren Leihwagen an den Straßenrand und stieg aus. Zu Fuß folgte sie dem geteerten Weg, bis er deutlich schmaler wurde und in einen festgetretenen Pfad zwischen zwei Grundstücksbegrenzungen überging. Eine Hausnummer über Einhundert konnte sie erneut nicht entdecken, trotzdem war sie sich eigentümlich sicher, dass dies die Straße war, in der Frieda damals ihr Auto abgestellt hatte.

Frustriert kehrte sie zu ihrem Wagen zurück. Die einzige Erklärung, die sie für das Fehlen der Hausnummer 122 hatte, war, dass sie noch nicht alle abzweigenden Teile des Hobokenwegs entdeckt hatte. Es gab ein Haus mit der Nummer 122; sie hatte es in der Liste der Grundstückseigentümer gesehen.

Ella wendete ihren Wagen erneut und fuhr im Schritttempo ein weiteres Mal den Hobokenweg in Richtung Norden entlang. Kurz bevor sie das nördliche Ende erreichte, fiel ihr die zweite nahezu unbeleuchtete Sackgasse auf, die nach links abging, also parallel zu der zuvor entdeckten Seitenstraße. Ihren Leihwagen dicht am Friesenwall eines langgestreckten Grundstücks abstellend, beschlich Ella das erste Mal an diesem Morgen Angst. Hatte sie ausreichend über das nachgedacht, was sie als nächstes tun wollte?

Zögerlich stieg sie aus dem Wagen. Die Kälte des frühen Morgens war ihr vor wenigen Minuten noch nicht so unangenehm aufgefallen. Auch die Dunkelheit, die immer noch rund um die großen Häuser und auf der Straße vor ihnen herrschte, war ihr beim Ablaufen der letzten Sackgasse nicht so bedrückend vorgekommen.

Die erste Hausnummer auf der rechten Seite war die 96. Die kleine Straße musste also mindestens sechsundzwanzig Hausnummern lang sein, damit sie zu der gesuchten Adresse führte.

Beim Grundstück mit der Hausnummer 108 machte die Straße einen etwa rechtwinkeligen Linksknick, nach Ellas Einschätzung musste sie jetzt genau auf das Ende der zuerst entdeckten Sackgasse des Hobokenwegs führen. War es möglich, dass das gesuchte Grundstück zwischen den Enden der beiden Stichstraßen lag? Dass deshalb jemand Frieda und ihren Wagen beobachtet hatte, obwohl dieser nicht vor dem Eingang des Hauses geparkt worden war, sondern auf der Rückseite?

Ella beschleunigte ihren Schritt und lief fast die Grundstücke entlang; Hausnummer 110, 112, 114, … Wie sie es befürchtet hatte, endete die Straße in einem winzigen Wendehammer vor der Adresse ,Hobokenweg 122'.

Atemlos nahm Ella alles wahr, das von der Straße aus vom Haus zu erkennen war: Das zweistöckige Gebäude sah wie eine monströse, moderne Interpretation eines Friesenhauses aus, mit einem überdimensionierten Reetdach über einer Reihe viel zu großer Fenster im ersten Stock. Ein breiter, gepflasterter Weg führte schnurgerade auf eine abweisend graulackierte Haustür zu. An der rechten Seite des Wohnhauses schloss sich eine Doppelgarage mit einem breiten, ebenfalls grauen Holztor an. Links schien ein Weg entlang des Hauses durch den Garten zu führen. Vielleicht führte dieser Pfad bis zum anderen Ende des Grundstücks. Und möglicherweise gab es dort ein Gartentor, durch das Freyas Entführer gegangen waren, um den weißen Karton mit seinem wertvollen Inhalt auf Friedas Autodach abzustellen.

Hatte Theresa Blum nach ihrem Abschied vom Weihnachtsplätzchenbacken für ein paar Stunden in diesem Haus auf Freya aufgepasst? War wirklich sie es gewesen, die das Baby auf Friedas Wagendach abgelegt hatte? Konnte es sein, dass sie deshalb später in genau diesem Haus so brutal misshandelt wurde, dass sie nur wenige Stunden später starb?

Ella fröstelte. Rasch zog sie ihren Mantel enger um sich, straffte ihre Schultern und drückte auf die Klingel, die in einen Pfosten des Gartentors eingelassen war. Ein dezentes Summen war die einzige Rückmeldung. Als sie den Finger vom Knopf nahm, wurde es augenblicklich wieder ruhig. Nichts passierte.

Nach einer Minute klingelte Ella ein weiteres Mal. Wieder summte es vom Pfosten des Gartentors. Nur wenige Sekunden später öffnete sich dieses Mal die Haustür, ein schlanker, hochgewachsener Mann erschien und sah zu ihr hinüber.

Obwohl sie erwartet hatte, Dr. Richard Bachmann in dem Haus mit der Nummer 122 anzutreffen, schrak Ella zurück, als sie ihn nun tatsächlich in der offenen Tür stehen sah. Er sah gut aus; besser, als sie es erwartet hatte. Es waren achtundzwanzig Jahre vergangen, seitdem sie sich von ihm getrennt hatte und mehr als ein Jahrzehnt, seitdem sie sich das letzte Mal zufällig über den Weg gelaufen waren. Richard schien gut gealtert zu sein.

Wie durch Zauberhand sprang das Gartentor mit einem leisen Klicken auf. Den Blick kaum von dem Mann im Türrahmen abwendend, ging Ella auf den Eingang zu.

„Ich habe dich erwartet", begrüßte Richard sie und machte einen Schritt zur Seite, um sie ins Haus zu lassen. „Mir war absolut klar, dass du früher oder später meinen versteckten Hinweis entdecken würdest."

Schweigend betrat Ella den Eingangsbereich, einen großzügigen Raum, der, nur durch eine überdimensionierte Feuerstelle abgetrennt, in den Wohnbereich des Hauses überging. Wäre es draußen bereits hell gewesen, hätte sie von der Haustür aus wahrscheinlich bis in den Garten blicken können. Zwei stark gedimmte Lampen nahe der Haustür beleuchteten zusammen mit dem bereits am frühen Morgen lodernden Feuer sanft die karge Einrichtung. Während Richard ihr den Mantel abnahm, bemerkte sie den zweiten Mann, der sie aus einem dunklen Teil des Raumes anstarrte. Sie zuckte zusammen und wandte sich fragend an ihren Gastgeber.

„Michaela, darf ich vorstellen: Das ist Roland, mein bislang einziger legitimer Nachkomme. – Roland, unser erwarteter Besuch ist da, Michaela Wessel, oder wie sie sich jetzt nennt, Ella."

Der zweite Mann trat in den sanften Lichtschein des Kronleuchters und Ella erkannte eine überwältigende Ähnlichkeit mit Richard in jüngeren Jahren. Gesicht, Größe und Statur stimmten überein, lediglich in der Haltung unterschieden sie sich. Richard war zeitlebens ein sportlicher Mann gewesen und machte auch mit seinen sechzig Jahren immer noch den Eindruck, sehr auf sich, seine Fitness und sein Aussehen zu achten. Sein Sohn hingegen sah deutlich ungesünder aus. Die Hände tief in die Taschen seiner Jeans vergraben, stand er mit rundem Rücken und nach vorn gezogenen Schultern neben seinem Vater und starrte Ella immer noch schweigend, aber jetzt mit gerunzelter Stirn an.

„Du bist also die sagenumwobene Michaela Brunner", sagte er schließlich und reichte ihr die Hand. „Nach dir war Richard keine Frau mehr gut genug."

Irritiert sah Ella erst ihn, dann seinen Vater an.

„Entschuldige bitte, Roland nimmt kein Blatt mehr vor den Mund, seitdem er krank ist", erlöste Richard sie aus ihrer

Verlegenheit. „In Erwartung unseres baldigen Wiedersehens habe ich dich ihm gegenüber offenbar zu oft erwähnt."

„Du hast mich also wirklich erwartet?"

Ella voran ging Richard am Feuer vorbei in den großen, wie aus einem Designprospekt möblierten Wohnbereich und blieb vor einem weißen Sofa stehen. „Sollen wir uns setzen oder darf ich dir zuerst einen Kaffee anbieten?"

Ella nahm in einer Ecke des ausladenden Sofas Platz, möglichst weit entfernt von Roland, der ihr eigentümlich bedrohlich vorkam.

„Warum hast du mich erwartet?", kam sie auf ihre Frage zurück.

„Ich habe auf deinen Besuch gehofft, weil du die Einzige bist, die klug genug ist, nachzuvollziehen, was ich getan habe, Michaela."

Richard nahm neben ihr Platz und ließ nur wenig Abstand zwischen ihnen. „Bitte nimm es mir nicht übel, wenn ich dich weiterhin mit dem Namen anspreche, mit dem ich dich lieben gelernt habe."

„Soweit ich mich erinnere, hast du mich nie geliebt", erwiderte Ella spontan und bereute es sofort.

„Dieser Vorwurf hat mich damals schon tief getroffen", entgegnete er pathetisch. „Haben die vielen Jahre ohne mich dich nicht eines Besseren belehrt? Hat ein anderer dich je so verehrt wie ich? Wurdest du von dem Mann, den du geheiratet hast und von dem du dich vor Kurzem erst hast scheiden lassen, mehr geliebt als von mir? – Ich zumindest habe dich nie betrogen oder belogen. Und ich wusste auch stets deinen ausgeprägten Intellekt zu schätzen."

„Ich war jung und dachte damals, wir liebten uns. Aber wisst ihr Männer überhaupt, was Liebe bedeutet? Ist es nicht eher Besitz, den ihr anstrebt?"

Richard rückte ein wenig von Ella ab, um sie von der Seite ansehen zu können. „Es macht mich traurig, dich so sprechen zu hören, meine Liebste. Habe ich dich tatsächlich falsch einge-schätzt? Oder hat das Leben ohne mich dich verbittert werden lassen. – Was bietet der tumbe Bauer Heinrich Nissen dir, dass du ihn mir vorziehst? Liebt er dich etwa so, wie du es dir von einem Mann an deiner Seite erträumst?"

Ella antwortete nicht. Richard schien alles über sie zu wis-sen, während sie kaum etwas über ihn und sein Leben während der letzten achtundzwanzig Jahre wusste. Wieso hatte sie sich nicht besser auf ihr Zusammentreffen vorbereitet?

„Warum hast du gehofft, dass ich dich finde?", fragte sie und behielt dabei Roland im Auge, der aufgestanden war, ein Scheit aufs Feuer legte und dann neben dem modernen Kamin stehenblieb.

„Da uns ein wenig die Zeit davonläuft, werde ich nicht wei-ter um den heißen Brei herumreden", antwortete ihr Richard direkt. „Du solltest herkommen, weil ich ein Kind von dir wollte. Auch wenn meine Ungeduld und die unerwartete Ge-legenheit mich dazu verführt haben, einen eher unorthodoxen Weg für deine Empfängnis einzuschlagen, unser Kind existiert. Und ich will es zurückhaben, genauso wie seine Mutter."

Morsum

Friedlich schlafend lag seine Tochter in ihrem Bettchen, als Heinrich Nissen in das Kinderzimmer sah. Auf dem Sessel ne-ben dem Bett lag eine warme Decke; bestimmt hatte Ella unter ihr die Nacht verbracht und über das Dütji gewacht. Hoffent-lich hatte sie dabei mehr Schlaf bekommen als Brunner und er. In ein paar Minuten würde sie wahrscheinlich frisch geduscht ins Kinderzimmer zurückkehren, Freya für den Tag zurecht-machen und dann für ihr Fläschchen in die Küche mitnehmen. Diese wenigen Momente wacher Zweisamkeit mit ihrer Toch-ter wollte Heinrich Ella nicht nehmen.

Er gönnte sich noch einen Blick auf seine schlafende Tochter und schloss dann leise die Tür. Nachdenklich ging er in sein Büro und nahm an seinem Schreibtisch Platz.

Seine Gedanken am Morgen galten normalerweise nur Freya. Heute wurden sie schnell durch die Sorge um Sylts einzige Hebamme Frieda Söncksen überschattet.

Bis kurz vor Mitternacht hatten er und Wiebke die Straßen von Kampen abgesucht, an allen Türen des Hobokenwegs geklingelt und weder Friedas Wagen noch sie selbst entdeckt. Kein Wunder: Zu dieser Zeit lag ihr roter KIA bereits schrottreif neben der nördlichen Verkehrsinsel in Rantum. Falls Frieda selbst den Unfall verursacht hatte, war sie wahrscheinlich bereits losgefahren, bevor er und Wiebke ihre Suche in Kampen überhaupt begonnen hatten. Aber wieso hatten weder die Feuerwehr noch Brunner oder er selbst sie dann in der Nähe der Unfallstelle gefunden?

Dass der Wagen nicht ohne Fahrer gegen die Verkehrsinsel geprallt war, bezeugte das Erbrochene im und außerhalb des Wagens, von dem Brunner ihm erzählt hatte. Seine Position deutete daraufhin, dass der Fahrer sich, noch im Wagen sitzend, direkt nach dem Unfall übergeben hatte. Und dass er allein im Wagen war, zumindest der Beifahrersitz musste ungenutzt gewesen sein.

Überlebt hatte der alkoholisierte Chaot seine riskante Fahrt also. Aber wohin war er nach dem Aufprall verschwunden?

Bis kurz vor 6:00 Uhr hatten Brunner, er und die beiden Mitarbeiter von ‚safeST' alle Gräben, Grünflächen und Waldstücke im Umkreis der Unfallstelle abgesucht. Danach hatte Heinrich seinen Freund nach Westerland gefahren und vor seiner Wohnung in der Marinesiedlung abgesetzt. Selbst zuhause angekommen, hatte er nur noch seine nasse, kalte Kleidung ausgezogen und sich nahezu regungslos für eine Viertelstunde unter die heiße Dusche gestellt.

Heinrich wusste, dass es nach den vielen Stunden in Kampen besser gewesen wäre, den Rest der Nacht zu schlafen, statt mit Brunner zusammen auch noch durch Rantum zu laufen. Ausgeschlafen fällte er die besseren Entscheidungen. Aber nun hatten sie wenigstens die Gewissheit, dass sich die Person, die während des Aufpralls hinter dem Steuer gesessen hatte, nicht mehr in der Nähe der Unfallstelle aufhielt. Sie war entweder unverletzt und wahrscheinlich zu Fuß geflohen oder von einem anderen Verkehrsteilnehmer mit einem Fahrzeug abtransportiert worden. Sie hätten den Unfallverursacher finden müssen, wenn er verletzt durch die Gegend getorkelt wäre. Es gab keinen Ort im Umkreis von etwa zwei Kilometern rund um die Unfallstelle, den sie nicht abgesucht hatten.

Auch wenn Brunner etwas anderes glauben wollte, Heinrich bezweifelte, dass Frieda selbst ihren Wagen gegen die Verkehrsinsel gefahren hatte. Welchen Grund hätte sie haben sollen, nach Rantum, statt nach Morsum zu fahren? Und hatte er sie jemals derartig alkoholisiert erlebt, wie es der Unfallverursacher laut Brunners Einschätzung gewesen sein musste?

Vielleicht fand die Hundestaffel in ein paar Stunden eine Spur, der sie folgen konnte. Möglicherweise klärte sich dann auf, wo der glücklose Fahrer abgeblieben war. Und vor allem wer es war.

Müde überlegte Heinrich, was er tun konnte, bis die Polizei weitere Erkenntnisse lieferte. Schließlich entschied er sich, mit Ella darüber zu sprechen. Bestimmt war sie mittlerweile angekleidet und hatte nichts gegen ein gemeinsames Frühstück einzuwenden.

Er klopfte an die Tür des Kinderzimmers und lauschte. Keine Reaktion war zu hören. Als auch auf sein zweites Klopfen hin nichts passierte, öffnete er die Tür. Freya schlief immer noch friedlich in ihrem Bettchen, aber Ella war nicht bei ihr. Eilig lief er zu Ellas Schlafzimmer und öffnete die Tür, ohne zuvor anzuklopfen. Der Raum war menschenleer. Einige von

Ellas Kleidern lagen unordentlich über das Bett verteilt, als hätte sich ihre Besitzerin eilig, aber unschlüssig über die passende Kleidung angezogen.

Nichts Gutes ahnend, lief Heinrich in die Diele des Hauses; Ellas Handtasche war weg. Normalerweise stand sie neben dem kleinen Schränkchen der Garderobe, wenn Ella im Haus war. Auch der Schlüssel des Leihwagens, der den Audi A3 ersetzte, lag nicht mehr auf dem Schränkchen.

Ein Blick vor die Haustür bestätigte, was Heinrich bereits geahnt hatte; der Leihwagen war von dem Platz verschwunden, auf dem er ihn noch bei seiner Rückkehr aus Rantum gesehen hatte. Ella hatte das Haus verlassen und war weggefahren, ohne ihm Bescheid zu geben. Wahrscheinlich war sie sogar allein und ohne die Begleitung eines der Personenschützer aufgebrochen, denn alle Fahrzeuge von ‚safeST‘ standen noch vor dem Haus.

Ella musste eine Fährte zu Frieda und den Entführern aufgenommen haben, die ihm und Brunner entgangen war. Und sie war offensichtlich der Meinung, keinen Schutz zu benötigen. Warum sonst hätte sie sich heimlich auf den Weg gemacht?

Kampen

„Es existiert ein Kind von uns?" Ella Wessel sprang auf.

Richard sah sie lediglich an und lächelte übertrieben selbstbewusst.

„Sprechen wir von Freya?"

„Ja, natürlich." Richard ließ eine Pause entstehen und lächelte weiterhin. „Du hast doch nicht tatsächlich angenommen, deine liebliche Tochter sei das Produkt einer leichtfertigen Liebesnacht mit deinem plumpen Rinderbauern. – Für eine solche Naivität bist du zu klug, Michaela."

„Du hast es gewagt, …" Ella wollte nicht aussprechen, was ihr durch den Kopf ging.

„Ja, ich habe mir erlaubt, deine Bewusstlosigkeit nach dem kleinen Eingriff im Universitätsklinikum Hamburg auszunutzen. – Du kannst dir kaum vorstellen, wie glücklich ich war, als ich bei der ersten Blutuntersuchung feststellen durfte, dass dein Hormonspiegel fast noch der einer jungen Frau war. Damit boten sich beste Aussichten für alles, was ich mir von dir ersehnte."

„Wenn du mich liebst, kannst du mir das nicht angetan haben, Richard!"

„Dein Körper war willens. Sonst hätte es nicht funktioniert."

„Dass du zu einer solchen Tat fähig bist, hätte ich nie geglaubt."

„Jetzt beleidigst du aber meine medizinische Kompetenz, liebste Michaela. Intrauterine Insemination ist einer der gewöhnlichsten Eingriffe, um eine Schwangerschaft auszulösen."

Fassungslos sah Ella ihn an.

„Bist du unglücklich mit dem Ergebnis meines Eingriffs? Haben wir nicht ein wunderbares kleines Mädchen geschaffen, das die Welt erobern wird, falls es tatsächlich das Beste unserer Gene vereint?"

Immer noch sah Ella ihn nur schweigend an. Hätte sie etwas erwidert, wäre es einer Beschimpfung gleichgekommen. Aber reizen durfte sie Richard nicht. Diese Erfahrung hatte sie bereits vor achtundzwanzig Jahren gemacht.

„Und jetzt willst du mich und unser Kind zurückhaben?", fragte sie schließlich.

„Ja. Ich will, dass du unsere Tochter in meinem Haus großziehst. Sie soll von dir zusammen mit einem Jungen erzogen werden, der bereits darauf wartet, euch beide kennenzulernen."

„Ein Junge in Freyas Alter?"

„Nahezu."

„Ein Sohn von dir?"

„Viel mehr als das, liebste Michaela, viel mehr. Nur wenige Forscher sind in der Lage, das zu tun, was mir gelungen ist."

Richard klopfte neben sich auf das Sofa und forderte sie damit auf, sich wieder zu setzen. „Lass es dir erklären."

Ella blieb stehen und starrte auf ihn herab. Als sie bemerkte, dass ihr die ganze Zeit Tränen über das Gesicht liefen, drehte sie sich von ihm weg und machte zwei Schritte in Richtung Eingangsbereich. Dort stand immer noch Roland und beobachtete die Szene ungerührt.

„Setz dich Michaela, sonst muss ich Roland bitten, dich so lange zu Frieda Söncksen in den Keller zu sperren, bis du Vernunft angenommen hast."

„Frieda ist hier? Du warst es also, der den falschen Notruf abgesetzt hat?"

„Der Notruf war nicht falsch. Ich habe sie wirklich gebraucht. Die Geburt des zukünftigen Gefährten von Freya verlief schwieriger als geplant."

„Frieda hat dein Kind also gerettet. Und trotzdem lässt du sie nicht gehen?"

„Das weißt du doch, Michaela. Hätte ich sie gehen lassen, wärst du jetzt nicht hier."

Ellas Gedanken überschlugen sich. Sie hatte die richtigen Schlüsse gezogen, auch wenn sie immer noch nicht wusste, worum es wirklich ging. Krank sah Richard nicht aus. Das traf eher auf seinen Sohn zu. Wofür also benötigte er das Blut der armen Säuglinge? Und was für ein Junge wartete darauf, Freya kennenzulernen?

„Warum tust du das alles?", flüsterte sie fast.

„Für das ewige Leben", antwortete er kalt lächelnd. „Du solltest das Lebensmotto von Friedrich Schiller kennen: ‚Es ist der Geist, der sich den Körper baut.' – Ich kann ihm nur zustimmen."

Ella sah Richard verwirrt zu, wie er vom Sofa aufstand und sich dicht vor ihr aufstellte.

„Denk nach, liebe Michaela, denk nach", flüsterte er. „Roland ist 1997 zur Welt gekommen. Ein wichtiges Jahr für die Genmedizin, auch wenn wir damals noch nicht so schlau waren, wie wir es mittlerweile sind. – Rupert hat heute das Licht der Welt erblickt, sechsundzwanzig Jahre nach Roland. Er wird perfekt sein."

Immer noch verstand Ella nicht, was Richard ihr sagen wollte. Sie schwieg.

„Ihr Kinderlein, kommet", setzte Richard nach. „Ich will Freya. Und du selbst wirst sie zu mir und Rupert bringen."

Rantum

Die Sonne war bereits seit einer Stunde aufgegangen, als die Hundestaffel endlich ihre Arbeit aufnahm. Ungeduldig sah Kriminalhauptkommissar Brunner den Hundeführern bei ihren Vorbereitungen zu.

Der kleine, rote KIA befand sich auf dem Weg zur Spurensicherung in Flensburg. Die Zeugenbefragung im Umkreis der Verkehrskreuzung war abgeschlossen und hatte zu keinen neuen Erkenntnissen geführt. Nur drei Anwohner überhaupt gaben an, den Lärm des Unfalls mitbekommen zu haben, und keiner von ihnen hatte einen flüchtenden Fahrer gesehen. Herr Bartensen, der die Polizei am Vorabend über das Unglück benachrichtigt hatte, hatte den demolierten Wagen bereits verlassen vorgefunden. Brunner hatte nichts anderes zu tun, als zusammen mit den Hundeführern den möglichen Spuren eines flüchtenden Menschen zu folgen. Eine Jacke von Frieda und die sorgfältig abgedeckten Reste des Erbrochenen auf der Straße sollten den Hunden den Anfang der Fährte weisen.

Heinrichs Versuche, ihn telefonisch zu erreichen, ignorierte Brunner. Er wusste, dass sein Freund davon überzeugt war, er würde an der falschen Stelle nach Frieda suchen. Wahrscheinlich wollte er ihn auffordern, noch einmal mit ihm zusammen nach Kampen zu fahren. Aber dort war ihr KIA nicht gegen eine Verkehrsinsel geprallt. In Kampen gab es nichts, durch das er sich Frieda nahe fühlte.

Morsum

Mit hochrotem Kopf lief Heinrich Nissen durch die Küche und bemühte sich, nicht zu schreien, während er Marlene von Ellas Verschwinden erzählte. Freya lag frisch gewickelt und satt in ihrer Wiege neben dem Tisch; um nichts in der Welt sollte sie seine Wut zu spüren bekommen.

Sein Ärger brauchte ein Ventil, aber Ella ging nicht an ihr Handy. Auch Brunner nahm seine Telefonanrufe nicht entgegen. Die beiden Mitarbeiter von ‚safeST', die eigentlich jede Bewegung rund um das Haus hätten registrieren sollen, entschuldigten sich damit, die Bewohner gegen Angreifer beschützen zu sollen, aber keine Gefängniswärter zu sein.

Wütend setzte sich Heinrich an den Tisch, stand aber sofort wieder auf. War er tatsächlich der Einzige, dem die Gefahr bewusst war, die von den Entführern ausging, solange sie noch unentdeckt auf der Insel weilten?

„Wie kann eine intelligente Frau wie deine Mutter sich freiwillig einem solchen Risiko aussetzen?", fragte er Freya, ohne eine Antwort von ihr zu erwarten.

„Vielleicht hält Ella die Entführer nicht für gefährlich", kam es vorsichtig von Marlene. „Du hast absolut recht damit, dass sie zu klug ist, um leichtfertig in ihr Unglück zu laufen. – Das sähe eher dir ähnlich, Heinrich."

„Nicht für gefährlich?", wiederholte Heinrich fragend. „Sie weiß doch, welche Verbrechen diese Menschen verübt haben. Und Freya hatten sie ebenfalls bereits in ihrer Gewalt."

„Vielleicht weiß sie mehr über sie als wir."

Nachdenklich sah Heinrich seine Ersatzmutter an. Marlenes Ratschläge waren immer hilfreich, falls er sie annahm. Sollte sie auch dieses Mal recht haben, musste er dahinterkommen, was Ella in den letzten Stunden über die Verbrecher erfahren hatte.

„War Ella unterwegs, während ich außer Haus war?"

„Nein, sie hat die ganze Zeit zusammen mit Wiebke, Henni, Tamme und mir auf deine Rückkehr gewartet."

„Hat sie mit jemandem telefoniert? Hat sie sich während des gestrigen Tages irgendwann anders verhalten als vorher?"

„Heinrich, wie soll ich das beantworten? Wir alle verhalten uns anders als sonst. Wir alle machen uns Sorgen um Frieda und die armen Babys, die sich immer noch in den Händen der Verbrecher befinden."

„Aber gestern muss etwas passiert sein, das Ella dazu veranlasst hat, heute Morgen heimlich das Haus zu verlassen. War sie die ganze Zeit bei euch?"

„Ich erinnere mich, dass sie Kriminalhauptkommissar Brunner von Friedas langer Abwesenheit informiert hat. Und ihn darum gebeten hat, den angeblichen Notruf zurückzuverfolgen. Zum Telefonieren ist sie in dein Arbeitszimmer gegangen, glaube ich."

Laut stieß Heinrich Luft aus seinen Lungen. Dann verließ er die Küche und lief zu seinem Schreibtisch. Was hatte Ella in seinem Arbeitszimmer gesehen, das ihm bislang nicht aufgefallen war?

Zuoberst auf einem Stapel Unterlagen lag die Liste der Eigentümer aller Grundstücke entlang des Hobokenwegs. Konnte es sein, dass sie einen der Namen wiedererkannt hatte? War sie tatsächlich allein an genau den Ort der Insel gefahren, den Heinrich für den gefährlichsten hielt?

„Verdammt", fluchte er leise vor sich hin. „Verdammt, verdammt, verdammt."

Falls Ella mit Hilfe dieser Liste das Versteck der Entführer gefunden hatte, war er noch vor wenigen Stunden genau an der richtigen Adresse gewesen und tatenlos wieder nach Hause zurückgekehrt.

Rantum

Ein weiteres Mal klingelte das Handy von Kriminalhauptkommissar Brunner und wieder zeigte das Display, dass es ein Anruf von Heinrich war.

„Was willst du?", meldete sich Brunner verärgert. „Reicht es nicht, wenn ich dreimal hintereinander deinen Anruf nicht entgegennehme?"

„Ella ist verschwunden."

„Was soll das heißen?"

„Das heißt, dass deine Schwester das Haus verlassen hat, ohne mir Bescheid zu geben. Heute Morgen, ganz früh. Sie hat auch keinen der Personenschützer mitgenommen. – Ich mache mir Sorgen, dass sie freiwillig und allein zu den Entführern gefahren ist."

„Nicht auch noch Ella", stieß Brunner aus. Verzweiflung stieg in ihm auf. Er zwang sich mehrmals tief durchzuatmen.

„Ich komme sofort zu dir. Unternimm nichts, bevor ich nicht da bin. – Hast du mich verstanden, Heinrich?"

„Ich gebe dir eine halbe Stunde."

Kampen

„Wie kommst du darauf, dass Heinrich Nissen Freya jemals hergeben würde?" Ella Wessel hob beide Hände und machte gleichzeitig zwei Schritte von Richard weg. „Auch wenn ich sie zu dir bringen wollte, offiziell ist sie sein Kind."

Sie musste Zeit gewinnen. Nur so konnte sie herausfinden, was Richard wirklich plante und was er von ihr erwartete. Weder ihn noch Roland durfte sie unterschätzen. Wollte sie Frieda lebendig befreien, würde sie eine List gebrauchen müssen. Mit Gewalt brachte sie nur sich und alle anderen Beteiligten in Gefahr.

„Du wirst mir Freya zurückbringen, weil ich nur dann deine Freundin Frieda lebend aus meinem Keller entlasse", antwortete Richard und Ella kam es so vor, als hätte er ihre Gedanken erraten. „Darüber hinaus verspreche ich dir, dass unserem Kind nichts Schlimmes passieren wird. Im Gegenteil: Du selbst wirst die Möglichkeit haben, Freya zusammen mit Rupert in Wohlstand aufwachsen zu sehen. Sie werden gemeinsam von dir erzogen. Sie können die besten Schulen besuchen und die größtmögliche Förderung ihrer Talente erleben. – Was wünschst du dir für deine Tochter mehr?"

„Ich verstehe das alles nicht, Richard. Was ist aus dir geworden in den letzten Jahren?"

„Ein alter Mann, wie du siehst, Michaela. Ich werde alt. Mein Körper wird bald meinen Anforderungen nicht mehr genügen, so sehr ich ihn auch pflege. Und wie es in ein paar Jahren um meinen Geist bestellt sein wird, kann ich nicht vorhersagen."

„Memento mori", sagte Ella und sah ihn mitleidig an. „Wir alle sollten möglichst frühzeitig akzeptieren, dass wir sterben müssen."

„Ich werde nicht sterben", widersprach ihr Richard und richtete sich zu voller Größe auf. „Ich nicht. Die Wissenschaft hat mir das ewige Leben geschenkt."

Irritiert blickte Ella zu Boden. Richard war schon immer sehr von sich überzeugt gewesen und rücksichtslos anderen gegenüber, wenn es ihm nützte. Das war einer der Gründe, weshalb sie sich nach nur zehn Monaten eingebildeten Liebesglücks von ihm getrennt hatte. Die weiteren Jahre, die er sie danach noch verfolgt hatte, waren für sie lediglich eine Bestätigung ihres Entschlusses gewesen. Dass er nun behauptete, einen Weg gefunden zu haben, um ewig zu leben, passte zwar zu seiner Hybris, erschien Ella aber dennoch wenig glaubhaft.

„Hast du es immer noch nicht verstanden?", setzte er seine Erklärung fort. „Roland ist ich. Er ist ein Klon von mir, nicht mein Sohn. Durch ihn und weitere Klone zu angemessener Zeit werde ich ewig leben."

Entgeistert sah Ella ihn jetzt an und versuchte dabei, ihr Entsetzen nicht zu zeigen. Sie erinnerte sich, dass Richard bereits während ihrer gemeinsamen Zeit von den frühen Reproduktions-Bemühungen bestimmter Forscher fasziniert gewesen war. Aber hatte das Klon-Schaf nicht bewiesen, dass die Technologie zu viele Fehler zuließ? War Dolly nicht vorzeitig gealtert und bereits im Alter von sechs Jahren eingeschläfert worden? Falls Roland nur kurz nach diesem Schaf auf die Welt gekommen war, konnte er mit den gleichen Problemen zu kämpfen haben. Das erklärte vielleicht, warum er nicht ansatzweise so gesund und sportlich aussah wie Richard in seinem Alter.

„Bist du zufrieden mit deinem Versuchsergebnis?", fragte sie Richard wütend. „Ist Roland wirklich die Kopie von dir, durch die du weiterleben willst?"

Zum ersten Mal wirkte Richard verunsichert. Er schwieg.

„Roland", wandte sich Ella an die jüngere Version Richards. „Wie fühlt es sich an, das Ergebnis eines wissenschaftlichen Experiments zu sein?"

„Ist das nicht besser, als das Produkt einer zufälligen Verschmelzung von Ei- und Samenzelle zu sein?", erhielt sie als Antwort. „Eines One-Night-Stands mit einem Fremden? So wie du es deiner Tochter zumuten wolltest. – Er ist ich und ich bin er. Nur dass ich derjenige von uns beiden bin, der länger leben wird."

Ein trauriges Lächeln erschien auf Richards Lippen. „Der zweite Klon ist perfekt", sagte er so leise, dass nur Ella es verstehen konnte. „Rupert wird ohne Makel sein. Ich bin davon überzeugt, den Fehler, der uns allen in den Neunzigern passiert ist, gefunden und vermieden zu haben. Aber solange ich es nicht zu einhundert Prozent weiß, muss ich verhindern, dass Roland weiterhin zu schnell altert und möglicherweise vor mir stirbt."

„Also ist Rupert auch ein Klon?", flüsterte Ella zurück.

Stolz sah Richard sie an und nickte leicht. „Gemeinsam werden wir ihn zu dem Mann erziehen, der ich immer sein wollte", setzte er flüsternd hinzu.

Dann sagte er in normaler Lautstärke: „Bereits im Jahr 2015 haben amerikanische Wissenschaftler bewiesen, dass junges Mäuseblut den Alterungsprozess bei Mäusen aufhalten und sogar umkehren kann. Diese erstaunliche Erkenntnis machen wir uns nun zunutze. Das Blut der Säuglinge verjüngt Rolands Zellen. Durch die darin enthaltenen jungen Stammzellen werden viele der frühzeitigen Alterserscheinungen meines neuen Körpers und auch des darin wohnenden Geistes wieder aufgehoben. Es funktioniert und wir haben bereits drei Babys gefunden, deren Blut dafür geeignet ist."

„Und die ihr Leben dafür hergeben mussten."

„Nein, widersprach ihr Roland heftig. „Das ist uns nur ein einziges Mal passiert. Ein bedauerlicher Unfall. – Seitdem achten wir darauf, dass alle Babys nahezu wohlbehalten dieses Haus wieder verlassen können. Wir entnehmen nur noch einen kleinen Teil ihres Blutes. Nur so viel, dass es ihren Organismus nicht überfordert. – Du wirst erkennen, dass wir den kleinen Wesen nichts Schlimmes antun. Zuerst werden sie typisiert. Falls sie tatsächlich Richards Kinder und darüber hinaus genetisch geeignet sind, erhalten sie ein paar Tage lang ein Mittel, das die Knochenmarkzellen vermehrt in ihr Blut spült. Danach können wir die Transfusion durchführen. Aber da wir den kleinen Wesen nicht mehr Blut abnehmen als sie vertragen können, habe ich noch nicht genug junge Knochenmarkzellen übertragen bekommen. – Wir sind auf einem guten Weg, haben das Ziel aber noch nicht erreicht."

„Befinden sich die beiden vermissten Kinder noch hier im Haus?"

„Natürlich, und es geht ihnen gut", betonte Roland ein weiteres Mal.

Mit jeder Faser ihres Körpers hoffte Ella, dass Richards Klon die Wahrheit sagte.

„Wenn junges Blut wirklich verjüngt, warum bekommt Roland das Blut?", fragte sie Richard flüsternd. „Wieso nicht du direkt? Warum gehst du den Umweg über den Klon?"

„Er ist ich und ich bin er", antwortete Richard so laut, dass Roland es hören konnte. „Ich habe ihn geschaffen, nach meinem Bilde. Bin ich es uns beiden da nicht schuldig, einen Fehler wiedergutzumachen?"

Skeptisch sah sie ihn an. „Die Spender-Babys, die ihr jetzt noch festhaltet, sind Donata Reinke und Janina Christiansen?"

„Genau die, Michaela. Dass der kleine Max bei der Bluttransfusion gestorben ist, war ein unverzeihlicher Anfängerfehler. Roland sagte es dir doch bereits."

Immer noch skeptisch musterte ihn Ella. „Wenn die beiden Babys noch leben, warum gebt ihr sie dann jetzt nicht an ihre Eltern zurück?"

„Natürlich leben sie", antwortete Roland erneut. „Du wirst sie später sehen können. Wir sind doch keine Barbaren. Auch eure gemeinsame Tochter wird noch ein weibliches Genie werden, nachdem sie geholfen hat, meine Gesundheit wiederherzustellen."

„Also dafür willst du sie haben?", fragte Ella Richard und musste sich bemühen, nicht zu schreien. „Nicht als Gesellschaft deines zweiten Klons, sondern um das Leben deines ersten

Klons zu verlängern? – Wie kommst du auf die Idee, dass ich sie dafür herbringe?"

„Zu diesem Zweck habe ich sie geschaffen, so wie die anderen Babys auch. Aber ich möchte die Ereignisse der Vergangenheit korrigieren, Michaela. – Auch du kannst unsterblich werden. Wir sind füreinander geschaffen. Das weißt du genau. Wir beide haben es vom ersten Aufeinandertreffen an gewusst. – Wir können uns den Menschheitstraum erfüllen. Lass uns gemeinsam ewig leben."

Morsum

Bereits zwanzig Minuten nach Heinrichs Anruf entstieg Kriminalhauptkommissar Brunner vor dessen Wohnhaus einem Streifenwagen.

„Ihr bleibt hier und wartet", befahl er den beiden Bereitschaftspolizisten, die ihn gefahren hatten. „Vielleicht bekommt ihr einen Kaffee angeboten, während ich mit dem Hausherrn rede. Ich bin sicher, dass wir euch bald wieder benötigen."

Noch bevor er klingeln konnte, öffnete sich die Eingangstür und Marlene Abelung ließ ihn samt seiner uniformierten Eskorte ins Haus.

„Gehen Sie am besten direkt durch in Heinrichs Arbeitszimmer, Herr Kommissar, Sie kennen ja den Weg", bat sie Brunner. „Und Sie, meine Herren, können mich in die Küche begleiten."

Über einen weit aufgefächerten Stapel Unterlagen gebeugt, stand Heinrich vor seinem Schreibtisch und wandte der Zimmertür den Rücken zu.

„Komm rein und hilf mir", begrüßte er Brunner ungeduldig. „Irgendwo in dieser Liste steckt die Information, die Ella entschlüsselt hat. Wir werden deine Schwester nur finden, wenn wir nachvollziehen können, was ihr klargeworden ist."

„Seit wann ist Ella verschwunden?"

„Du solltest lieber fragen, wann sie losgezogen ist, um sich ganz allein in Gefahr zu bringen", erwiderte Heinrich wütend. „Wie konnte sie nur so dumm sein, mir nicht Bescheid zu geben?"

„Uns nicht Bescheid zu geben", verbesserte Brunner ihn betont.

Ein ungeduldiger Blick war Heinrichs einzige Reaktion.

Brunner trat neben ihn.

„Ich weiß viel zu wenig über deine Schwester", sagte Heinrich vorwurfsvoll. „Du musst mir helfen, die Namen auf der Liste mit ihrer Vergangenheit in Verbindung zu bringen. Und wir müssen schnell sein damit. Ich befürchte nämlich, dass sie die Gefährlichkeit der Entführer unterschätzt."

Ein Blick auf die Unterlagen machte Brunner klar, dass es wieder um die Anwohner des Hobokenwegs in Kampen ging. „Glaubst du, dass Frieda ebenfalls noch dort ist?"

„Davon bin ich überzeugt", antwortete ihm Heinrich sofort. „Der Unfall mit ihrem Wagen war nur ein Ablenkungsmanöver."

Zu einem ähnlichen Schluss war Brunner mittlerweile ebenfalls gekommen. Der Fahrer war in einem weiten Umkreis der Unfallstelle auch mit Hilfe der Hundestaffel nicht gefunden worden. Wäre Frieda die Fahrerin ihres Wagens gewesen, hätte es keinen Grund für sie gegeben, Rantum zu verlassen.

„Wie willst du vorgehen?", fragte er und setzte sich auf Heinrichs Schreibtischstuhl. „Sollen wir zur Sicherheit erst abgleichen, welche Grundstücke wir bereits ausgeschlossen haben?"

„Nein." Heinrich griff nach einem Textmarker und fing an, sechs der Eigentümernamen der Liste gelb zu markieren. „Wir beginnen mit den Namen, die uns besonders ins Auge fallen. – Ich glaube nicht, dass Ella die Liste systematisch durchgearbeitet hat. Laut Marlene war sie nur während des Telefonats mit dir kurz in meinem Arbeitszimmer. Dabei kann ihr Blick auf genau diese Namen gefallen sein."

Nach nur wenigen Minuten hatten sich die Eigentümernamen ,Neuner GbR' und ,Stephen King GbR' herauskristallisiert. Beide Gesellschaften bürgerlichen Rechts konnte Heinrich im Internet nicht finden. Auch die Recherche des Teams von Brunner hatte keine Aufklärung über die Beteiligten dieser Konstrukte gebracht.

„Denk nach, Brunner", schrie Heinrich ungeduldig. „Was verbindet Ella mit einem der beiden Namen."

Brunner schüttelte den Kopf. „Nichts, Heinrich. Wir müssen auf dem falschen Weg sein."

Beide sahen sich wütend an.

„Worüber weiß Ella viel und wir wenig?", fragte Heinrich und gab sich selbst die Antwort. „Literatur. Die Information, die wir bislang nicht entschlüsselt haben, muss mit Ellas Wissen auf diesem Gebiet zu tun haben."

Erneut vertiefte er sich ins Internet und Brunner konnte nichts anderes tun, als sich die gesamte Liste noch einmal anzusehen.

„Robert Neuner", kam es aufgeregt von Heinrich. „Erich Kästner hat das Pseudonym Robert Neuner verwendet."

„Das ist eine Sackgasse, Heinrich. Erich Kästner ist gestorben, bevor Ella überhaupt gezeugt wurde."

„Und John Swithen oder Richard Bachman? Das waren Pseudonyme von Stephen King."

Mit einem Mal spürte Brunner, dass sie auf dem richtigen Weg waren. „Der Name Bachmann spielt durchaus eine Rolle in Ellas Leben. Dr. Richard Bachmann war ein Freund unserer Eltern. Ich habe damals zwar nicht mehr zuhause gewohnt, aber ich erinnere mich, dass er Ella lange Zeit umworben hat. Heimlich natürlich, meine Eltern sollten es nicht mitbekommen. Er muss fast doppelt so alt gewesen sein wie sie, aber das hat ihn nicht davon abgehalten. Er war so penetrant, dass seine

Bemühungen und Ellas allmähliche Abwehrhaltung mir und meinen Eltern nicht verborgen bleiben konnten."

Erneut hatte sich Heinrich ins Internet vertieft. „Dr. Richard Bachmann ist der Eigentümer eines Gen-Labors", stöhnte er. „Und er hat einen Sohn von sechsundzwanzig Jahren. – Wie konnten wir nur so blind sein?"

„Welches Haus im Hobokenweg ist es?", fragte Brunner und riss die Liste an sich.

„Hausnummer 122", antwortete Heinrich, der dafür noch nicht einmal mehr auf das Blatt Papier in Brunners Hand sehen musste. „Hausnummer 122. Ich hätte es viel früher erkennen müssen."

Kampen

Es kostete Ella Wessel ihre gesamte Selbstbeherrschung, ihre Abscheu vor Richard und seinen irren Visionen zu verbergen.

„Du willst auch mich durch einen Klon unsterblich machen?", fragte sie ungläubig. „Menschen sind sterblich. Nur geliebte Menschen sind unsterblich."

„Dann sag mir, dass du mich liebst und für immer lieben wirst, Michaela", kam es sofort von Richard. „Mach mich unsterblich und bleib für immer bei mir."

„Was wird dann aus Roland? Und jedem weiteren Klon von dir? – Ich könnte nie akzeptieren, dass es Kopien von dir gibt, geschweige denn von mir. Sie sind ethisch für mich nicht tolerierbar."

Böses Lachen erklang von der Tür, vor der immer noch Roland stand. „Ich bin ethisch für dich nicht tolerierbar? Aber ich existiere doch. Wie kannst du es wagen, deine Ethik und Moral über mich und meine Existenz zu stellen?"

Hilfesuchend wandte sich Ella an Richard.

„Er ist ich und ich bin er", war seine einzige Reaktion.

„Wir brauchen sie nicht, Richard", kam es in gehässigem Ton aus Richtung Tür. „Sie wird nie verstehen, was wir getan haben und auch weiterhin tun werden. – Lass mich ein wenig Spaß mit ihr haben; ich bin gespannt, ob sie einen Unterschied zwischen uns beiden bemerkt."

„Doch, wir brauchen sie", widersprach ihm Richard und sah Ella dabei fest an. „Nicht umsonst habe ich dafür gesorgt, dass auch sie ein Kind von mir austrägt."

Mit einem kaum wahrnehmbaren Seufzen wandte er sich von ihr ab und Roland zu. „Ich möchte, dass Michaela hierbleibt, hier oben bei mir. Sie soll erkennen, was ich ihr anbiete. Pass du nur auf, dass sie keinen Unsinn anstellen kann. – Aber wehe, du tust ihr weh."

Ella atmete innerlich auf. Es war leichtsinnig gewesen, ihre Ablehnung des Klonens so unmissverständlich auszudrücken. Aber sie schien Richard damit kaum verärgert zu haben. Als Ausdruck ihres Schocks würde sie es später darstellen. Ungläubigkeit und Bewunderung musste sie ab jetzt zeigen. Ein Mensch, der zu ihm aufsah, hatte wahrscheinlich die größte Macht über Richard.

Seine medizinischen Kenntnisse reichten genauso wenig aus wie die Ausstattung seines Labors, Gewissheit über den Gesundheitszustand des Babys zu erlangen. Aber jedes Mal, wenn er den Kleinen ansah, war er sich sicher, dass er perfekt war.

Ein solches Gefühl hatte er bei Roland nicht empfunden. Damals war sein Klon noch ein genmedizinisches Experiment gewesen, dem er mit wissenschaftlicher Neugier und emotionaler Distanz entgegengetreten war.

Dieses Mal, da war sich Richard Bachmann sicher, hatte er bei der Erzeugung keine Fehler begangen. Und auch für die Erziehung würde er kein Risiko mehr eingehen.

Rupert war er und er war Rupert. Er hatte keine Zeit zu verlieren, seinem neuen Alter Ego sein Leben zu übergeben.

Richards Angebetete zu fesseln, war ein Vergnügen für ihn. Einen Spanngurt aus der Garage schlang er so um ihren Körper, dass sie ihre Hände und Beine kaum noch bewegen konnte. Nur ein leichtes Stöhnen gab sie von sich, als er den Gurt auch noch um die Lehne des Sofas warf und dann genüsslich festzog.

Aber auch diese kurze Ablenkung milderte seine Wut über das soeben Gehörte nicht, zumal Richard ihn während der gesamten Prozedur nicht beachtete. Stattdessen hielt er das erst wenige Stunden alte Baby auf dem Arm und fütterte es mit einem Fläschchen. Ein eigentümlicher Ausdruck hatte sich auf seinem Gesicht breitgemacht, fast so etwas wie Verzückung.

Nachdenklich stand Roland Bachmann seinem älteren Ebenbild gegenüber. Hatte Richard ihn belogen? War das kleine Wesen doch nicht dafür gezeugt worden, ihn wieder gesund werden zu lassen? Falls er sich bei den geflüsterten Worten zwischen Michaela Wessel und Richard nicht verhört hatte, war dieses Baby ebenfalls ein Klon. War Richard mit diesem Winzling ein perfekter Klon gelungen? Ein neuer Richard, ohne Makel, im Gegensatz zu ihm?

„Wir müssen miteinander reden", schrie er verärgert, um endlich Richards Aufmerksamkeit zu erlangen. „Leg den kleinen Blutspender weg und sieh mich an."

Sofort ließ das Baby erschrocken von dem Fläschchen ab und begann zu schreien.

Richard hingegen ließ sich sehr viel Zeit damit, seinem einzigen legitimen Nachkommen den Kopf zuzudrehen. Seine Augen blickten ihn kalt und herablassend an, was Rolands Wut nur noch anstachelte.

„Glaubst du wirklich, ich hätte nicht mitbekommen, was du mit deiner alten Flamme flüsternd besprochen hast? Willst du mich durch einen anderen Klon ersetzen? Durch dieses hilflose Wesen da in deinen Armen? Ich bin viel stärker als er, viel stärker als du. Welche Chance hättest du, wenn ich entscheiden würde, dass ein dritter von uns nicht notwendig ist? Oder sogar, dass es lange genug zwei von uns gegeben hat?"

„Und wie lange würdest du überleben, wenn ich dir nicht immer wieder gesundes, junges Blut verschaffen würde?"

„Es ist dein Fehler", schrie Roland erneut. „Du bist es uns beiden schuldig, ihn wiedergutzumachen."

„Du bist mein Werk, eine Kopie von mir. Ich bin das Original. Damit habe ich jedes Recht, deiner Existenz ein Ende zu setzen, wann immer ich es für richtig halte. Vergiss das nicht. Ohne mich gäbe es dich nicht."

„Und ohne mich wird es dich nicht mehr lange geben, alter Mann."

Ein kaltes Lachen drang aus Richards Kehle. „Offenbar sind wir aufeinander angewiesen, wenn wir ewig leben wollen."

Bevor Roland etwas erwidern konnte, klingelte es an der Haustür.

„Das wird Heinrich Nissen sein." Richard reichte Roland den Säugling. „Er kommt früher zu uns, als ich es erwartet habe. – Bring den Kleinen nach unten und sieh zu, dass es ruhig wird im Souterrain. – Während du dafür sorgst, dass es dem Baby gutgeht, sorge ich dafür, dass man uns noch für eine Weile in Ruhe lässt. – Los jetzt."

Vor lauter Erschöpfung war Frieda Söncksen tatsächlich eingeschlafen. An die geschlossene Zimmertür gelehnt, saß sie auf dem Fußboden und erwachte erst, als plötzlich wütende Stimmen im Haus erklangen. Die beiden angeblichen Sanitäter schienen lautstark miteinander zu streiten.

Wenn sie Schreie aus dem Erdgeschoss des Hauses hörte, funktionierte das dann nicht auch in der anderen Richtung?

War vielleicht noch jemand im Haus, der sie befreien würde, sobald er von ihrer Anwesenheit erfuhr?

Frieda sprang auf und trommelte mit beiden Fäusten gegen die verschlossene Tür.

„Hier sind wir", schrie sie. „Hier unten sind wir."

Sie lauschte, aber keine Reaktion war zu erkennen.

„Helfen Sie uns, wir sind hier unten", rief sie ein weiteres Mal und hämmerte gegen die Tür.

Leise hörte sie die Klingel der Eingangstür läuten, dann erklangen Schritte, die sich ihrem Gefängnis näherten.

Ungeduldig drückte Kriminalhauptkommissar Brunner ein zweites und auch ein drittes Mal den Klingelknopf, der in einen Pfosten des Gartentors des monströsen Friesenhauses eingelassen war. Die einzige Reaktion, die er damit auszulösen schien, war ein dezentes Summen direkt vor ihm.

Heinrichs SUV stand quer vor dem Tor, hinter dem die Garage zu sehen war. Der Streifenwagen war nur wenige Meter dahinter abgestellt worden.

„Ich bin mir sicher, dass Ella hier ist", stieß Heinrich hervor. „Alles passt zusammen. Hast du dir auf der Karte die Lage des Grundstücks angesehen, Brunner? Meine Tochter ist nur wenige Meter dahinter auf Friedas KIA abgestellt worden. Und Ellas Leihwagen steht genau an der Stelle, an der diese Stichstraße abzweigt. Bestimmt ist sie zu Fuß die Straße entlanggelaufen, um die richtige Hausnummer zu finden. 122, das ist hier. Sie muss sich in diesem Haus aufhalten."

„Es scheint aber niemand da zu sein."

„Natürlich ist jemand zuhause", widersprach ihm Heinrich. „Riechst du das denn nicht? Die haben sogar Feuer im Kamin angezündet."

„Binde mich los", rief Ella Wessel. „Bitte, Richard, binde mich los."

Bereits beim ersten Klingeln ahnte sie, dass ihr Bruder oder Heinrich vor der Tür stehen mussten. Brunner wohl eher oder beide, denn Heinrich allein hätte wahrscheinlich nicht die Geduld für eine dreimalige Betätigung des Klingelknopfes aufgebracht. Er hätte längst versucht, das Grundstück mit Gewalt zu stürmen.

Seitdem er Roland mit dem Baby in den Keller geschickt hatte, stand Richard abwartend neben der großen Feuerstelle und bewegte sich nicht.

‚Worauf wartet er?', fragte sich Ella. ‚Hofft er, die Männer vor seinem Tor verschwinden tatenlos, wenn er sich nicht rührt? Oder wartet er auf eine Reaktion von mir?'

„Das muss mein Bruder sein", rief sie. „Wenn du mich losbindest, schicke ich ihn weg."

Mit einem Mal erwachte Richard wieder zum Leben. Süffisant lächelnd trat er neben sie und sah auf sie herab.

„Darauf soll ich vertrauen, liebste Michaela?"

„Wenn du vergisst, dass es Freya gibt, bleibe ich bei dir", antwortete sie und meinte es in dem Moment sogar ehrlich. „Überlass Freya Heinrich Nissen. Du hast Großes geschaffen, Richard. Zerstöre es nicht durch einen Kampf gegen ihn."

Er beugte sich so weit zu ihr herab, bis sein Gesicht nur noch wenige Zentimeter von ihrem entfernt war.

„Liebst du mich, Michaela?", fragte er und ließ sie dabei nicht aus den Augen.

„Ich habe nie damit aufgehört, Richard."

„Wenn die Besitzer nicht öffnen, müssen wir uns mit Gewalt Zutritt verschaffen."

Heinrich Nissen überlegte bereits, wie er das etwa schulterhohe Gartentor am einfachsten überwinden konnte, als ein leises Klicken erklang und das Tor aufsprang. Auch die Haustür öffnete sich und ein hochgewachsener, grauhaariger Mann winkte sie zu sich.

„Moin", begrüßte er Heinrich. „Ich sehe, Sie haben die Polizei mitgebracht, Herr Nissen. Was kann ich für Sie tun?"

„Sind Sie Dr. Richard Bachmann?", übernahm Brunner die Antwort. „Ich bin Kriminalhauptkommissar Brunner."

„Der Name an der Klingel sollte Ihnen diese Information bereits gegeben haben, Herr Kriminalhauptkommissar", kam es arrogant vom Hausherrn zurück. „Möchten Sie vielleicht eintreten?"

Brunner gab den beiden Bereitschaftspolizisten ein Zeichen, vor der Tür zu warten. Dann betraten Heinrich und er das Haus. Als sich ihre Augen an das Dämmerlicht des Eingangsbereichs gewöhnt hatten, erkannten sie Ella, die nur zwei Schritte hinter Bachmann im Halbdunkel stand.

„Ella, geht es dir gut?", brach es aus Brunner heraus.

Mit einer einzigen Bewegung trat sie nach vorn und legte gleichzeitig ihre linke Hand auf Bachmanns rechten Arm. „Bruder, warum sollte es anders sein? Erinnerst du dich nicht mehr an Richard? Hast du ihn tatsächlich nicht erkannt?"

Heinrich bildete sich ein, sie bei ihren Worten leicht zwinkern zu sehen. Er musterte sie gebannt und überließ die verbale Kommunikation ihrem Bruder.

„Wir haben dich gesucht", kam es immer noch verdattert von Brunner.

„Und jetzt habt ihr mich gefunden", antwortete sie betont lässig. „Richard und ich hatten uns so viel zu erzählen. Du weißt doch, er war ein guter Freund unserer Eltern und oft bei uns zu Besuch. – Ich wäre nie auf die Idee gekommen, dass ihr euch Sorgen um mich macht."

„Nachdem das jetzt geklärt ist", unterbrach Bachmann die geschwisterliche Unterhaltung. „Kann ich sonst noch etwas für Sie tun, Herr Kriminalhauptkommissar?"

„Wir sind vor allem wegen Frieda Söncksen hier", antwortete Heinrich rasch, bevor Brunner etwas Falsches sagen konnte. „Sie wurde bereits vor vierundzwanzig Stunden zu einem Notfall im Hobokenweg 122 gerufen und hat sich noch nicht wieder zurückgemeldet."

Immer noch standen sie dicht hinter der Eingangstür. Heinrich meinte, verhaltenen Krach aus dem Inneren des Hauses zu vernehmen. Bachmann ließ sich nichts anmerken.

„Sie brauchen also eine Hebamme, Herr Nissen?", fragte er süffisant.

Heinrich blieb stumm.

Ein Blick auf Ella zeigte ihm, wie angespannt sie auf die Erwähnung von Friedas Namen reagierte. Sylts einzige Hebamme befand sich also im Haus und Ella hatte große Angst um sie.

„Frau Söncksen war tatsächlich gestern unsere Rettung", kam es betont beiläufig von Bachmann. „Eine schwangere Hausangestellte verspürte unerwartet, dafür aber umso heftiger Wehen. Die Geburt ist dank Frau Söncksen gut verlaufen; Mutter und Kind sind wohlauf. Allerdings war das bereits gestern Nachmittag. Was Frau Söncksen seitdem getan hat, weiß ich nicht; sie hat uns kurz nach der Geburt verlassen."

Dass Bachmann ihnen Frieda nicht freiwillig aushändigen würde, war damit also geklärt, dachte Heinrich. Übertrieben freundlich bedankte er sich für die Auskunft und sah sich dabei in der Eingangshalle um. Unauffällig versuchte er, sich einen möglichst genauen Eindruck vom Haus zu verschaffen.

„Kann ich sonst noch etwas für Sie tun?", wiederholte Bachmann, allmählich ungeduldig klingend.

„Sie haben ein wunderschönes Haus", schmeichelte ihm Heinrich. „Besonders diese großzügige Feuerstelle beeindruckt mich."

Am Hausherrn vorbei machte er zwei schnelle Schritte nach vorn. „Ich nehme an, sie bildet das Zentrum des Gebäudes. Ist das nicht ein wenig gefährlich angesichts des Reetdaches?"

Bachmann holte ihn ein und stellte sich ihm in den Weg. „Gerade die Zurückhaltung und Diskretion, die man in Kampen pflegt, hat mich davon überzeugt, mich hier anzusiedeln", zischte er arrogant. „Das wird bei Ihnen in Morsum vielleicht anders sein. Aber sicher haben Sie trotzdem Verständnis dafür, dass ich Sie nicht weiter hineinbitte."

Ellas Blick und eine leichte Kopfbewegung von ihr ließen Heinrich zurück zur Haustür weichen, die umgehend von Bachmann geöffnet wurde.

Ohne weitere Worte zu verlieren, entließ der Hausherr seine Gäste auf den breiten, gepflasterten Weg, der sie und die beiden Bereitschaftspolizisten schnurgerade zurück zum Gartentor führte.

„Hier sind wir in jedem Fall an der richtigen Adresse", flüsterte Heinrich, als sie wieder auf dem Hobokenweg standen. „Ella hat Angst, große Angst. Wir dürfen uns nicht viel Zeit damit lassen, das Haus ein weiteres Mal zu besuchen."

Ängstlich legte Frieda Söncksen ein Ohr an die verschlossene Tür. Die Schritte, die sie gehört hatte, waren mittlerweile verstummt. Wenn sie sich nicht täuschte, hatten sie einen erwachsenen Menschen bis in ihre Nähe geführt.

Sollte sie schreien und gegen die Tür hämmern oder lieber leise sein? Stand Hilfe auf der anderen Seite der Tür oder Gefahr?

Als Iveta dicht hinter sie trat, erschrak Frieda für einen Moment.

„It is him", flüsterte die junge Mutter leise. „The dark one."

Frieda sah sie fragend an.

„Er ist ich und ich bin er", zitierte Iveta mit starkem Akzent. „He is a clone. Just like my baby."

„Ein Klon?", flüsterte Frieda fassungslos.

In dem Moment wurde der Schlüssel im Schloss bewegt und die Tür öffnete sich mit einer schnellen Bewegung. Der jüngere der beiden angeblichen Sanitäter trat ein und zog sofort hinter sich die Tür wieder zu. In der rechten Hand hielt er ein langes Holzscheit. Auf dem linken Arm balancierte er den noch nicht einen Tag alten Säugling, der gefährlich nahe daran war, herunterzufallen.

Schnell streckte Frieda beide Hände aus und nahm ihm das Baby ab. Tränenspuren hatten das Gesicht des Winzlings gezeichnet.

„Ist das Baby gesund?" fragte sie.

„Wenn es lange genug lebt, mich mit ausreichend Blut zu versorgen, hast du deinen Job gemacht", erhielt sie als unfreundliche Antwort.

„Ist es gesund?", wiederholte sie ihre Frage.

„Sieh doch selbst nach. Während der nächsten Tage wirst du reichlich Zeit und Gelegenheit dazu haben."

„Sie können uns nicht so lange hier festhalten."

„Kann ich nicht?" Der Arm mit dem Stück Holz hob sich bedrohlich. „Wenn ich noch einmal mitbekomme, dass ihr einen derartigen Krach macht, bekommt mein Freund hier noch etwas zu tun, bevor er im Feuer verbrennt. Haben wir uns verstanden?"

„Glauben Sie ernsthaft, Sie könnten uns ohne unsere Zustimmung in Ihrem Keller einsperren?", erwiderte Frieda, um Unerschrockenheit bemüht. „Und wir würden nicht dagegen rebellieren? – Wie lang soll das gehen? Fünf Wochen? Und dann? Lassen Sie uns einfach so gehen?"

„Darüber mache ich mir Gedanken, wenn es so weit ist." Er sah sie kalt lächelnd an. „Vielleicht sind wir bis dahin ja Freunde geworden und du möchtest mir längerfristig hilfreich zur Seite stehen."

Mit dem Kind auf dem Arm versuchte Frieda an ihm vorbei zur Tür zu gelangen. Das Holzscheit traf sie hart an ihrem linken Oberschenkel und ihr Bein knickte weg.

Laut lachend schlüpfte der falsche Sanitäter durch die Tür und zog sie hinter sich zu.

Erstaunt stellte Frieda fest, dass sie dieses Mal kein Geräusch eines Schlüssels im Schloss hörte.

„Ich brauche einen Durchsuchungsbeschluss."

Heinrich Nissen und Brunner waren gemeinsam im SUV weggefahren, den Heinrich nur wenige Meter entfernt von Bachmanns Grundstück wieder anhielt.

„Um rechtlich abgesichert das Haus ein weiteres Mal zu betreten, werde ich einen Richter davon überzeugen müssen, dass Dr. Richard Bachmann etwas mit den Entführungen der Babys zu tun hat."

„Soll deine Schwester bis dahin in seinen Händen verbleiben und auf sein Wohlwollen angewiesen sein?" Heinrich sah Brunner fassungslos an. „Du hast sie doch gesehen. Sie hat entsetzliche Angst."

„Dann klingeln wir noch einmal und bitten sie, uns nach Hause zu begleiten."

„Brunner! Deine Schwester wird Bachmanns Haus nicht verlassen, wenn sie damit Frieda Söncksen ihrem Schicksal überlässt."

„Ich weiß", kam es niedergeschlagen vom Beifahrersitz. „Was sollen wir deiner Meinung nach tun?"

„Schick deine Kollegen weg und leg den Hauptkommissar ab. – Hast du deine Dienstpistole dabei?"

Ein ungläubiger Blick seines Freundes traf Heinrich.

„Wir können das Haus nicht einfach stürmen", protestierte Brunner. „Was ist, wenn Ella dabei etwas passiert? Oder Frieda? – Und nein, du weißt, dass ich nie bewaffnet durch die Gegend laufe."

„Wenn du dich hinter den Prozessen und Vorschriften der Polizei verstecken willst, obwohl es hier um die Leben deiner Schwester und deiner Angebeteten geht, dann steig aus meinem Wagen aus. Ich auf jeden Fall werde nicht darauf warten, bis ein Richter den Beschluss fasst, das Haus durchsuchen zu lassen."

Mit einer schwungvollen Bewegung wollte Roland Bachmann das lange Holzscheit wieder in den geflochtenen Korb neben der Feuerstelle zurückwerfen, dann überlegte er es sich anders. Es fühlte sich gut an, dieses Stück rohe Natur in seiner Hand. Unbeugsame Härte strahlte es aus. Stärke, die nur durch die Urkraft das Feuers besiegt werden konnte.

Er liebte das Lodern der Flammen und er genoss die Wärme und Geborgenheit, die das mächtige Feuer ausstrahlte. Theresa, der er das während einer ihrer letzten gemeinsamen Nächte erzählt hatte, war bei seinen Worten übertrieben traurig geworden. Sein Vater habe ihm wahrscheinlich nie genug Wärme entgegengebracht, war ihr Kommentar dazu gewesen, während sie ihn mitleidig angesehen hatte. Mitleid war das letzte, das Roland Bachmann von anderen Menschen entgegengebracht haben wollte. Es war gut, dass Theresa fort war. So hilfreich sie zwei Jahre lang auch gewesen war, sie hatte ihn nie wirklich verstanden und noch weniger verdient.

Die Sonne stand fast schon am höchsten Punkt, den sie an diesem Wintertag am Himmel erreichen würde. Vereinzelt schafften es Strahlen durch die Wolken und in den Wohnbereich des modernen Friesenhauses zu dringen, dessen bodentiefe Fenster nach Süden ausgerichtet waren. Das Bild, das sich Roland bot, als er auf das große, weiße Sofa zuging, war zum Erbrechen kitschig: Von den winterlichen Sonnenstrahlen umhüllt saßen dort Hand in Hand Richard und Michaela, ihre Blicke ineinander vertieft.

„Unser Besuch ist also wieder gegangen?", unterbrach Roland das Idyll.

Beide drehten ihm ihre Köpfe zu, antworteten aber nicht.

„War es Heinrich Nissen?"

„Michaelas Bruder und der Vater ihres Kindes haben uns beehrt, ja", antwortete ihm endlich Richard. „Und beide haben eingesehen, dass es ihr bei mir gut geht."

„Der Vater ihres Kindes? Ich dachte, das wärest du?"

Hatte er sich gerade verhört? Freya sollte doch eines der Babys sein, die ihm passendes, junges Blut zur Verfügung stellten. Darauf wollte er nicht verzichten.

„Die kleine Freya wird für deine Genesung nicht zur Verfügung stehen", kam es hart und unmissverständlich von Richard. „Wage es nicht, sie hierherzubringen."

„Was läuft hier?" Roland stellte sich breitbeinig vor Richard auf. „Was zum Teufel hat das Weib mit dir gemacht?"

„Michaela wird mich unsterblich machen", antwortete ihm Richard verträumt. „Sie liebt mich, hat sie gesagt. Sie hat nie damit aufgehört, es zu tun."

„Sie lügt. Niemand liebt uns. Du bist ich und ich bin du. Ich weiß, dass uns niemand liebt. – Niemand, ausgenommen wir selbst."

Richard ließ die Hand der infamen Lügnerin neben ihm los und stand auf. Schützend stellte er sich vor sie.

„Ich weiß, dass ich viel falsch gemacht habe bei dir, Roland", sagte er sanft. „Bitte glaub mir, dass ich es nur gut gemeint habe. Du solltest ein Wunder werden, ein Segen für die Menschheit. Aber das bist du nicht. Michaela hat mir klar gemacht, dass ich nicht durch dich weiterleben möchte. Du bist nicht ich und ich nicht du."

Unerträglicher Hass stieg in Roland auf. Das unverschämte Weib an Richards Seite hatte alles zerstört. In kürzester Zeit hatte sie es geschafft, seine Welt zu zerschmettern, seine Existenz nicht nur in Frage zu stellen, sondern sie zu vernichten. Jetzt würde er sie vernichten, zerschmettern, zerstören.

Mit einer schnellen Bewegung stieß er Richard zur Seite und warf sich auf Michaela. Mehrfach hieb er mit dem Holzscheit auf sie ein, ohne dass Richard ihn daran hindern konnte. Immer und immer wieder traf er sie am Kopf, auf dem Oberkörper, an den schützend davor gehaltenen Armen. Dann zerbarst etwas Hartes auf seinem Hinterkopf und bewusstlos sank er auf Michaela herab.

Vor Entsetzen nach Luft ringend, stand Frieda Söncksen vor dem weißen Sofa. Das tote Baby, das Iveta und sie im Tiefkühlschrank unterhalb der Treppe entdeckt hatten, hatte sie ursprünglich nur aus dem Haus retten wollen, um es seinen Eltern zurückzugeben. Nun war es zu einer Waffe geworden und hatte hoffentlich Ella das Leben gerettet.

Das tiefgefrorene Bündel, mit dem sie eben noch den Kopf von Ellas Angreifer getroffen hatte, rutschte ihr aus der Hand und schlug hart neben ihrem rechten Fuß auf dem Steinfußboden auf. Eisige Splitter verteilten sich rund um ihren Schuh.

Eine Hand packte sie von links, ein Arm legte sich um ihren Hals und begann sie würgen. Langsam, ganz langsam wurden Friedas Knie weich und sie begann zu Boden zu gleiten.

Die Türklingel erklang, aber niemand im Haus kümmerte sich darum. Hände schlugen gegen das Holz der Eingangstür, ein Hammer, eine Axt, und mit einem Mal stand Brunner neben ihr und kämpfte für sie gegen den übermächtigen Gegner, der vielleicht ein Arzt war, aber ihr trotzdem das Leben nehmen wollte.

Die Szene, die sich Heinrich Nissen bot, als er hinter Brunner durch die Eingangshalle lief, war apokalyptisch: Im Vordergrund loderte immer noch ein mächtiges Feuer. Dahinter sank Frieda langsam zu Boden, während Richard Bachmann neben ihr stand und sie würgte. Brunner stürmte auf die beiden zu, dann zögerte er, weil er die beiden blutigen Gestalten entdeckt hatte, die leblos über dem Sofa zusammengesunken waren. Und neben dem ganzen Chaos stand vollständig bewegungslos eine schmale Gestalt in einem blutbefleckten, ursprünglich weißen Nachthemd, ein in weißen Stoff gehülltes Baby auf dem Arm haltend und leise schluchzend.

Während Brunner begann, Frieda aus den sie würgenden Händen Richard Bachmanns zu befreien, rannte Heinrich zu Ella. Mühsam rollte er Roland Bachmann zur Seite; ungebremst schlug sein schlaffer Körper auf dem Boden vor dem Sofa auf. Ellas Kopf wurde sichtbar, ihr Oberkörper, ihre Arme. Alles war von harten Schlägen gezeichnet, blutüberströmt, teilweise vollständig zerschmettert.

Mit geschlossenen Augen war Ella im Sofa zusammengesunken. Ihr ehemals wohlgeformter Kopf war auf ihre linke Schulter gekippt. Ihre weichen Haare folgten sanft der Linie ihres schönen Halses und endeten oberhalb ihres wundervollen Dekolletees. Aber nicht Ellas verbliebene Schönheit zog Heinrichs Blicke magisch an, sondern die hässliche Wunde, die sich von der Stirn bis zum Hinterkopf über ihren Schädel zog. Ellas Kopf war nicht mehr wohlgeformt.

Für Heinrich bestand kein Zweifel, dass der Angriff auf sie tödlich verlaufen war. Dennoch legte er sanft seine Hand an ihren Hals und hoffte, ein Lebenszeichen zu erspüren.

Nichts.

Ella war tot.

Und neben Heinrich auf dem Fußboden liegend, erwachte stöhnend ihr Mörder.

Nach einem kurzen Blick auf Brunner, dem es gelungen war, Frieda zu befreien und sich die Oberhand über Bachmann Senior zu erkämpfen, griff Heinrich nach dem jungen Mann zu seinen Füßen. Mit einer Hand am Kragen zerrte er ihn vom Sofa weg. Die lodernde Feuerstelle zog ihn unwiderstehlich an. Ellas Mörder sollte in der Hölle brennen. Kein weltliches Gericht würde in der Lage sein, ein Urteil über ihn zu sprechen, das Heinrich jetzt oder in Zukunft zufriedenstellen konnte.

Roland Bachmann, der allmählich wieder zu sich kam und Heinrichs Gedanken zu erraten schien, wehrte sich mit Händen und Füßen. Trotz des glatten Steinfußbodens wurde jeder Teppich, jeder Stuhl auf dem Weg zum Feuer zu einem nahezu unüberbrückbaren Hindernis für das Gespann. Nur langsam legten sie die Entfernung bis zum Zentrum des Hauses zurück.

„Nicht", rief Brunner plötzlich. „Heinrich, das kann ich nicht zulassen."

„Was kannst du nicht zulassen? Hast du dir angesehen, was dieser Verbrecher mit Ella getan hat?" Heinrichs Wut gab ihm die Kraft, Roland Bachmann den letzten Meter bis zur gemauerten Feuerstelle zu schleudern.

„Meine Kollegen werden gleich hier sein und ihn festnehmen. Genauso wie seinen Vater. – Bitte zwing mich nicht dazu, auch dich festnehmen zu lassen."

Noch während Brunner an Heinrichs Gnade appellierte, rappelte sich Ellas Mörder auf und rannte an der immer noch bewegungslos herumstehenden Frau im Nachthemd vorbei, die bislang niemand beachtet hatte. Mit wenigen Schritten erreichte er die Treppe, die hinauf in den ersten Stock führte.

Den unaufmerksamen Moment seines Gegners nutzend, entfloh auch Richard Bachmann Brunners Griff. Er stürmte auf die junge Frau zu und entriss ihr das Baby. Den Säugling an sich gepresst, lief er in Richtung Ausgang. Noch bevor er die Haustür erreicht hatte, stockte er und blieb stehen.

„Was hast du getan?" rief er hysterisch und wickelte das Baby eilig aus seiner weißen Decke. Wütend drehte er sich wieder zu der jungen Frau im Nachthemd um. „Der Kleine ist tot. Du hast ihn erstickt."

Begleitet von einem Schrei, ließ Bachmann den toten Körper fallen und flüchtete aus dem Haus. Fluchend rannte Brunner los, ihm hinterher.

Frieda, der es offenbar wieder besser ging, hatte mittlerweile die junge Frau erreicht und führte sie in Richtung Ausgang.

Im Haus zurückgeblieben waren nur noch Ella, ihr Mörder und er, stellte Heinrich voller Wut fest. Und zwei tote Babys auf dem Steinfußboden, denen Roland Bachmann hoffentlich bald nachfolgen würde. Entschlossen setzte er Ellas Mörder nach und lief die Stufen in den ersten Stock hoch.

Kriminalhauptkommissar Brunner brauchte nur wenige Meter, um Richard Bachmann wieder einzufangen. Seine uniformierten Kollegen, die bereits vor einer Stunde zusammen mit Heinrich und ihm das Gartentor durchschritten hatten, nahmen den Grauhaarigen in Empfang. Ohne jede Gegenwehr ließ der plötzlich gebrochen wirkende Sechzigjährige sich Handschellen anlegen und abführen.

Die Sirenen der herannahenden Krankenwagen befreiten Brunner davor, seinem Freund und dem geflüchteten Mörder ins Obergeschoss des Hauses zu folgen. Eilig lief er dem Notarzt entgegen und führte ihn zu Ella. Es dauerte fünfzehn Minuten, bis seine ehemals so kluge, mutige und schöne Schwester von den Rettungssanitätern auf eine Trage gehoben und aus dem Haus gebracht wurde. Fünfzehn Minuten, in denen Brunner schweigend neben ihr stand und dem Notarzt bei seinen notwendigen aber doch so unsinnigen Bemühungen zusah. Fünfzehn Minuten, in denen er alle Geräusche aus dem Obergeschoss ignorierte. Fünfzehn Minuten, die Brunner wie eine Ewigkeit vorkamen.

Niedergeschlagen folgte er dem toten Körper seiner Schwester aus dem Haus. Stumm ließ er sich von seinen Kollegen in die Mitte nehmen, während der erste Krankenwagen vorsichtig auf der schmalen Stichstraße rangierte und mit Ella davonfuhr. Noch während er ihm hinterher sah, stieg Frieda zusammen mit der jungen Mutter in den zweiten Krankenwagen und verschwand ebenfalls aus seinem Blick.

Verzweifelt blieb Brunner am Eingangstor des Grundstücks stehen und sah die jetzt leere Stichstraße entlang. Keinen Gedanken verlor er an die beiden Männer, die noch im Haus waren. Er wollte gar nicht wissen, was gerade zwischen ihnen passierte. Auch wenn Roland Bachmann deutlich jünger war als Heinrich, war Brunner sich sicher, dass Ellas Mörder keine Chance gegen seinen wütenden Freund hatte.

Noch während er überlegte, was er über die Ereignisse im Haus überhaupt zu Protokoll geben konnte, ohne sich selbst oder Heinrich einer Anklage auszusetzen, veränderte sich die Luft um ihn herum. Der bislang angenehme Geruch des brennenden Kaminfeuers ging in den penetranten Gestank eines außer Kontrolle geratenen Großbrandes über. Unbemerkt von ihm und seinen Kollegen musste das überdimensionierte Reetdach auf der Rückseite des modernen Friesenhauses Feuer gefangen.

Sirenen erklangen erneut; vom Brandgeruch alarmierte Nachbarn hatten offenbar die Feuerwehr gerufen. Aber nichts und niemand würde den Bau jetzt noch retten können, da war sich Brunner sicher. Kein Löschzug der Insel konnte ein solches Feuer stoppen.

Heinrich war noch im Haus, fiel ihm schlagartig ein. Und vielleicht auch noch die entführten Babys Donata und Janina. Er selbst hatte zugelassen, dass sein Freund versuchte, Roland Bachmann im Obergeschoss des Gebäudes zu stellen, der Etage, die als erstes vom Feuer vernichtet sein würde. Und auch er war es gewesen, der nicht daran gedacht hatte, das Haus rechtzeitig nach den entführten Säuglingen durchsuchen zu lassen.

Vergeblich versuchte Brunner, an den Feuerwehrleuten vorbei zurück zum Haus zu rennen. Unüberwindbar stellten sie sich ihm in den Weg. Noch während er fieberhaft überlegte, wie er in das brennende Gebäude gelangen konnte, sah er zwei Einsatzkräfte auf eine laut hustende Gestalt zulaufen. Mit zwei weißen Bündeln auf den Armen wankte Heinrich ihnen entgegen. Dankbar ließ er sich seine Last aus den Händen nehmen, dann sank er neben Brunner auf den Boden.

25. Dezember 2023

Morsum

Keinem der Anwesenden war danach, Weihnachten zu feiern. Und niemand aus der kleinen Gruppe, die sich in Heinrich Nissens Haus eingefunden hatte, hatte Geschenke mitgebracht, oder auch nur eine festliche Kleinigkeit. Aber dennoch waren sie alle gekommen. Gemeinsam saßen sie nun vor dem geschmückten Tannenbaum und beobachteten, wie das kleine Mädchen zum ersten Mal in ihrem Leben eine Christbaumkerze anzündete.

Natürlich tat sie das nicht allein, immerhin war sie erst gut fünf Wochen alt. Ihr Vater, ein nicht mehr vollständig schwarzhaariger Sechzigjähriger, hielt für sie die Kerze auf dem Baum fest und ihr Onkel, ein menschlicher Teddybär mit dunkelbraunen, störrischen Haaren und Dreitagebart, half ihr mit dem Streichholz. Gemeinsam entzündeten sie die erste Kerze auf dem Baum.

Und gemeinsam wollten Heinrich Nissen und Michael Brunner die nächsten Jahre nutzen, der kleinen Freya eine unbeschwerte Kindheit und Jugend zu ermöglichen.

Wie die Jahre zuvor, hatte Marlene Abelung ihren Mann Tamme leicht dazu überreden können, den ersten Weihnachtsfeiertag im alten Gutshof in Morsum zu verbringen.

Ihre leiblichen Kinder kamen schon lange nur noch zu Hochzeiten und Beerdigungen auf die Insel. Heinrich Nissen füllte gern die Lücke, die sie damit hinterließen. Und seine Tochter Freya war von Anfang an mehr für das Ehepaar Abelung gewesen als nur das Kind eines Nachbarn.

Frieda Söncksen verbrachte ihr erstes Weihnachtsfest unter dem Dach der Familie Nissen.

Bislang hatten ihre Mutter Wiebke, ihre Großmutter Henni und sie dieses Fest immer zu dritt in ihrem Zuhause zwischen Watt und Nordsee in Rantum gefeiert. Und nie war ein Mann dabei anwesend gewesen. Möglicherweise begründete diese Feier in Morsum eine neue Tradition im Hause Söncksen; auf den Platz dicht neben Frieda setzte sich gerade wieder Michael Brunner.

Sanft legte sie ihre Hand auf seine.

Heinrich Nissen bettete seine Tochter zurück in die alte Wiege, die er aus der Küche ins Wohnzimmer geräumt hatte. Dann räusperte er sich und griff nach seinem Glas.

„Ich weiß, dass uns allen nicht nach Feiern zumute ist", begann er, „und nach langen Reden noch weniger. Aber eins ist mir während der letzten Tage klargeworden: Menschen sind sterblich, nur geliebte Menschen sind unsterblich."

Eine Pause trat ein, während der sich Heinrich mehrfach räusperte.

„Ich hoffe, dass Ella wusste, wie sehr ich ..."

Wieder unterbrach er seine kurze Rede.

„... wie sehr wir alle sie geliebt haben. Sie hat es verdient, dass wir nie damit aufhören."

Der Händedruck Friedas verstärkte sich.

Auch wenn Michael Brunner nicht wusste, ob es nach den Ereignissen der letzten Tage eine gemeinsame Zukunft für sie gab, war er in diesem Moment dankbar, diese wunderbare Frau an seiner Seite zu haben.

„Auf Ella", endete Heinrich und sah ihn dabei fest an. „Sie hat für immer mein Leben bereichert."

Brunner befreite sich von Friedas Hand und erhob sich. Gemeinsam mit Heinrich drehte er dem Kreis um den Baum den Rücken zu und stellte sich vor eines der Fenster des alten Bauernhauses.

„Ich werde in List ein Urnengrab für sie kaufen", sagte Heinrich. „Ein Platz auf der Insel, falls einer von uns zwischendurch ihren Rat braucht."

„Gut." Mehr als das eine Wort brachte Brunner nicht heraus.

Schweigend sahen die beiden Freunde hinaus in den dunklen Garten.

„Was wird aus Richard Bachmann", fragte Heinrich schließlich. „Habt ihr alles, um ihn lebenslang hinter Gitter zu bringen?"

„Das fiele uns leichter, wenn sein Haus in Kampen nicht bis auf die Grundmauern abgebrannt wäre. – Ich befürchte, mit einem guten Anwalt an seiner Seite wird er als schuldunfähig eingestuft. – Aber ein freier Mann wird er damit trotzdem nie wieder sein."

„Bedauerlich", kam es ohne jedes Mitgefühl von Heinrich zurück. „Und schade um das Haus. Die offene Feuerstelle an zentraler Stelle bildete auch wirklich ein zu großes Risiko."

„Roland Bachmann hat es nicht mehr rechtzeitig aus dem brennenden Gebäude geschafft."

„Bedauerlich, ich sage es doch."

„Offenbar ist er gestürzt und hat sich beide Beine und auch die Hüfte gebrochen, als er dem Feuer entfliehen wollte. Er hatte keine Chance, auf seinen eigenen Füßen den Flammen zu entkommen."

Heinrich blieb stumm.

„War es dir wirklich nicht möglich, ihn lebend aus dem Haus herauszubekommen?"

„Ich hatte andere Prioritäten."

„Für die dir die Mütter von Donata Reinke und Janina Christiansen für immer dankbar sein werden."

Heinrich blieb stumm.

„Roland Bachmanns Tod wird offiziell zu einer Folge des Feuers erklärt."

Immer noch schwieg Heinrich.

„Es wird keine weitere Untersuchung geben", ergänzte Brunner.

„Das erspart uns allen Ärger und dem Steuerzahler viel Geld."

Stille trat ein, während der beide Männer weiterhin die Dunkelheit vor dem Fenster im Auge behielten.

„Kann man Menschen wirklich klonen?", stellte Brunner schließlich die Frage, die ihn die ganze Zeit beschäftigte.

„Wahrscheinlich." Heinrich wandte sich ihm zu und sah ihn abwartend an.

„Zumindest war Richard Bachmann erfolgreich mit den unsäglichen Manipulationen, die zu den Schwangerschaften der armen Frauen geführt haben."

Kein Wort kam über Heinrichs Lippen.

„Du willst nicht …?" Brunner brach ab.

„Nein."

Stille trat ein.

„In jedem Fall wird Ella in ihr weiterleben", sagte Brunner schließlich.

„Darum müssen wir uns bemühen, wir beide", antwortete Heinrich und behielt ihn fest im Blick.

„Aber …" Wieder brachte Brunner seinen Satz nicht zu Ende.

„Hast du dich nie gefragt, welcher Teil von uns wirklich von den Genen bestimmt wird?", kam es sanft von Heinrich. „Und welchen Teil erst die Menschen formen, mit denen wir zusammenleben? Wie groß ist der Einfluss der Erziehung und der Erfahrungen, die wir im Laufe unseres Lebens machen? – Das alles kann man nicht klonen. Und man kann es auch nicht mit den Genen weitergeben."

„Da hast du recht, Heinrich. Du bist du, weil du gelebt hast, wie du es nun einmal getan hast. Zu was für einem Menschen sich Freya entwickeln wird, bestimmen maßgeblich die Menschen, mit denen sie groß wird."

Wieder sahen die beiden Männer in den dunklen Garten hinaus und schwiegen.

„Lass uns Weihnachten feiern", kam es endlich von Heinrich. „Es ist das erste Weihnachtsfest meiner Tochter."

Milton Keynes UK
Ingram Content Group UK Ltd.
UKHW031120261124
451585UK00004B/380

9 783759 779755